戯場國の怪人《けじょうこくのかいじん》

乾緑郎
Inui Rokuro

新潮社

目次

戯場國の怪人

装画　岡添健介

戯場國の怪人

序

「參《まゐり》の老若立ちつどひ、床几《しやうぎ》に腰を打ちかくれば、彼松茸《まつたけ》にて机をたゝき、トン〳〵、トトントン〳〵、とんだ咄《はなし》の始り〳〵。」

（『風流志道軒伝』風来山人）

あの犬の舌、暑さでとろけてしまうのではないかしらん。

大川（隅田川）に浮かぶ屋形船の垣立《かきたつ》に寄り掛かり、自分の顔を団扇《うちわ》で扇いでいた瀬川菊之丞《せがわきくのじょう》は、岸際に繁る葦《あし》の葉の間から頭を出して水を舐めている痩せ犬の姿を見ながら、そんなことをぼんやりと考えていた。

この辺りはもう、だいぶ海の水が入ってきているから、きっとしょっぱいでしょうに。

それでも我慢できないほど喉が渇いていたのだろう。今年は梅雨が長く、それだけ、例年に比べ暑さも増している。

宝暦《ほうれき》十三年（一七六三）、六月十五日――。

「路考《ろこう》さん、あまり目立つと大騒ぎになりますよ」

一緒に舟遊びにやってきた若い役者が、屋形船の中から顔を覗かせ、声を掛けてくる。路考というのは菊之丞の俳号であり、同時に愛称のようなものだ。

「大丈夫よ。水の上だもの」

菊之丞はそう答えると、やんわりと微笑んでみせた。

暑さのせいか、大川に浮かぶ納涼のための涼舟《すずみぶね》の数も多い。菊之丞らを乗せた屋形船は、佃島《つくだじま》の辺りまで繰り出した後、向島《むこうじま》にある舟宿に戻るため、大川を遡上している最中だった。

「あっ」

すれ違っていく猪牙舟《ちょきぶね》に乗った男が、額に紫帽子《むらさきぼうし》を載せた菊之丞の姿を見て、驚きの声を上げた。芝居小屋で顔を見たことがあるのか、そこにいるのが菊之丞だと気づいたようだ。

苦笑いを浮かべ、菊之丞は男に向かって手を振る。菊之丞のその振る舞いに、男は感極まったような表情を見せたが、猪牙舟は無情に川の流れに押され、みるみると遠ざかって行った。

これが町中、それも芝居小屋のある葺屋町《ふきやちょう》の辺りなどであれば、あっという間に人集《ひとだか》りができているところだ。

菊之丞は立ち上がると、屋形船の中に入った。

女形たるもの平生も女子《おなご》として暮らし、女子として生きるべしと、幼い頃から厳しく仕込まれていた。体は男であっても、芝居にのめり込むうちに、いつの間にか心の奥底まで女と化してしまった。自分は女だから、男しか愛せない。菊之丞はそう思っていた。

「路考姐《ねえ》さん、蜆《しじみ》を採りに行きませんか」

早速、柔らかい笑顔を浮かべて菊之丞の傍らに寄ってきたのは、この涼舟を仕立てた荻野《おぎの》八重《やえ》桐《ぎり》という女形だった。今年二十三になる菊之丞より十五歳も年上だが、ほんの二つか三つくらいの違いしかないように見え、その上、妙な艶っぽさも併せ持っている。

八重桐と菊之丞は、二人とも養子として先代の菊之丞の下で育ち、芸を仕込まれた仲だった。

結局、瀬川菊之丞の名跡は、今や江戸若女形の筆頭と言われるまでになった路考が継ぐことになったが、八重桐がそのことで菊之丞に辛く当たったことはない。二代目を助けてやって欲しいとの先代の末期の詞を頑なに守り、年長であるにも拘わらず、菊之丞を姐さんと呼んで立ててくれる。菊之丞にとって八重桐は、兄弟子というよりは血を分けた実の姉のような存在だった。

「しじみ？」

きょとんとした表情を浮かべ、菊之丞は答える。

周囲の舟からは三味線の音色や長唄などが聞こえてくるが、この舟の宴は静かなものだった。乗っているのは菊之丞を始めとして、江戸では名の知れた芸達者ばかりだ。普段から歌や踊りや芝居の稽古漬けの生活をしているのだから、宴席もそれでは身も心も休まらない。大川に吹く涼しい風と景色を楽しみながら香包《こうづつみ》をくゆらせ、静かに盃を交わす。そんな品の良い宴だった。

八重桐の話によると、菊之丞が風に当たっている間に、業平橋《なりひらばし》の辺りにある中洲に蜆を採りに行こうという話が盛り上がっていたらしい。屋形船は大川の岸に係留して小舟に乗り換え、源兵衛《げんべ》堀《えぼり》からそちらに向かおうということになったようだ。

「私はいいわ」

八重桐たちの無邪気さに、菊之丞は微かに笑みを浮かべる。

なかなか面白そうではあるが、少し酔いも回ってきているし、さすがに手や着物を泥だらけにして蜆を採ろうという気にはなれなかった。普段は煌《きら》びやかな世界にいるから、皆、そんな子供のような遊びの方が楽しいのだろう。

数人の役者たちが、菊之丞が屋形船に残ると聞いて、残念そうな声を上げた。

だが、こんな時も八重桐は無理に菊之丞を誘い出そうとはしない。路考は案じかけの発句があるらしいから、気が向いたら後から来るだろうと他の者たちを宥《なだ》めてくれた。

「たくさん採れたら、路考姐さんにも分けてあげますからね」

「ありがとう。楽しみに待っているわ」

張り切った様子で言う八重桐を見送り、離れて行く小舟に向かって手を振ると、菊之丞は少し休もうと、屋形船の桟敷《さじき》の上に横になった。

それが生きた八重桐の姿の見納めになろうとは、その時の菊之丞は思ってもみなかった。

一章

東上桟敷

「一碑に刻せる妙光信女とあるハ志道軒か女《むすめ》おれんと云ふもの丶戒名なり。此女天性才気あるものにて、近隣にて訴事ある時ハ必ずこれをたのミて理非を弁しもらひけると也。」

（『浅草寺志』）

一

「天の字は二人と書く」

葭簀《よしず》を上げて小屋の中に入ると、演壇の前に座っている老人が、その風体に似合わぬ力強い、よく通る声で喋っていた。

「夫婦和合の時に流れ出る婬水《いんすい》、男根の赤き婬壱厘五毛、女根の白き婬壱厘、両婬相混ぜて二厘五毛なり……」

平賀源内《ひらがげんない》は苦笑いを浮かべる。相変わらずの調子だった。願人坊主《がんにんぼうず》のようなみすぼらしい身なりで、説法するような口調だが、内容は卑猥この上ない。

小屋の大きさは、間口は四間、奥行きは三間ほどであろうか。狭いながらもきちんと屋根があり、床几《しょうぎ》や縁台が並んでいて、数十人の客で一杯だった。

「茶代八文。莨盆《たばこぼん》は別で四文だよ」

構わず奥に行こうとすると、入口付近に座っていた茶汲み娘が、ぎろりと源内を睨みつけて、そう言った。慌てて源内は懐から銭入れを取り出すと、茶汲み娘に茶代を渡す。

娘は傍らの七輪の上に載《の》っている茶釜から煎じ茶を柄杓《ひしゃく》で掬い上げると、茶碗に注いで源内に差し出した。

「お代わりは無代だから、欲しかったら言いな」

吊り目がちで、きつい顔立ちをした娘だが、器量は悪くない。鶯色の麻ノ葉柄の小袖を着ており、髪は路考髷《まげ》に結っている。女形の瀬川菊之丞が流行らせた髪型だ。

もう少し愛想が良ければいいのだが、と思いながら茶碗を受け取り、源内は空いている床几に適当に腰掛ける。

浅草寺観音堂の脇、三社権現の宮前にある大松の木の下。

そこに、この深井志道軒《ふかいしどうけん》が講釈を垂れる定席の小屋が建っていた。

だが、講釈とはいっても、決まった演目があるわけではなく、その日の志道軒の気分次第で『三河記』や『太平記』のような軍談になる日もあれば、神儒仏の理《ことわり》を説く有り難い説法になる時もある。集まっている客の質を見極め、その際限ない学識から適当な話題を選び、その場の思い付きで喋っているのだ。それで客を飽きさせないのだから、これは芸の極みの一つと考えていいだろう。この志道軒の芸は、「狂講《きょうこう》」と呼ばれていた。

「壱厘は下から上り、壱厘五毛は上より下る。上下交代して動きうめき、男根の雁先、女根の子壺に差し入るる時を都鳥《みやこ》と名付け、腰を動かすを稲負鳥《いなおおせ》と言い、睾玉《きんたま》の気血を振り入るること喚子鳥《よぶこ》と言う……」

今日は客の半分近くが女だった。

志道軒といえば、女嫌い僧嫌いと世間では思われているが、それは誤解だ。

客に女が多ければ猥談を多用してきゃあきゃあ言わせ、僧がいれば禅問答を吹っ掛けて喧嘩を売り、場を盛り上げる。要するに客いじりも芸のうちなのだ。

その証拠に、客席にいる女たちは、恥ずかしげに顔を覆ったり頬を赤らめたりしながらも、この老人の口から迸《ほとばし》る卑猥な言葉に割合熱心に耳を傾けているし、そんな女たちの姿を見て、男の客もにやにやとした顔で鼻の下を伸ばしている。

「しかれども学問は励むべし！」

そして、志道軒は客たちを一喝するかのように、手にしている棒を演壇に叩き付けた。

拍子木を打つような小気味良い音が、小屋の中に鳴り響く。

講釈の名物となっている「夫木《ふぼく》」と呼ばれる棒だった。長さ一尺、太さ二寸ほどの樫の棒だが、有り体に言えば、男根の形をした棒だ。長年使い込まれているらしく、反り返って節くれだった表面は黒光りし、艶が出ている。

だが、どうもこの一喝が効き過ぎたようで、妙な雲行きになってしまった。

演壇の真ん前の席に座っていた娘が、吃驚《びっくり》して声を上げて泣き出したのだ。

どうやら、この娘には志道軒の狂講は合わなかったらしい。

「おいっ、この似非《えせ》坊主が、いい加減にしやがれ」

泣いている女の連れ合いの男が、腕まくりしながら床几から立ち上がった。職人風で、髷を糸《いと》鬢《びん》に結っており、月代《さかやき》には剃り込みが入っている。荒っぽい輩なのは見てすぐにわかった。女を泣かされていきり立っている。

「柳は緑、花は紅《くれない》、只そのままの色か、そのままの色か」

志道軒は怯《ひる》むことなく夫木を打ち鳴らしながら声を上げた。その一節は、志道軒が講釈を終わりにする時の結びの一節である。

「嫌な横槍が入った。今日は仕舞いだ」

絡んできたのが僧侶などであれば、舌鋒を尽くして言い合いを始める志道軒だが、相手が腕っぷしにものを言わせようというような輩では、議論にならぬと判断したのであろう。

この男女二人連れは、おそらくは浅草寺見物の最中に志道軒の講釈小屋を見つけ、どんなものなのかもよく知らぬまま、物見遊山に中に入ってきたのに違いない。

鼻であしらわれたと思ったのか、職人風の男がいきなり志道軒のいる演壇に上がり込み、その胸倉を摑んだ。

客を怒らせることはよくあっても、齢八十過ぎの老体である志道軒に実際に手を出す者は稀なのか、志道軒も多少は狼狽《うろた》えているように見えた。夫木の先を男の顔にぐいぐいと押し付け、その体を引き離そうとしている。

一方の職人風の男も、胸倉を摑んだはいいが、志道軒のような痩せ枯れ果てた老人を殴るのは躊躇があるらしく、引っ込みがつかなくなり、怒号を上げながら、何度も志道軒の体を前後にぐらぐらと揺らしている。演壇の上でそんな風に揉み合っている二人の姿は、あまりにも滑稽で、客の中には堪らず笑い声を漏らす者もいた。

「お廉《れん》、何をしている！　早く助けろ」

襟首を締め上げられながら志道軒が苦しそうな声を上げる。

「ああ、面倒くせえなあ」

演壇で起こっていることなど眼中にない様子で、退屈そうな顔をして煎じ茶を啜《すす》っていた入口の茶汲み娘が、そう呟くと不承不承といった様子で立ち上がった。

「助けろじゃなくて、助けてくださいだろうが、この耄碌《もうろく》爺いが」

そして子犬のようなきゃんきゃんとした声で、演壇に向かって吠える。

立ち上がってもあまり背丈はなく、小柄な娘だった。

「それが親に向かって言う科白《せりふ》か！」

胸倉を摑まれた志道軒が喚き散らす。源内は驚いて茶汲み娘の姿を、もう一度、見直した。どう見ても孫か曾孫といった年頃だが、この娘、志道軒の子か。

「じゃあ死ね。おい三下《さんした》、その爺い、やっちまっていいよ」

志道軒にお廉と呼ばれた娘は、冷たくそう言い放つと再び座り、膨れっ面をして腕組みし、そっぽを向いてしまった。

「おいてめえ、今、三下と抜かしたか」

激高した様子で、職人風の男が、お廉に向かって怒鳴り声を上げた。

小屋の中にいる客たちが、今度はこのやり取りを固唾《かたず》を吞んで見守り始める。

「ふん、何だい。年寄りの次は、私のような女にまで絡んでくるのかい。それが三下のやることでなけりゃなんなのさ」

まったくこのお廉という娘の言う通りだった。

図星を指されて面目を失った男が、摑んでいた志道軒の胸倉を離し、肩を怒らせながらお廉の方へと、がに股で歩み寄る。

お廉の気風《きっぷ》はよかったが、引っ込みのつかなくなった男を本気で怒らせてしまったらしい。

これはまずいと源内は思ったが、かといって止めに入る勇気もなかった。

早く誰か助けに入りなさいよ。

そう思いながら源内は小屋の中を見回したが、それは杞憂だった。

男が、お廉の白く細い手首を摑み、捻り上げようとする。

だが次の瞬間、小屋の土間床に背中を叩き付けられていたのは男の方だった。

「よっと」

娘が軽く足払いを掛けると、男の体がくるりと宙で一回転した。

「いっ痛《いて》え！」

そして男が悲鳴まじりの大声を出す。

見ると、床に転がった男の肘は、娘の手を摑んだまま、あらぬ方向に折れ曲がっていた。

「先に手を出したのはそっちだよ」

涼しい声でお廉はそう言うと、着ている小袖の裾を蹴出《けだ》しが見えるほど絡げ、白い脚を大きく振り上げて、突っ掛けている女下駄で、思い切り男の顔を踏みつけた……ように見えた。

「私の機嫌が悪い時じゃなくてよかったね、あんた」

お廉の下駄は男の顔の横一寸辺りのところを踏みつけており、下駄の歯が地面にめり込んでいた。まともに顔面に食らっていたら、鼻が潰れ、前歯が折れていただろう。

「月水《げっすい》で苛々している時だったら殺されてるぞ」

演壇にいる志道軒が茶々を入れてくる。

「黙れ爺い」

そちらに向かって唾を吐きかけながらそう言うと、お廉はもう一度、地面に仰向けになったまま青ざめた顔をしている職人風の男を見下ろす。

そしてごそごそと腕を動かして小袖の中に入れたかと思うと、片肌を脱いだ。

胸元は晒《さら》しを巻いているが、肩口には手本引きの張り札の刺青が彫られていた。

「お前も破落戸《ごろつき》なら、この張り札の紋々を入れているのが、どこの誰なのか聞いたことくらいはあるだろ？　この講釈小屋で騒ぎはご免だよ。出て行っとくれ。お代は返さないからね」

言うだけ言うと、お廉はさっさと小袖を着直し、泣くのも忘れてこの光景を呆然と見ていた連れ合いの女に向き直る。

「あんたも、もうちょっと男を選びな。それから、よく泣く女は私は嫌いだよ」

続けてお廉は手を叩き、まだ小屋の中に残っている客たちに向かって言う。

「さあ、帰った帰った。悪いが今日は仕舞いだ」

目の前でこの暴れっぷりを見ていたからか、誰も文句を言う者はいない。妙な怒りを買う前にという様子で、ぞろぞろと小屋から出て行く。

「あんたもだよ」

ぼんやりと最後まで小屋の中に残っていた源内に向かって、お廉が鋭く言い放つ。

「いや、拙者は……」

おどおどしながら、源内は返事をする。

「ああ、そいつはいいんだ。福内鬼外《ふくうちきがい》とかいうふざけた名前の物書きだ」

演壇にいた志道軒が、付け加えるように言った。

「ああん?」

片眉を吊り上げ、お廉が源内の腰にある刀を見て言う。

「あんた、お侍さんじゃないのかい」

「いや拙者、浪人者でござって、戯作などして糊口を凌いでいる次第で……」

頭を掻き掻き、源内は言い訳めいた口調でそう答えた。

源内は一応は士分だ。元は高松藩士だったが今は浪人である。本業は本草学者で、去る年には湯島で大規模な物産会を開いて評判を呼び、それを『物類品隲《ぶつるいひんしつ》』なる本にまとめて上梓したばかりだったが、江戸ではまだまだ無名だった。

源内が戯文などを書いて小金を稼いでいるのは、扶持《ふち》のない浪人の身では、生きるための糧は自分で稼がなければならないからだ。

「弟子入りしたいと言うんだが、断っている」

苦笑いを浮かべて志道軒が言う。だが、弟子入りしたいというのは方便だった。付き合いのある版元からの依頼で、この深井志道軒を主人公に、面白おかしい戯作《げさく》を書いてくれと注文があったのだ。そのことを志道軒に内緒にしているのは、仕上がった戯作に、本人からあれこれと口を挟まれたり手直しを要求されては面倒だからだ。

「ふうん。弟子入りねえ……」

腕を組んで目を細め、お廉が値踏みするように源内を見る。

先ほどの様子からいっても、この娘は素人ではないだろう。女侠客《きょうかく》といったところか。

本当に志道軒の子なのかなど、聞きたいことはたくさんあったが、気圧《けお》されてしまって、とても聞けるような雰囲気ではない。源内は当年三十六歳。お廉の方は二十歳にも満たない年だろうが、どうも萎縮してしまう。

「こやつ、戯作などしているだけあって、巷間《こうかん》の俗な噂話などに詳しくてな。手土産代わりにそんな話を持ってきてくれるから、助かっている」

「それなんですが、どうも妙な話がありまして」

源内はそう言うと、すっかり冷めてしまった茶を一気に飲み干した。

「つい先頃、大川で夕涼みの最中に、女形の荻野八重桐が溺れ死んだのをご存じですか」

「いや、知らん」

お廉と顔を見合わせ、志道軒が答える。講釈の語り口は俗まみれだが、案外、達観しているようで、実はこのような噂話に疎かった。

講釈に世相を絡めるのも一つのネタである。下手な手土産より、そういう使える話を仕入れてきてやった方が、志道軒が喜ぶのを源内は知っていた。

「市村座《いちむらざ》の役者たちと涼舟を仕立てて川遊びに興じていたらしいが、業平橋の辺りの中洲に蜆採りに出かけて、八重桐だけが溺れ死んだんですよ」

「ああ、そんな話なら、どこかで聞いたような……」

首を傾げながらお廉が言う。

「お二人は、芝居見物の方は……」

「もう何十年も行っとりゃせん」

「あんな益体《やくたい》もないものにゃ興味ないね」

二人がほぼ同時にそう答えた。

「身投げなんじゃないかって言っているやつもいるようだが、どうも妙な按配でしてね」

「どういうことだ？」

志道軒が問うてくる。

「溺れるような場所じゃないんですよ。だって蜆採りですよ？　小舟を寄せて、裸足で降りて、鋤簾《じょれん》でも使って泥の中から掻き出すんですから」

「確かに」

お廉が頷く。実際、源内も八重桐が溺れ死んだという場所に足を運んでみたが、大潮の日でも、人が溺れるような深さにはなりそうになかった。

その中洲で、八重桐は何者かに引き摺り込まれるかのように、他の連中が見守る中で泥の中に沈んで行き、そのまま行方が知れなくなったという。亡骸《なきがら》も上がっていない。

実を言うと、これも版元から受けている依頼だった。こちらは急ぎの案件である。

何しろ、源内はまだ一行だって書いていないのに、版元の貸本屋利兵衛《りへえ》が、八重桐溺死の真相を世間に示すと引き札まで作って宣伝を始めてしまっている。

そのため、そうそういつまでも引き延ばせない。内容など何でもいいから、とにかくでっち上げて仕上げなければならなかった。流行の戯作者のつらいところだ。

妙な裏がありそうな事件ではあったが、どうも調べが行き詰まっていた。今日、この講釈小屋に足を運んだのは、志道軒の知恵を借りたいと思ったというのもある。

「一緒にいた役者というのは？」

「八重桐の他には、鎌倉平九郎《かまくらへいくろう》に中村与三八《なかむらよさはち》、それに……二代目瀬川菊之丞」

「えっ、路考？」

つまらなそうに話を聞いていたお廉が、目を丸くして声を上げた。

江戸の若い娘たちにとって、路考こと瀬川菊之丞といえば、憧れの的だ。

その証拠に、芝居など興味ないと言ったお廉も、流行りの路考髷に結っている。

他にも菊之丞が舞台で使っていた簪《かんざし》となれば路考櫛と呼ばれて同じものを求める女たちが店に殺到し、変わった帯の締め方をしているとなれば、路考結びなどと名付けられて、こぞって皆が真似をする。白粉《おしろい》や紅なども、路考が使っているというだけで評判になった。

「実は訳あってその一件について調べているんですが、行き詰まってしまって」

「あんた、浪人のくせに、岡っ引きの真似事でもしているのかい」

呆れたような口調でお廉が言う。

「いや、そういうわけでは……実は版元から八重桐溺死の真相について何か書けと言われているんですが……」

「真相どころか、何があったのかもわからんということか」

「そんな次第です。路考本人から話を聞ければいいんだが……」

無論、江戸で一、二を争う人気女形と、貧乏浪人の源内が口を利く機会などあるわけがない。

菊之丞が出ている市村座にも足を運んだが、源内に買える席は、せいぜい一番安い羅漢台《らかんだい》くらいのものだ。舞台上に設置された席で、そこからは役者の背中ばかり見ることになる。その一方で、他のどの席よりも役者に近い。

だが、菊之丞が襟首に塗っている白粉の香りが届くほどの間合いで芝居を観ていても、その距離は実際よりも遥かに遠く感じられた。ただ一歩、羅漢台から足を踏み出せば、己も芝居の世界に入り込めるというのに、その一歩には、とてつもない隔たりがある。

それに桟敷席を借り切ったり、ましてや役者を芝居茶屋に呼んで酒を酌み交わすような贅沢は、当然ながら源内には無理だ。人気女形の菊之丞を呼ぶとなったら、どれだけの祝儀が必要なのか想像もつかない。

「だったら聞けばいいじゃないか」

そんな事情など知らないのか、お廉が気安い調子で言う。

「私が同席してやってもいいよ」

「えっ、それはどういう……」

驚いて源内は答える。

「こう見えても、あれこれと訴事を引き受けて手打ちにするのをしのぎにしているんだ。私がいれば役に立つ」

そしてお廉は志道軒の方を見て言い放った。

「おい爺い、一席設けろ」

先ほどまでは源内など歯牙にも掛けていなかったのに、この親切さというか、お節介な様子は何なのだろうと訝しく思ったが、その答えは志道軒があっさりと口にした。

「お前がその路考とやらに会いたいだけだろう」

源内から見ても、そうだとしか思えなかった。

「いや違う。この貧乏浪人が路考に会いたいと言っているのに同情しただけだ。仕方なくだ」

どうもこのお廉という娘は、源内が思っていたよりも、ずっと俗っぽいようだ。芝居など興味ないというのも、本音ではなく建前かもしれない。

「市村座に行くとなると、着物を新調しねえとな」

いや、もう間違いない。お廉はそんなことを言って深刻そうに腕組みして眉根を寄せている。

「しかし、路考を茶屋に呼ぶとなると……」

「ああ、大丈夫だ。この爺い、金は持っているから」

そんなことは問題ではないというような口ぶりだった。

考えてみると、それはそうだ。品がなくて身なりがみすぼらしいからつい忘れてしまうが、二代目市川團十郎が物故するまでは、江戸で最も名が知られているのは團十郎か志道軒かとまで言われていたほどなのだ。浅草寺での定席の他に、請われて諸大名や大身旗本の屋敷、はたまた裕福な商家などに招かれて出講釈をすることもあると聞いていた。金を持っていないわけがない。

「勝手に決めおって……だが、まあいい」

腕組みし、口元に笑みを浮かべながら志道軒が言う。

「久々に芝居見物と洒落込むのも悪くないか。二人とも、恩に着ろよ」

そして、そう付け加えた。

二

市村座の舞台の上にある乗物の引き戸を開け、中から工藤祐経《くどうすけつね》の衣装に早変わりした尾上《おのえ》菊五《きくご》郎《ろう》が姿を現すと、土間や桟敷から見物客のどよめきが起こった。

つい先ほどまで、菊五郎は違う役を演じていた。祐経と瓜二つであるために父の仇《かたき》と人違いされ、舞台上を追い回されて逃げる八幡三郎《やわたさぶろう》の役を滑稽に演じ、客の大笑を誘っていた。

さてその八幡三郎が追い詰められ、舞台上にあった乗物の裏に隠れたところで、どうなるかと息を吞んでいた客たちの前に、どのような仕掛けを講じたものか、がらりと変化《へんげ》して乗物の中から祐経本人として登場したのである。

源内に志道軒、そしてお廉の三人は、東の上桟敷の一間を借り切っていたが、芝居など興味がないと言っていた筈のお廉は、階下の土間に転げ落ちんばかりに手摺りから身を乗り出し、夢中になって見物している。

一方の志道軒は、芝居茶屋から桟敷に移ってきても、酒を飲んでは莨を吹かし、ごろごろと退屈そうに畳の上を転がっている。

宝暦十三年のこの年、市村座では、二月から『封文栄曾我《ふうじぶみさかえそが》』という芝居が掛けられていた。曾我兄弟の仇討《あだう》ちを題材に取った、いわゆる「曾我物」である。

座頭である尾上菊五郎が演じるのは、曾我兄弟の仇である工藤祐経。曾我十郎《じゅうろう》と五郎《ごろう》の兄弟は、座元である市村羽左衛門《いちむらうざえもん》が一人二役で演じている。そこに何故か八百屋《やおや》お七《しち》と吉三郎《きちさぶろう》の恋物語が絡み、吉三郎は実は曾我十郎五郎の弟の禅司坊《ぜんしぼう》だったという、だいぶとっちらかった筋書きだったが、こんなことは芝居小屋では日常茶飯事だ。遠き鎌倉の世の物語も、今世を語る物語も、時空を超えて舞台の上では容易に融合する。

実際、この演目は大当たりのようだった。毎年初春には「曾我物」の芝居を掛けるのが江戸三座では習わしになっているが、森田座《もりたざ》がひと月も経たずに、中村座《なかむらざ》も五月には演し物を替える中、八月になっても市村座は同じ演目を続けている。

いっそもう、路考が出ると、いっそもう。

そう狂歌にも歌われた当の路考……二代目瀬川菊之丞が舞台の上に姿を現すと、それまで騒がしかった土間の枡席《ますせき》の客も、立ち見でごった返す追込場《おいこみば》の客も、桟敷を陣取る上客たちも、一斉に水を打ったように静かになった。

菊之丞が演じていたのは、八百屋の下女、お杉《すぎ》の役だった。

先年に大評判を得た、菊之丞が当代一の女形の名を不動のものにした『鷺娘《さぎむすめ》』の舞いに比べれば、着ている衣装も渋茶色でだいぶ地味だったが、舞台上では中村松江《なかむらまつえ》の演じるお七を完全に食ってしまっていた。お七がどんなに派手な身振りをしても、客の目線は菊之丞のお杉に釘付けだった。お杉は、吉三郎とお七の恋の取り持ちをし、吉三郎に肩入れして仇討ちの手伝いをする。

そして大詰め、がらりと趣向を変え、菊之丞が二役目の十郎の妾《めかけ》、虎御前《とらごぜん》として、煌びやかな遊女姿で登場すると、見物席は男客が競うように掛ける大向こうの声と、女客たちが漏らす感嘆の息で満たされた。

「ああもう、何よもう、ああもう……」

お廉も、普段の荒々しい気風はどこへやら、両手の平で頰を挟むようにして顔を紅潮させ、何度も溜息をつきながら舞台に立つ菊之丞に見入っている。

「あれで金玉がついているなんて信じられないよ」

だが口にする言葉は父譲りで品がない。

源内も、今日は朝も暗いうちから起き出して葺屋町までやってきた。芝居茶屋で志道軒たちと落ち合うと、まず朝餉《あさげ》の茶漬けと焼き豆腐、漬け物を食った。ゆっくりと過ごしたかったが、お廉が急《せ》き立てるので、朝五つ（午前八時頃）、芝居の本筋が始まる三立目《みたてめ》から見物を始めた。

菊之丞贔屓《びいき》の源内は、この演目に足を運ぶのは初めてではなかったが、何しろ素寒貧《すかんぴん》なので、いつもは吉野《よしの》や羅漢台のような安い席に座っている。芝居を前の方から、それも桟敷を貸し切って観るのは初めてだった。

志道軒は、時たま起き上がっては芝居をちら見し、不服そうに舌打ちをしてはまた寝転がって酒を飲んでいる。

「ちょいとおしっこ」

菊之丞の虎御前が舞台を去ると、お廉はそう言って立ち上がり、急ぎ足で桟敷から出て行った。先ほどからそわそわしていたから、菊之丞の出番が終わるまでと我慢していたのだろう。

まだ芝居は続いていたが、源内が上桟敷から枡席を見下ろすと、お廉と同様、小用に立つ客の姿が目立った。舞台に残された役者はやりにくそうだ。

荻野八重桐が演じていた役は、代役を立てて若女形が演じていた。

この後も芝居は暮れ七つ半（午後五時頃）の打ち出しまで続くが、芝居が跳ねたら菊之丞を芝居茶屋に呼び出し、そこで半刻《はんとき》ばかり酒肴を交わす算段になっていた。

源内も催してきたので、すっかり出来上がっている志道軒にひと声掛けて桟敷を出た。便所を借りるのにいちいち芝居茶屋まで戻るのは面倒だったので、階下に降りて鼠木戸《ねずみきど》の裏手に向かった。そこに小便桶が置いてあるのだ。

「ふざけんな！　その汚ねえ手を離しやがれ！」

お廉のドスの利いた声が聞こえてきたのは、源内が盛大に桶に向かって放尿している時だった。亀頭の先から迸っていた尿が、それでぴたっと止まってしまった。揉め事か。

袴の裾から出していた一物を慌てて仕舞いながら、葭簀《よしず》で簡単に囲われた小便所から飛び出すと、お廉が柄の悪い男に胸倉を摑まれ、爪先立ちで相手を睨みつけながら怒鳴り合いをしている。

「てめえが妙な入れ知恵をしたせいで、女房が縁切り寺に駆け込むはめになったんだ。ここで会ったが百年目……」

「あたしゃまだ二十年も生きてないよ。今日のために新調した着物が汚れるから、その手を離せって言ってるんだよ！」

まったく怯まず、お廉は続ける。

「そんなふうに酒に酔って女房を殴ったりしていたから、愛想を尽かされたんだろうが。自業自得だろうよ。それになあ、時と場所とをわきまえろってんだ！　ここは芝居小屋、堅気の人らが芝居見物を楽しみに集まってるんだ。たとえ親の仇を見つけたって、そこは見て見ぬふりをするのが筋ってもんだろうが！」

「そう言って逃げるつもりだろう」

「いいから、ひと先ずその手を離せ。こっちは今、それどころじゃないんだよ！」

見るとお廉は、唾を飛ばして男と怒鳴り合いを演じながらも、もじもじと内股をよじり、小刻みに足先で跳ねている。どうやら源内と同様、芝居茶屋の便所を使うのが面倒で、横着して小便桶で済ませようとしていたところを、この男に因縁をつけられたらしい。

さて困った。

様子からすると、男は過去にお廉と何か揉め事でもあったのだろうが、源内は喧嘩はからっきし。とても止めに入るような度胸はない。

面白がって人が集まり始めているから、そのうち留番《とめばん》が仲裁に来るだろうと考え、源内は見なかったことにして背を向け、こっそりと桟敷に戻ろうとした。

「あっ、源内！」

その源内に気づき、お廉が声を上げる。

「いいところに来た。ちょっとの間、こいつの相手を頼む」

「いや、それは……」

「てめえ、仲間か？」

お廉の胸倉を摑んでいた男が、狼狽えている源内の方を見た。それで男の手の力が緩んだのか、足の裏が土間に付くと同時に、飛び跳ねるようにお廉は男の股間に膝蹴りを喰らわせた。

うっと呻《うめ》いて前屈みになった男の髻《もとどり》を摑み、お廉は男の首を捻り上げ、そのまま土間に転がした。そして一転、揉め事を見守っていた野次馬たちを掻き分けて脱兎の如く走り出す。

「ど、どこへ……」

「うるさい！　用が済んだらすぐ戻る」

この様子で小便桶が置いてある葭簀の陰に駆け込んだら、あの娘、漏らしそうになっていたのを我慢していたのかと周りじゅうに悟られる。何十もの耳目が集まる中、音を立てて尿を垂れるのは、さすがに恥ずかしく思ったか。それに放尿中では無防備すぎて、再び摑み掛かられたら、ひとたまりもない。

だが、源内の方も困ったことになった。

野次馬たちの見ている中、お廉のような小柄な娘に土間に転がされて面目を失った男が、顔を真っ赤にして起き上がってきた。睨みつけている先は、すでに姿を消したお廉ではなく、仲間と勘違いされた源内の方である。

「許さねえ」

「ま、待て。拙者は何の関わりも……」

次の瞬間、目の前で火花が散り、強《したた》かな衝撃とともに源内は気を失っていた。

三

「路考姐さん、お疲れ様です」

舞台裏手の中二階にある立女形《たておやま》の楽屋に、出番を終えた菊之丞が戻ってくると、途端に雰囲気は華やいだものになり、部屋中が甘い香りで満ちたように感じられた。

菊之丞付きの若い女形たちが、一斉に群がるようにして、ある者は菊之丞の汗を拭い、ある者は鬘《かつら》や衣装を脱ぐ手伝いをし、またある者は化粧直しのための道具を鏡の前に並べ始める。

髪結いの仙吉《せんきち》は、緊張しながら楽屋の隅に端座し、菊之丞から声が掛かるのを待った。

芝居小屋、特に官許を受けた江戸三座と呼ばれている中村座、森田座、そしてこの市村座の三つは、あれこれと御公儀からうるさく決まり事を守らされている。女形たちの楽屋が「中二階」にあるのはそのせいだ。

芝居小屋は二階建てと決められており、二階は座頭を始めとする立役たちの楽屋や、稽古場としても使われる総部屋、一階には下っ端役者の大部屋である稲荷町《いなりまち》や、囃子方《はやしかた》、作者部屋や衣装蔵、風呂場などがあり、あとは舞台下に奈落《ならく》がある。

実際は三階建てなのだが、女形たちのいる二階を、一階でも二階でもない「中二階」だと言い張り、三階を「本二階」といって誤魔化しているという次第だ。いかに女形といえども、男役を演じる立役たちと楽屋が一緒というわけにはいかない。

吉原の遊郭で廻り髪結いを生業としている父に代わり、仙吉が市村座に修業がてらに通い始めたのは十六歳の時で、それからもう二年ほどになる。

役者が舞台で使う鬘を結う仕事はまだあまりさせてもらえないが、楽屋を回って出番前の役者の髪を鬘下地に結ったり、月代を剃ったりといった下働きで、割合に表方《おもてかた》からは可愛がってもらっている。最近は、特に名指しで女形たちの楽屋に呼ばれることが多くなったが、一線の立女形たちは、仙吉の見たところ、普段からその所作は殆ど女と変わらなかった。

これが名題下《なだいした》の女形たちが集まる大部屋に行くと、ひと目も憚《はばか》らず大きな音を立てて蕎麦を啜っている者や、暑い日だと女の着物に化粧をしたまま、股間を丸出しにして団扇で扇いでいるような輩もいるが、菊之丞の話だと、そんな女形は、どんなに顔が綺麗でも人気に火が付かず、消えていくのだという。

こちらに背を向けて肩をはだけている菊之丞から、思わず仙吉は目を逸らした。菊之丞の方も、どうやら男の……つまり仙吉の目を気にしているようで、付き人の一人に言い付けて、衝立を持って来させた。甲斐甲斐しく菊之丞の身の回りの世話をしている若女形たちも含め、よくよく考えれば、今、この部屋にいるのは全員が男なのだと思うと、妙といえば妙な按配だった。

「仙吉さん、髪をお願い」

やがて菊之丞が、柔らかい声で仙吉を呼び寄せた。

仙吉は道具一式の入った箱を抱え、衝立の向こうにいる菊之丞の許へ行く。

衣装を脱いで薄手の襦袢《じゅばん》一枚になった菊之丞が足を崩して座布団に座っている。

仙吉はその背後に回り、菊之丞の髪を纏め直し始めた。正面には鏡台があり、それに載っている大きな丸鏡に、自分と菊之丞が並んで映っているのが、何やら仙吉には不思議に思えた。

菊之丞は殆ど化粧を落としていたが、それでも野郎めいたところは少しもない。むしろ素嬪《すっぴん》の菊之丞は、町娘のような素朴な可愛らしさがあった。襦袢の合わせから覗く鎖骨も、まるで女のそれである。胸の膨らみが薄いのも、不自然には感じられない。

「この後、座敷に呼ばれているの」

菊之丞が呟く。

「お相手は、どこかの大名様か、大店《おおだな》のご主人ですか」

「聞いたら驚くわよ」

そう言うと、菊之丞は鏡越しに仙吉と目を合わせ、悪戯《いたずら》っぽく笑ってみせた。先代に厳しく躾《しつ》けられたからか、菊之丞はいつも物腰が柔らかく、人当たりも好くて、これが当代一の立女形かと思うほど偉ぶったところがない。仙吉のような一介の髪結いを始め、表方裏方、誰が相手でも分け隔てないのが菊之丞だった。それも人気の秘訣の一つだろう。

「すると公方《くぼう》様にでも呼ばれましたか」

「いえいえ」

菊之丞は指先を口に当て、くすくすと笑う。

「何とあの深井志道軒様です」

「えっ、狂講の志道軒ですか？　浅草寺の」

「そうです」

意外な相手だった。さすがに仙吉も、深井志道軒の名前くらいは知っている。

「志道軒様が桟敷を買ったと聞いて、今日は朝から役者たちも落ち着かず、そわそわとしている様子。私も久々に、舞台に立つ前に武者震いしましたとも」

「その志道軒に呼ばれていることですか」

「ええ。だから少し怖くって。海老蔵《えびぞう》様が、まだ二代目團十郎《だんじゅうろう》を名乗っていた頃、こっそりと浅草寺の小屋に狂講を覗きに行ったことがあるらしくて、たいへんな芸だとおっしゃっていたと聞きます。私も一度、足を運んでみたいと思っていましたが、なかなか……」

菊之丞は苦笑いを浮かべて小首を傾げてみせる。

押しも押されもせぬ人気者だった二代目市川《いちかわ》團十郎が、数十人も入ればいっぱいであろう狭い講釈小屋にこっそりと志道軒の芸を見に行っていたというのも驚きだったが、人で賑わう浅草寺で、菊之丞がこっそりと同じ真似をするのは難しいだろう。

荒事で名を馳せた、その二代目團十郎も、五年ほど前に没していた。

「芸のお話など聞かせていただければ良いのですが……。八重桐さんが生きていたら、こんな時、一緒に付いて行ってくれたでしょうに」

そう呟いて、ふと寂しそうな表情を菊之丞が見せた。

菊之丞の兄弟子である八重桐が、舟遊びの最中に溺死したのは、ついふた月ほど前のことだ。

仙吉は詳しいことは知らないが、菊之丞の落ち込みぶりは大変なものだった。十日以上も舞台を休んで座元を困らせ、朝晩の境なく泣き続けていた。二人は先代の下で幼い頃から共に芸を磨いてきた仲だった。

仙吉もその気持ちはよくわかる。以前なら、菊之丞の楽屋を仕切っていたのは八重桐だった。きびきびと立ち回って付き人たちに指示し、菊之丞が心置きなく舞台に立てるように細かく気を配っていた。裏方にも厳しく、仙吉も何度も八重桐に叱られたことがある。いなくなると、その分、何か物足りなく、ぴりっと張り詰めていた楽屋の雰囲気も緩んでしまっていた。

このところは菊之丞の芸も精彩を欠いていたが、今日は珍しい客のお陰で気合いが入ったのか、菊之丞も出来に満足いく表情をしているのがわかった。このまま、少しずつでもいいから元気を取り戻してくれたらと仙吉は思う。

髪を結い終えると、菊之丞が化粧を直し始めたので、仙吉は暇《いとま》を告げて、商売道具の入った箱を手に楽屋を出た。

「……おい、お前、そこのお前」

囁くような声で呼び止められたのは、仙吉が一階に下り、芝居小屋の表に出ようと楽屋口に向かっていた時だった。

「後生だよ。助けとくれ」

恨めしそうな若い女の声だった。仙吉はぞくりと背筋を震わせる。こんなに明るいうちから幽霊かと思い、足を早めて立ち去ろうとしたが、その時、目の端に女の顔が映った。

そこは役者たちが使う風呂場だった。湯が白粉でどろどろになるので泥風呂と呼ばれている。いつもなら、出番を終えた役者から順に湯を使うためごった返しているのだが、数日前から風呂桶の箍《たが》が緩んでいて水が溜まらず、役者たちは仕方なく近くの湯屋を使っていた。

その使われていない風呂場の入口から、ひょっこりと顔を出して、仙吉に向かって手招きしている娘がいた。猫のような吊り目をした娘で、眉間に深く皺を寄せている。

見たことのない顔だった。若女形でもないし、裏方でもないだろう。これは見物に来た娘が小屋の中で迷い、舞台裏に入り込んだか。

「どうしたんだい」

不思議に思って仙吉がそちらに近寄っていくと、娘が手をいっぱいに伸ばして仙吉の胸倉を摑み、風呂場の洗い場の暗がりに引っ張り込んだ。

「あっ」

「声を立てるな。気づかれる」

まるで押し込み強盗のようにドスを利かせた声で娘が言う。

「お前、何でもいいから着替えを調達して来い。騒ぎ立てたり他の誰かを連れてきたら承知しねえぞ」

「い、いったい何を……」

言い掛けて、仙吉はすぐに察した。新調したばかりと思しき、明るい花柄をした着物の股の辺りが濡れており、足下には水溜まりのようなものができていた。微かに尿の臭いもする。

「わ、私はこう見えても堅気じゃないんだ。その道じゃ少しは怖がられているんだぞ。もしお前が余計なことをして、私に恥を掻かせたら、ただじゃおかないんだからな」

強気でそう言いながらも、娘は大きな眼に涙をいっぱいに溜めて泣くのを我慢している。

「わかった。安心して」

娘を落ち着かせるため、仙吉は穏やかな優しい声で宥めた。

おそらく、小便をする場所を探しているうちにこの辺りに迷い込み、我慢できなくなって、人気《ひとけ》のなかったこの風呂場に駆け込んだところで漏らしたのだろう。

「風呂桶が壊れていて、今ここは使われていないから、静かにしていれば誰も入って来ない。何か着るものを借りてくる。絶対に気づかれないようにするから」

「ほ、本当だよ？」

「任せておいて」

ひと先ず仙吉は商売道具の箱の中から、ありったけの手拭いを取り出すと、自分の着ている羽織を脱いで、一緒に娘に渡した。

「待っていて」

「あ、ありがとう」

涙目でそう言う娘に向かって頷くと、仙吉は廊下に出た。まだ芝居が跳ねていないので、舞台の方からは囃子方の奏でる音が聞こえてくる。表方も裏方も引っ切りなしに行き交っているが、皆、忙しそうで人のことなど構っていられないという様子だった。

中二階へと戻る階段を早足で上がりながら、さてどうしようかと仙吉は考える。

衣装蔵や女形部屋に行けば着物はいくらでもあるが、勝手に持ち出したら泥棒だ。下手をすると騒ぎになる。それはあの娘も望んでいないだろう。

こんなことをこっそりと頼める相手は、菊之丞しか思い浮かばなかった。菊之丞は優しいから、きっと事情を聞かずに仙吉に着物くらいは貸してくれるだろう。

そう思い、仙吉は先ほどまでいた立女形の楽屋に向かった。あの娘、本当に困っているように見えた。早く戻ってやらないと。

四

お廉のやつ、どこに行っちまったんだ。

宴席の支度ができたと芝居茶屋の番頭が桟敷まで呼びに来たので、源内は、すっかり泥酔して出来上がっている志道軒に肩を貸し、市村座を出た。

表の通りを挟んだ向かい側にある大茶屋まで、番頭の後を付いて歩いて行く。

顔面にたった一発、拳固を食らっただけで伸びてしまったのは却ってよかった。それ以上、源内があれこれとしばかれることもなく、お廉と揉めていた男は、呼ばれて飛んできた留番らに取り押さえられた。

気の短い江戸っ子が集まる芝居小屋では、喧嘩騒ぎなど日常茶飯事だ。揉め事が起こった時に止めに入る腕っぷしの強い連中が、必ず何人か雇われている。ついでに源内もつまみ出されそうになったが、上桟敷にいる深井志道軒の連れだというので、何とか許された。

茶屋に入ると、二階にある座敷は貸し切りになっていた。

並んでいる膳のうちの一つに源内は腰を下ろす。志道軒は行儀悪く座布団を二つ折りにして横になると、そのまま鼾《いびき》を掻いて寝始めた。

落ち着かずにそわそわしていると、やがて階段を上がってくる足音が聞こえてきた。

さてこれは菊之丞かと思って源内は居住まいを正したが、座敷に姿を現したのはお廉だった。

「よかった！　まだ路考さんは来ていないね」

「何だお廉、その格好は」

鼠木戸裏の小便所から駆け去った時とは、装いが変わっていた。

新しく仕立てた黄色い花柄の小袖を着ていた筈だが、今は桃色に銀糸で豪華な刺繡の入った着物を身に着けていた。太い帯を巻き、余った分が長く腰から垂れ下がっている。まるで桃の節句に飾る雛人形のような様子になっていた。

これはどう見ても舞台衣装であろう。往来を歩くような格好ではない。

「これでも楽屋にあったものでは地味な方だって……」

もじもじとした様子で、お廉がしおらしい声を出す。着る物が変わると口調まで変わってしまうようだ。

「その髪はどうした」

衣装に合わせてか、髪も結い直され、笄《こうがい》が飾られていた。

「それだと着物と合わなくて変だからって、仙吉さんが……」

「仙吉？　誰だ、それは」

源内が思わず問い返すと、お廉は少しだけ顔を赤らめてから、急に声を荒らげた。

「それよりも、源内、てめえ」

歩きにくいのか、衣装の裾を両手で摑んで絡げながら、お廉はずんずんと源内の方に大股で近づいてくる。

「よくも見て見ぬふりを決め込みやがったな」

「いや、こっちもお前のお陰で、顔にこんな青痣をこさえるはめに……」

「口答えする気か。もう片方の目にも青痣をつくって、狸みたいにしてやろうか」

凄むお廉などお構いなしに、寝転がっている志道軒が唸り声を上げて尻を掻きながら屁をこく。

そこに茶屋の番頭が姿を現した。

「路考さんたちが到着しました」

お廉が、はっとした表情を浮かべて絡げていた裾を元に戻し、埃をはたくように手で払うと、源内の隣に大人しくちょこなんと座り込んだ。

やがて市村座の関係筋が、ぞろぞろと座敷に入ってきた。そして全員が全員、部屋を間違えたかとでもいうふうに、訝しげな表情を浮かべる。

それはそうだろう。目の周りに青痣をつくった貧乏そうな浪人者と、雛人形のような衣装を身に纏い、緊張した面持ちで固まっているちんちくりんの娘が並んで座り、その背後では、願人坊主のようなみすぼらしい身なりをした志道軒が、股を大開きにして下帯を丸出しにし、大鼾を掻いて寝ている。実にひどい絵柄だ。

「深井志道軒殿に、ひと目、ご挨拶だけでもと思って来たのだが……」

入ってきた者の中には、先ほどまで舞台に立って曾我十郎五郎の二役を演じていた九代目市村羽左衛門の姿もあった。目と目が離れていて、魚の鯔《ぼら》のような顔立ちをしているが、市村座の座元、つまり劇場経営者も兼ねている。六十年近くも座元を務めていた先代が没し、それを引き継いだばかりなので、まだ四十前と若い。他にいるのは小屋付きの戯作者や帳元などであろう。

そして付き添ってきた者たちの後ろから、路考こと二代目瀬川菊之丞が姿を現した。

途端に座敷が華やいだ雰囲気となる。

「あら」

菊之丞は部屋に入ってくるなり、お廉の姿を見て目を細め、微笑んだ。

「仙吉さんの用向きとは、あなたのことだったのね」

そう声を掛けられ、お廉はあわあわと口を開く。

「せ、仙吉さんは、何と……」

「少しの間だけ、どれでもいいから使っていない着物を貸してくれというから」

そのやり取りを聞いて、他の者たちも合点がいったというように頷き合う。お廉が着ているのが、菊之丞の手持ちの衣装だと気づいたのだろう。

「可愛らしい。よく似合っているわ」

菊之丞に褒められて、お廉は耳まで真っ赤にして俯いてしまった。憧れの路考が眼前にいるからか、跳ね返ったところや品のないところは、おくびにも出さない。

「仙吉っていうのは?」

先ほどから、ずっと気に掛かっていたことを源内は問うた。

「私が目を掛けている髪結いの子です」

源内は、お廉に聞いたつもりだったのだが、菊之丞がそれに答える。

その時、寝ていた志道軒が、突然、むくりと起き上がった。

「……八重桐とかいう女形が死んだ夕涼みの日、何があったかを聞きにきた」

いくら何でも、話の流れや場の雰囲気を無視しすぎだった。

途端に、そこにいた者たちが凍り付いたようになり、菊之丞の顔も青ざめる。

「ここにいる平賀源内という浪人が、興味本位に是非とも知りたいと言うから連れてきた」

羽左衛門らが、ぎろりと源内を睨み付ける。

完全に悪役を押し付けられて、源内の体じゅうから冷や汗がどっと溢れ出した。

「……志道軒様は、何でもお見通しなのですね」

下唇を嚙んでいた菊之丞が、やがて観念したかのようにそう呟いた。

「夢か現《うつつ》か、私自身も判然としないのです。そんな話を人にしても、どう思われるかと……」

どうも奥歯にものが挟まったような言い方だ。

「いいから話してみろ」

促すように志道軒が言う。少し迷う素振りを見せてから、菊之丞は口を開いた。その語り口は、芝居の科白を聞いている時のように源内の耳にも深く滲み入ってくる。

菊之丞が語ったのは、こんな話だった。


八重桐たちが小舟に乗り換えて蜆採りに出掛けた後、少し休もうと屋形船の座敷で横になっているうち、菊之丞は知らぬ間に寝入ってしまっていた。

目を覚ますと、菊之丞は屋形船に一人だった。一緒に残っていた筈の船頭の姿もない。

少しだけ不安に駆られたが、気持ちを落ち着かせるため、菊之丞は硯で墨を磨り始めた。八重桐たちが遅いから、船頭は猪牙舟でも拾って迎えに行ったのだろう。そう考えることにした。

やがて硯の中の水が黒く染まる頃、句が降りてきた。

　浪の日を染め直したり夏の月

墨を含ませた細筆でそれを紙の上に書き写し、小声で呟いてみた。

耳元で囁くように脇句が聞こえてきたのは、その時だった。

　雲の峯から鐘も入相《いりあい》

驚いて菊之丞は顔を上げる。男の声だった。声だけでなく、その吐息すら感じた。

立ち上がり、周囲を見回す。当たり前だが誰もいない。屋形船の座敷の外に出て、先ほど涼んでいた垣立から、菊之丞は大川の様子を眺める。

水面を覆うように霧が出ていて、岸さえも見えなかった。体が溶けてしまいそうだと感じた暑さも消え去り、ひんやりと肌寒さすら感じる。

あれほどたくさん浮かんでいた他の涼舟の姿もなかった。菊之丞はだんだんと不安に駆られてきたが、その霧の向こう側に、一葉の小舟が浮かんでいるのを見つけた。

先ほどからそこにいたのか、それとも今現れたのかも判然としなかったが、その小舟には舵取りの舟子も乗っておらず、ただ一人、男が静かに竿を出して釣り糸を垂れていた。

「もし」

緩やかな流れとともに近づいてくる小舟に向かって、訝しく感じながらも菊之丞は声を掛ける。

男は狩衣《かりぎぬ》らしき衣装を身に纏い、立烏帽子《たてえぼし》を被っていた。平安の世の貴族のような格好だ。まるで演じられている最中の芝居の中にでも迷い込んだような錯覚を菊之丞は覚えた。

小舟に乗っていた男が、菊之丞の方に顔を向ける。色白で切れ長の目をした、綺麗な顔をした男だった。見たところの齢は三十四、五といったところか。男は柔らかな笑みを浮かべると、水に浮かべていた浮子《うき》を手元に寄せ、釣り竿を置いた。そして、囁くように唇を動かす。

身は風とならばや君が夏衣

その声は、やはり菊之丞のすぐ耳元で聞こえたような気がした。

——我が身を風のようにして、あなたの夏の衣の中に入り込みたい。

そんな意味の句だと菊之丞は解釈した。こんなに真っ直ぐに誘われたのは、思えば初めてだ。まるで生娘《きむすめ》のような気恥ずかしさを感じ、菊之丞は顔を赤らめて手の平で覆おうとした。

ふとその手が、風を受ける扇のように見え、返す句が浮かんだ。

しばし扇の骨を垣間見

屋形船と、男の乗る小舟とがすれ違おうとする時、思わず菊之丞は脇句を吟じながら、自ら手を伸ばした。男も同じように手を伸ばし、菊之丞の手をしっかりと握り返す。冷たい手だった。少しだけ菊之丞が力を込めると、男の体はふわりと浮き上がり、屋形船へと乗り移ってきた。

「あっ」

勢い余って倒れそうになる菊之丞の体を、男がそっと抱きすくめる。

それだけで菊之丞は夢見心地になった。同時に、何故か懐かしい気持ちにも駆られる。

もしや、これが恋というものであろうか。出会ったばかり、それも連歌を二度ほど交わしただけで恋に堕ちるなどということがあるのだろうか。この路考が？　江戸随一の女形と言われるこの自分が？

照れがあり、まともにその男の顔を見ることができない。菊之丞は男を座敷へと誘うと、そこに残されていた徳利を手に取り、男が手にした盃にそれを差した。

係留されていた筈の屋形船が、ゆっくりと動き出す気配があったが、もはや菊之丞は、目の前にいるこの狩衣姿の男のことで頭がいっぱいだった。

「先つ年、路考殿が舞った『鷺娘』を観た」

注がれた酒を飲み干しながら、ふと男が言う。

「あえて名乗らぬが、私の顔に見覚えは？」

「いえ……」

菊之丞がそう答えると、男は心から寂しそうな表情を浮かべた。

どこか懐かしいような感じもしたが、ただの思い過ごしかもしれない。

「仕方あるまい。あまりにも長い年月が二人を別ってしまった。気にするな」

「もしや、東上桟敷の五番を買い続けているのは、貴方様ではございませんか」

少し前から、市村座の東側にある上桟敷の同じ席を、ずっと買い占めている客がいた。不思議なのは、その客がいつも姿を現さないことだった。だが、役者たちが舞台に立っている最中、そちらに目をやると人影があったとか、その人影は、芝居に登場する人物のような狩衣姿をしていたとかの噂が、女形たちの楽屋でも怪談話のように飛び交っていた。

男は微かに笑みを浮かべただけで何も答えず、暫《しばら》くの間、二人は静かに酒を差し合った。お互いに無言だったが、まるで長く連れ添った夫婦のように、不思議と落ち着いた気分だった。

やがてほろ酔い気分になってきた頃、男が菊之丞の腰に手を回し、体を引き寄せようとした。

「駄目です」

身を委ねてしまっても良いかと感じていたが、菊之丞はそっと男の手を払った。

男は荒々しく菊之丞の頭を抱え込むようにすると、その唇を重ねてきた。お互いの舌が絡み合い、菊之丞の頭は痺《しび》れたようになる。

「ああ、駄目です」

そう言いながらも、どんどん菊之丞の力は緩んでいく。男が菊之丞の首に舌を這わせ、耳たぶを軽く嚙んでくると、もうたまらず、何度も溜息を漏らした。

男の手が、着物の裾を割って入ってくる。菊之丞は太腿をよじって抗おうとしたが、すでに陰茎は固く充血していた。その先端に男の指先が触れただけで体が震え、気を遣りそうになる。

だがそこで男の手が止まった。薄目を開けて盗み見ると、男は苦しげに頬を歪ませている。

「どうしたのです」

まるで続きをせがむような言い方だと口にしてから気づき、菊之丞は己のはしたなさに恥ずかしくなる。

「こんな筈ではなかった……何故……」

男は下唇を嚙み、呻くような声を上げた。

船頭もいないのに、屋形船はいつの間にか、大川からどこかの水路へと入ったようだった。

裾に割り込ませていた手を引っ込め、男は菊之丞に背を向ける。

慌てて乱れた裾を直すと、菊之丞は居住まいを正した。気まずい沈黙が流れる。

何となくではあるが、菊之丞は察した。男が躊躇《ためら》っているのは、菊之丞が女の体ではないからだろう。菊之丞の心は紛《まご》うことなき女だったが、その容れ物たる体が、この男との間に超えられぬ隔たりを作っている。そのことに寂しさと哀しさを覚え、菊之丞は俯いた。

屋形船の手摺りの向こうから、目映《まばゆ》いばかりの明かりが射し込んできたのはその時だった。

堀になっている水路に沿って、芝居小屋らしきものが建っているのが目に入った。だがそれは、菊之丞も見たことがないような大きさの小屋だった。正面の間口は何十間あるのかもわからぬほどで、酒樽や蒸籠《せいろ》、米俵などの積物《つみもの》が、芝居小屋の前にうずたかく積み上げられていた。

屋根は見上げるように高く、外壁も軒の瓦も、金箔でも貼ってあるのか金色に輝いている。やがて櫓太鼓《やぐらだいこ》の鳴る音が聞こえてきた。城の物見櫓を思わせるほどの大きさの櫓が組まれ、そこに「丸に寶《たから》」の紋が入っている。周囲に無数に吊るされている提灯も、すべて同じ紋だった。

屋形船が、水路を左岸に寄り始める。その巨大な櫓が上がっている芝居小屋の対岸で、すぐ傍らには太鼓橋が架かっている。それは小屋の正面へと続いているようだった。

「これはいったい……」

屋形船から見える、この世のものとも思えぬ光景に、菊之丞は感嘆の声を漏らした。江戸三座など比べものにもならぬ。いや、そもそもこんなものが官許されるわけがない。

船着き場にいる老人が、長竿を使って屋形船を岸に寄せる。

「……身上書《しんしょうがき》を交わしてもらいたい」

それまで黙っていた男が、ふと口を開いた。それは役者が芝居小屋と交わす契約書のことである。通常は一年ごとで出番を決め、その間は他の小屋への出演はできない。

「でも、私は今年は市村座への出番で……」

声が聞こえてきたのは、菊之丞が困って返事を濁そうとした時だった。

「路考さん！　起きてください、路考さん！」

同時に、菊之丞は現に引き戻され、目を覚ました。

「八重桐が溺れた！」

激しく菊之丞の体を揺り動かしながら声を上げているのは、一緒に屋形船に乗っていた役者仲間の一人だった。蜆採りに行っていた中洲から、慌てて知らせに戻ってきたらしい。

他の者たちは今、必死になって姿を消した八重桐を探しているという。

「番所へ知らせに行きたい。船を動かしてくれ」

そしてぼんやりとした気分の菊之丞をよそに、屋形船の船頭に指図する。

辺りは何もかも、狩衣姿の男が姿を現す前と一緒だった。

するとあれはうたた寝の中でみた夢か。

菊之丞はそう考えたが、とてもそのようには思えなかった。

絡め合った舌の味も、触れ合った肌の感触も、確かに残っていたからだ。


「『丸に寶』の櫓が上がっていたのだな」

話を聞いていた志道軒が呟く。

「ならば、それは山村座《やまむらざ》だ」

座敷にいた者たちが顔を見合わせ、青ざめた顔でざわざわと声を上げる。

「いや、しかし山村座といえば……」

突拍子もないことを言い出した志道軒に向かって、源内は口を開く。

その場にいる者たちは、いずれも困惑の表情を浮かべている。さすがにそれは、芝居に関わる者らにとっては験《げん》の悪い名前だった。

「だが、話を聞いている限りでは、儂の知っている山村座とは、少しばかり……いや、だいぶ様相が違う」

「志道軒殿は、山村座に足を運んだことが……？」

腕組みしてじっと菊之丞の話を聞いていた市村羽左衛門が、志道軒に問うた。

「芝居見物は今日が何十年か振りだが、その何十年前に最後に足を運んだのが山村座だ」

なるほど、と源内は思った。ここにいる誰一人として、山村座の名前は知っていても実際に足を運んだ事がある者はいないだろう。齢八十を超える志道軒を除いては。

源内も、名前しか聞いたことがなかった。志道軒がそんなことを言い出すまで気づかなかったが、確か山村座の櫓紋は「丸に寶」だった筈だ。

かつて江戸には、今ある三座の他に、官許された大芝居の小屋が、もう一座あった。

それが山村座である。

かつては森田座とともに木挽町《こびきちょう》で芝居町を形作っていたが、ある事件が元となり廃座となった。

正徳《しょうとく》四年（一七一四）、今から遡ること五十年ほど前のことである。

世に言う「江島生島事件《えじまいくしまじけん》」が、そのきっかけだった。

大奥の御年寄《おとしより》であった江島が、主である月光院《げっこういん》の名代《みょうだい》として芝増上寺へ赴いた後、山村座に立ち寄って芝居見物に興じた。

そこまではいいのだが、江島は贔屓にしていた山村座の看板役者、生島新五郎《しんごろう》を芝居茶屋に呼び出し、宴会に夢中になって時が過ぎるのを忘れ、大奥の門限に遅れてしまった。

江戸城大奥の通用口である「七つ口」は、その名の通り、夕七つ（午後四時頃）には閉ざされてしまう。だが、江島が奥女中らを引き連れて戻ってきたのは暮六つ（午後六時頃）に近い時刻で、通せ通さぬの押し問答になってしまった。

江島が仕えていた月光院は七代家継《いえつぐ》の生母であり、御年寄という大奥での役職は、表なら老中に匹敵する格だ。それで無理を通したが、これが後々、問題となった。

評定所や奉行所により関係者が厳重な詮議を受け、江島は生島新五郎との不義密通を疑われた。将軍に仕える大奥の女中としては、これは重罪である。

江島は信州高遠《たかとお》藩の預かりとなり、その後二十七年もの間、信仰していた日蓮宗の寺への参詣を除いては、城中の囲み屋敷から一歩も外に出られず、贅沢はおろか、酒も菓子も、茶を喫することも禁じられ、六十一歳で没するまで、そこで過ごすことになった。

生島新五郎は三宅島《みやけじま》へ遠島となり、島で生涯を閉じたとも言われているが定かではない。連座で罪を問われた江島の異母兄は、旗本であったにも拘わらず切腹を許されず斬首となった。他にも江島の取り巻きや、この日の芝居見物や宴会に同席した者など、五十名近くが遠島や追放などの処罰を受け、取り調べや処分を受けた者は千四百人を超えるという大事件に発展した。

無論、山村座もただでは済まなかった。座元であった山村長太夫《ちょうだゆう》は伊豆大島に遠島。山村座は官許取り上げとなり廃座。以降、現在に至るまで江戸の大芝居の小屋は三座のままである。

「しかるにそれは、山村座にあって山村座にあらず。おそらく『戯場國《けじょうこく》』であろう」

「けじょうこく……？」

羽左衛門が眉根を寄せる。

「まあ、簡単に言えば、役者の堕ちる地獄だ」

　その場にいる者たちが息を呑む音がした。

「役者なんてのは業の深い連中ばかりだからな。儂のように寺の境内に間借りして、粗末な掘っ立て小屋で満足していればいいが、三座に出ている立役者や立女形などは、まあ殆どが地獄行きだろうよ」

　目の前にその立役者である羽左衛門や、立女形の菊之丞がいるにも拘わらず、平気で志道軒は放言している。

　羽左衛門が不愉快そうな様子で立ち上がり、無言でそのまま座敷から出て行ってしまった。何人かが慌てて後を追って行く。

「それにしても山村座とは……。どうやら人だけでなく、人の情念が集まる芝居小屋も、廃座となれば地獄に堕ちて異形と化すらしいな。面白い」

「死んだら地獄行きはお前だろ、爺い」

　吐き捨てるようにお廉が言う。

　座の雰囲気はすっかり暗くなってしまい、料理や酒に手を付けようとする者もいない。

「もしそうなったら、閻魔《えんま》大王が泣いて許しを乞うまで説教してやる。向こうが嫌がるだろうさ。もうこっちに来るなってな」

　涼しい顔をしてそんなことを言い、志道軒は一人だけ上機嫌で飲み食いしていた。確かにこれでは地獄の獄卒も持て余しそうだ。

「志道軒様、その『戯場國』というのは……」

　泣きそうな顔で俯いていた菊之丞が顔を上げ、そう問うた。

「ああ、その話だったな。芝居小屋とは、すなわち一つの国だ。吉原を『ありんす國』というのと似ているが、何も驚くことではない」

言われてみれば、確かに芝居小屋はそれ自体が一つの小さな国に見立てられる。

「広げれば、こう考えることもできる。この世はどこもかしこも舞台の上、例えば儂は、神仏により深井志道軒という狂講師の役柄を与えられ演じているに過ぎぬ。いまわの際に、これっきりの声が掛かるまで、ずっとその役を演じ続けるのだ」

それは面白い考えだと源内は思った。さしずめ自分の場合は、器用すぎるのが徒《あだ》となって、あれこれと一人何役も演じている大部屋役者といったところか。

「路考とやら」

志道軒は改まった声を出した。先ほどまで酔っ払ってだらしない格好で寝ていたとは思えないような、鋭い口調だった。

「先ほどの芝居、お主の本来のものではないな」

「それはどういう……」

「ひどいもんだった。よくそれで瀬川菊之丞を名乗っていられるな。儂の目は誤魔化せぬ」

菊之丞の言葉を遮り、志道軒が冷たく言い切る。本人を前にして、あからさまに芸を侮辱する言葉を口にした志道軒に、菊之丞や市村座の連中より先に、お廉が切れて怒鳴り声を上げた。

「いい加減にしろ、このくそ爺い。失礼にも程が……」

「お前は黙っていろ」

だが志道軒は、一喝してお廉を黙らせてしまった。

お廉の方が狼狽え、上げかけた腰を落とした。浅草寺の講釈小屋の時とは違い、志道軒にふざけた様子はない。

「お主が見たのは、あの世の光景であろう。心の隙に取り入られたな。それで八重桐とやらも死ぬことになったのかもしれぬ」

「八重桐さん……」

志道軒の言葉に、はっとした表情を見せ、菊之丞は肩を震わせて涙を零《こぼ》し始めた。中洲の泥の中に引き込まれるように姿を消したという、荻野八重桐のことを思い出したのだろう。

「その狩衣姿の男、名は名乗らなかったのだな？」

念押しするように問う志道軒に、菊之丞が力なく頷く。

「一度、心に穴が開いてしまったのなら、それが針先のように小さなものだったとしても、いずれ大きく広がっていく。用心することだな」

その後は、まるで通夜のような雰囲気のまま宴席は終わった。菊之丞たちは秋芝居の稽古があると去って行ったが、あの様子では稽古にならないだろうなと源内は思った。

「志道軒殿、先ほどの『戯場國』の件だが……」

座敷にお廉を含めた三人だけが残された後、源内は声を潜めて志道軒に問い直した。八重桐溺死の事件を戯作にするにしても、もう少し詳しく聞いておきたかったからだ。

「ん？　あんなものは口から出任せだ」

あっさりとそう答えた志道軒に、源内は言葉を失った。不満そうな膨れっ面で、自棄《やけ》になって次々と徳利を呷《あお》っていたお廉も目を丸くする。

「あの路考とかいう女形が妙な話をするものだから、お主の戯作のネタになるかと思って、適当にその場で合わせていただけだ」

するといつもの狂講と同じように、思い付くまま口から出任せに喋っていたということか。

「では、路考殿が話していたことは……」

「知らん知らん。どうせ屋形船でうたた寝でもして妙な夢でも見たのだろう」

志道軒は、よっこらしょといった様子で立ち上がった。

「てめえ爺い、路考さん、泣いていたじゃないか。それにあんなに怖がって……」

「あー、うるさいうるさい。儂はもう芝居は懲り懲りだ。先に帰る。お主らは勝手にしろ」

面倒くさそうにお廉をあしらい、志道軒は、さっさと芝居茶屋の座敷から去って行った。

お廉は不満そうにまだ悪態をついていたが、源内は妙に思った。

口から出任せにしては、志道軒の話は真に迫っているように感じられたからだ。

五

吉原で廻り髪結いをしている父親を手伝った後、風呂敷包みを手にした仙吉は、大門を出て日本堤の土手八丁を少し歩き、その足をぶらりと浅草寺の裏手へと向けた。

観音堂の脇、三社権現の宮前まで出ると、そこにある大松の木の下に、丸太や竹を組んで建てられた、志道軒の講釈小屋があった。

仕事帰りに浅草寺へのお参りはしょっちゅう行っており、この小屋の前も何度も通っていたが、今までは気に掛けたこともなかった。

相変わらず境内は人で賑わっており、講釈小屋の前にも数人が並んでいた。

大人しく仙吉はその列の後尾に付いた。中は満席のようで、誰かが表に出てくる度、入れ替わりに並んでいる順番で人が小屋に入っていく。外にいても、嗄《か》れているがよく通る老人の声と、木の棒か何かを打ち鳴らす小気味良い音、そして笑い声や、女客の嬌声などが漏れてくる。

「次の人、入んな」

やがて仙吉の番になり、小屋の中から、ドスの利いた低い女の声が聞こえてきた。

よかった、いるみたいだ。仙吉は入口に掛けられた簾《すだれ》をくぐり、中へと入る。

「茶代八文。莨盆は別で四文……」

入口に座っていた茶汲み娘が、そう言いかけて仙吉の姿を見て目を丸くした。

「八文だね。ええと……」

銭入れを取り出そうとする仙吉に、茶汲み娘……お廉が床几から立ち上がる。

「な、何言ってるんだい、仙吉さんからはお代はいただけないよ」

先ほどの無愛想でぶっきらぼうな声音とは打って変わった高い声をお廉は出す。

「でも……」

「市村座では困っているのを助けてもらったからね。年寄りの繰り言みたいなつまらない芸だけど、楽しんで行っとくれ」

お廉は傍らの七輪の上に置いてある茶釜から柄杓で茶を掬うと、それを碗に注いで仙吉に差し出してきた。

「はい、どうぞ、仙吉さん。熱いから気をつけて」

その時、壇上の志道軒が、手にした木の棒で机を打ち鳴らしながら声を張り上げた。

「おい、お廉、今何て言った！　年寄りの繰り言だと？」

にこにこと微笑んでいたお廉が、急に目を細めて片眉を吊り上げ、壇上の志道軒の方を睨み、ちっと舌打ちする。

「耄碌して耳が遠くなって良く聞こえなかったのかい？　年寄りの繰り言みたいな、つ、ま、ら、な、い、芸だって言ったんだよ！」

「こ、この小娘、それが親に向かって……」

饒舌な志道軒が口籠《くちご》もって怯む姿に、床几や縁台に腰掛けて講釈を聞いていた見物客たちの間から笑いが漏れた。

「お廉さん、そんな言い方をしちゃいけないよ」

仙吉が窘《たしな》めると、お廉は慌てた表情を浮かべた。

「いや、わかってる。わかってるって。私も本心で言ったわけじゃないよ。おい爺い、こっちは気にせずに続けろ」

お廉の態度に、また客が笑った。どうも客の雰囲気からすると、このお廉と志道軒のやり取りも、いつものことのようだ。

「混んでいるからさ、遠慮せずこっちに来て座りなよ」

お廉は自分の隣に置いてある床几を勧めてくる。確かに、お廉がいる木戸を兼ねた茶汲み場の辺りは、ひと一人くらいならゆったりと座れる余裕があった。

「仙吉さん、莨は？」

「いや、おいらは莨は喫《の》まないから……」

甲斐甲斐しく莨盆を差し出してくるお廉に、仙吉は困りながら答える。

「わざわざ会いに来てくれたのかい？」

「うん。これを届けに……」

仙吉は手にしている風呂敷包みを差し出した。

壇上では志道軒が講釈の続きを始めており、時々、小屋の中がどっと笑いに包まれる。

「洗い張りして、よく干しておいたよ」

「えっ、じゃあ……」

薄暗い小屋の中でも、お廉が顔を真っ赤にするのがわかった。

「私が脱ぎ捨てた着物かい？　捨ててくれって言ったじゃないか」

「だってこれ、新調したばかりだろう？　いい反物なのに勿体ないよ」

「ちょっと待て。誰が洗ったんだい」

「うちは父一人子一人だから、おいらだけど……」

「よ、余計なことをするんじゃないよ！」

一瞬、志道軒の講釈が止まるほどの大きな声を出し、お廉が仙吉の手から風呂敷包みを奪う。

「えっ、ご、ごめん。お節介だったかな……」

「違う。いや、怒ってはいないんだ」

お廉が蚊の鳴くような声で呟く。

「解いて洗い張りした後、市村座の衣装蔵の知り合いに頼んで仕立て直してもらったんだ」

「うん……ありがとう」

そのまま志道軒が講釈を一区切りするまで、お廉は胸元に風呂敷包みを抱えて俯いたまま、仙吉の顔を見ようともしなかった。

「柳は緑、花は紅、只そのままの色か、そのままの色か」

やがて壇上の志道軒がそう言い、手にしている木の棒をトトン、トントンと軽快に鳴らすと、見物客らが立ち上がり、お開きの様相となった。ぞろぞろと客が外に出て行き、小屋の中は志道軒とお廉、それに仙吉の三人だけとなった。

「お廉、一度、長屋に戻って飯だ。戸締まりするぞ」

志道軒が、むすっとした様子で、お廉に向かって言う。

仙吉にはまるで興味がないのか、どこの誰だか問おうともしない。

「そうだ、仙吉さんもおいでよ。一緒に食おう」

俯いていたお廉が、気を取り直したように顔を上げ、明るい声を出した。

「いいのかい？」

「もちろんだよ。狭くて汚いところだけど、寄って行っておくれ」

「お前はいちいち、ひと言多いな」

不満そうな声を志道軒が上げる。

茶釜を載せていた火鉢の炭の始末をし、戸締まりが済むと、仙吉はお廉と並んで志道軒の後に付いて歩き始めた。志道軒は八十を過ぎていると仙吉は聞いていたが、杖も突かず背筋も真っ直ぐで、足取りもしっかりしている。

二町ほど歩くと、すぐに志道軒らの住まいに辿り着いた。浅草寺と大川の間に挟まれた花川《はなかわ》戸町《どちょう》の大長屋が、その住居だった。この辺りは馬道に沿っていくつも長屋が建っており、裏店から裏店へと細い路地がごちゃごちゃと入り組んでいる。

志道軒の住処は、間口と奥行き、共に二間ばかりの割長屋だった。さすがに屋敷住まいではないだろうと思ってはいたが、江戸では知らぬ者のいない講釈師の住む家としては、存外に狭い。

「お廉さんは、志道軒さんと一緒に住んでいるのかい？」

「うん」

お廉が頷く。

「親孝行なんだね」

感心して仙吉が言うと、長屋の戸を開いていた志道軒が振り向きながら悪態をつく。

「とんでもない。その女は金目当てだ。儂がどこかにたんまりと貯め込んでいると見て、虎視《こし》眈々《たんたん》とそれを狙っているのよ」

お廉が足を上げ、下駄で志道軒の尻を蹴る。どうも考えるより前に手や足が先に出るたちのようだ。

「おっ母《かあ》が死に際に、てめえが一人で寂しい思いをしているから世話をしてやれって言うから、仕方なくやってんだよ。感謝しやがれ」

「そんなこと頼んだ覚えはないし、もっと言うなら、お前の母親など知らん。この志道軒、ぼぼをすること二億一万六千七百八十一番。まぐわった相手の顔など、いちいち覚えておらんわ」

「てめえがそんなにもてるようには見えねえよ」

「こう見えても若い頃は男前で大評判だったのだ。女共が股を開いて順番待ちよ」

「どんな有り様だよ、それ。嘘をつくなら、もっとましな嘘をつけ」

お互いに悪態をつきながらも、割合に段取りよく、二人は雨戸を開いたり火を起こしたりと分担しながら昼餉《ひるげ》の用意を進める。何だかんだいって息は合っているようだ。

釜に残っていた、お焦げまじりの冷や飯を、お廉が手早く握り飯にし、志道軒が竈《かまど》に火を入れて温めた牛蒡と大根の入った汁と、茄子の漬物をおかずにして、昼餉が始まった。

「あれから、路考さんの方はどんな様子だい？」

仙吉が菊之丞から着物を借りた後、それを着たお廉と芝居茶屋で会ったという話は、菊之丞本人から聞いていた。そこで志道軒から、何かきついことを言われたというのも。

「それが……」

箸を使って汁を掻き込みながら、仙吉は答える。今日、志道軒の元を訪ねてきたのは、半分はお廉に洗った着物を届けるため、半分は菊之丞の件について話があったからだった。

「実はちょっと、市村座で妙なことが起こっていて……」

「妙なこと？」

お廉が眉根を寄せる。志道軒の方は、仙吉の話はまったく聞いている様子もなく、握り飯を汁椀に直接ぶち込んで茶漬けのようにして食っている。

「路考さんの身に何か？」

「いや、そういうわけじゃないんだけど……。何て言ったらいいのか……幽霊が桟敷を買うようになったんだよ」

「幽霊？」

大きな口を開けて握り飯を頬張っていたお簾が、頓狂な声を出した。

「いや、市村座の表方裏方の間でそう噂されているだけで……。東上桟敷の奥から五番目を毎日買う客がいるんだけど、芝居茶屋にも小屋にも姿を現さないんだ」

「ああ、路考もそんなことを言っていたな。冷やかしじゃないのか」

ずるずると下品な音を立てて汁を啜っていた志道軒が口を挟む。

「金はちゃんと払っているっていうんですよ」

「幽霊がどうやって金を払うんだ？」

「芝居茶屋の帳場に、知らぬ間に勝手に書き置きと金子《きんす》が置いてあるそうです。向こう何十日分もまとめ払いで、安い額じゃないだろうに……それに」

「それに？」

先を促すお簾の方を見て、仙吉は答える。

「舞台に出ている役者の何人かが、ふとそちらに目を向けると、客が座っているのが見えるっていうんですよ。誰もいない筈なのに、手摺越しに、じっと舞台を見ているんだって……。他にも奈落で妙なものを見た人がいるとか、気味の悪い噂が立て続けで……」

「ちょっとちょっと、やめとくれよ。私は、生きている人間はどんな破落戸が相手でも平気だけど、幽霊やらお化けやらは苦手なんだ」

お簾が身震いするように自分の肩口を抱いて言う。

「ふん、馬鹿馬鹿しい」

志道軒が、空になった椀を音を立てて床の上に置く。

「怖がって、舞台に立ちたくないなんて言い出す役者もいる始末で……。座元の羽左衛門さんもすっかり困っちまっているんです。それで、お廉さんを留番に雇えないかって……」

「えっ、私を？」

留番とは要するに芝居小屋の用心棒だ。普段は場内の客の整理などをしているが、いざ喧嘩など、腕ずくで止めなければならない揉め事が起こった時には、真っ先に出て行く。

「お廉さん、訴事解決を引き受けたりしているんでしょう？」

「いや、まあ……何でそんなこと知っているのさ」

「市村座でのお廉さんの喧嘩を見かけた木戸番が知っていて、羽左衛門さんに教えたんですよ」

「ちょいと待っとくれ。そいつ、何か余計なことを言いふらしちゃいないだろうね」

「お廉さんは、その道じゃ名の知れた女博徒の娘さんだって、おいらは聞いたけど……」

「ああ……そう」

がっくりとお廉が肩を落とす。あまり仙吉や菊之丞には知られたくない話だったようだ。

仙吉が木戸番から聞いた話だと、お廉の母親はお弦《げん》という名の女俠客で、賭場の大親分や、やくざ者、とんでもない兇状持ちなどを相手に次々と浮名を流した、妲己《だっき》のような女だったという。

本人も、旗本屋敷の中間部屋や寺社の軒先を借りて、手広く丁半博打や手本引きの賭場を開き、手下も百人ほどいたらしい。

「でも、おっ母が死んでからは足抜けして、まっとうにやってるよ」

「訴事を引き受けて手打ちするといったって、お前、母親の手下だった連中を使って相手を脅しているだけじゃないか」

また志道軒が茶々を入れてくる。

「うるさいねえ。話し合いで済む相手はちゃんと話し合いで解決してるよ」

「そうだとしたら、芝居小屋で鉢合わせて喧嘩になんかならんだろうが」

「あれは、あの男の元女房がひどい目に遭っているって相談を受けて、手下に守らせて縁切り寺に駆け込むのを手伝ってやったんだ」

仙吉をよそに、また志道軒とお廉が言い争いを始める。

「こいつは幼い頃から賭場を遊び場に、出入りする荒っぽいやくざ者たちを遊び相手にして育ったんだ。十歳の時から手本引きの胴や、壺振りもやってたってよ」

「だから、そういうことを仙吉さんに吹き込むのやめろってば！」

お廉が嫌がるのを面白がって、志道軒があれこれと聞いてもいないことを口にする。

一年ほど前に、お廉の母親であるお弦が病気に罹《かか》って死んだこと。死ぬ間際にお廉に足抜けするように言ったこと。そして、お前の父親は実は浅草寺で狂講をしている志道軒だと言い残して逝ってしまったものだから、今、こんなふうになっているのだということ。

二人の言い争いが一段落したのを見計らい、仙吉は口を挟む。

「まあ、そんな話を聞いて、羽左衛門さんも、お廉さんなら頼りになると思ったみたいです。志道軒さんの娘だから、何かあった時に知恵も借りられると……」

「あの話を真に受けやがったか」

ごろりとその辺に寝転がりながら、志道軒が面白くもなさそうに口にした。

「八重桐さんに続いて、路考さんにまで何かあったらと、羽左衛門さんは気を揉んでいるようで……。それに、いかつい用心棒みたいな男が、やたらと女形の楽屋を出入りするのは……」

「そこらの破落戸の方が、よっぽどその女より行儀いいぞ」

肘枕で隙っ歯を楊枝《ようじ》でほじくりながら言う志道軒を無視し、お廉が問うてくる。

「私は何をすりゃいいんだい」

「とりあえずは、小屋にいる間の路考さんの警固ってところです。それに、東上桟敷の怪異のことも、調べられるなら調べて欲しいって」

「それを引き受けたら、私はずっと路考さんと一緒にいられるってことかい」

「まあ、そういうことになるのかなあ」

首を傾げながら仙吉は答える。

「仙吉さんにも会える？」

「おいらは、小屋入りしている時はだいたい床山部屋にいるけど、路考さんの地髪は自分が結っているから、顔を合わせることも多いんじゃないかな」

「だったら頼まれた。明日から行くよ」

「おいおい、講釈小屋の木戸はどうするんだ」

「てめえでやれ」

お廉がつれなく言う。

何だか悪いことをしたかなと思いながらも、仙吉は二人の住む長屋を後にした。

六

「あっ、仙吉さん」

仙吉が市村座の中二階にある瀬川菊之丞の楽屋に入ると、部屋の隅で胡座《あぐら》をかき、猪口に入った汁に蕎麦をつけてずるずると啜っているお廉の姿が目に入った。

志道軒の講釈小屋を、仙吉が訪ねて行ってから数日後のことである。

鏡台の前に座っていた菊之丞が、仙吉の方を振り向く。今日の芝居はもう跳ねたから、これから夜中に掛けて、総部屋で十一月の顔見世《かおみせ》興行の稽古があった。

「誰かとちったんですか？」

仙吉は、小半刻ほど前に市村座に着いたばかりだった。そういえば床山部屋にも、空になった蕎麦箱や、「福山《ふくやま》」の屋号が描かれた割り下の入った一升徳利や猪口が置いてあった。

「家橘《かきつ》さんが昨日、科白を大きく飛ばしちゃったのよ。それで一緒に舞台に立っていた役者も、控えていた裏方も、段取りが狂って大慌て」

菊之丞が口元に手を当ててくすくすと笑う。家橘とは、座元でもある九代目市村羽左衛門の俳号だ。菊之丞を路考と呼ぶのもそうだが、役者同士はお互いを俳号で呼び合うのを好む。

「どういうことだい？」

口元に残っていた蕎麦の端を、ちゅるんと啜りながらお廉が言う。

「それは、とちり蕎麦っていうんだ。役者がとちったら、詫びに表方や裏方全員に蕎麦を振る舞う決まりなんだよ」

そのため、立役者や立女形が派手に科白を嚙んだり間違えたり飛ばしたりすると、大部屋役者たちの楽屋である稲荷町や、舞台裏や奈落にいる裏方たちが、一斉に声を殺して歓喜を上げる。

「へえー、そうなのかい」

「私は一度も、とちり蕎麦を振る舞ったことはありませんけどね。……それよりも、お廉さん」

えっへんと胸を反らせていた菊之丞が、お廉に向かって口を開く。

「ちょっとがさつすぎますよ。せっかくいい器量なのに、それじゃ勿体ないわ」

確かに、胡座をかいて夢中で蕎麦を食っているお廉は、着物の裾から覗く赤い蹴出しの向こう側、股の付け根まで見えてしまいそうなだらしなさだった。

言われてやっと気づいたのか、お廉が慌てて膝の先を合わせ、裾を直す。

「折角だから、若い娘さんの所作を近くで学ぼうと思っていたけれど……」

「お廉さんの方が、路考さんに仕種や行儀を学んだ方がいいかもしれないね」

笑いながら仙吉がそう言うと、お廉はしゅんとして俯いてしまった。

「ご、ごめんごめん。悪気があって言ったんじゃないんだ」

お廉の予想外のしおらしい態度に、仙吉は慌てる。

「いや、仙吉さんの言うとおりだ。いい機会だから、いっちょ私も路考さんから、女らしさってものを学んでみるよ」

腕組みして唸りながら、お廉が言う。

「今から総部屋で稽古なんだけど、仙吉さん、髪をお願いできるかしら」

「あ、はい」

何だか調子が狂うなと思いながら、菊之丞に促され、仙吉はその地髪を結い直す。

市村座は秋芝居を挟み、顔見世興行の稽古に入っていた。

通常、役者は一年ごとに芝居小屋と報酬などの交渉をし、お互いに納得がいけば身上書を交わす。毎年十一月に、その顔ぶれを披露する顔見世興行があり、年が明けて初春興行となる。菊之丞は続けて市村座への出番が決まっていた。

「じゃあ、路考さんが稽古をしている間に、小屋の中を案内しとくれよ」

髪を結う仙吉の手際を感心したように眺めていたお廉が、そんなことを言い出す。

「稽古がいつ終わるかわからないから、私を待っている必要はないわ。町木戸が閉まる前に、仙吉さんがお廉さんを送って行ってあげてくださいな」

「わかりました」

一度稽古が始まったら、座頭や座元の気分次第では深夜に及ぶこともある。お廉の住む花川戸とはさほど離れていないとはいえ、夜の一人歩きは、若い娘には危ない。

もっとも、お廉のような女なら、余計な心配かもしれないが。

「幽霊が出るっていう桟敷を見てみようか」

菊之丞やその付き人たちが楽屋から出て行くと、早速、お廉が立ち上がった。

一応、お廉は建前は留番として雇われており、座元や道具方の親方などにも、路考の身の回りの用心のためという話は通っている。

仙吉は先に立って、女形たちの楽屋がある中二階から階下へと行き、舞台の袖を通って、下桟敷に沿った廊下を木戸近くの仕切場まで歩いて行った。そこで上桟敷への階段を再び上り、折り返すようにしてまた戻って行く。おいそれと客が舞台裏に迷い込んできては困るから、小屋はそんな構造になっていた。だいぶ大回りしなければならない。

案内するとはいっても、裏方として働いている仙吉は、桟敷や土間の枡席、または舞台下の奈落などには用がないので、殆ど足を踏み入れたことがなかった。

「不思議なんだよなあ」

一緒に廊下を歩きながら、お廉が呟く。

「爺いがあれだけのことを言ったのに、路考さん、ちっとも怒っている様子がないんだ」

「志道軒さんは、路考さんに何て言ったの?」

「よくそれで瀬川菊之丞を名乗っていられるなって……」

「そうか……。でも、路考さんは優しいからね」

だが、それだけだろうか。仙吉も何か引っ掛かるものがあった。

八重桐が溺死してから、すっかり菊之丞の芸は精彩を欠いてしまっている。それでも他の女形に比べれば芸が飛び抜けているから目立たないが、それは本当に、八重桐の死を引き摺っているというだけの理由なのだろうか。

それに、志道軒は芝居見物は何十年ぶりと言っていた。その言葉を信じるなら、初代菊之丞の芸は見たことがない筈だから、それと比較して言っているというわけでもないだろう。

やがて仙吉たちは、上桟敷のひと部屋の前に辿り着いた。問題の東上桟敷五番だ。

出入口は引き戸になっており、中の広さは概ね二畳ほどであろうか。

芝居小屋の長辺に当たる東側と西側に沿って、桟敷席は二十部屋ほど並んでいる。上桟敷と下桟敷の二階建てになっており、もちろん上桟敷の方が上席で値が張る。東と西でも格の差があって、花道は下手の西側にあるので、東側の桟敷からの方が、全体をよく見渡すことができる。

桟敷席は舞台に近い方から一番二番と名が付いているが、一番は殆ど舞台の真横だから、少し離れた五番の辺りは、舞台にも近くて役者が良く見える、特上の席だった。

この桟敷を毎日買い、そして姿を見せない客がいる。

「変な噂話が出るようになったのは、八重桐さんが死んでから?」

「いや、その前からみたいだね」

誰もいない上桟敷に、仙吉はお廉と一緒に足を踏み入れる。畳が張られていて、隣の桟敷との仕切りは、腰ぐらいの高さがあった。座っていれば隣の客と顔を合わせることはないが、立てば隣を見て取れる。妙なことが起これば、すぐに気配でわかりそうだ。正面は低い手摺りになっており、芝居を観ながら酒肴や菓子、茶などを喫することができるように台が付いている。上には市村座の「丸に橘《たちばな》」の紋が入った提灯が吊るされていた。

上桟敷から見下ろすと、客が引けた土間の枡席では、顔見世興行で使う大道具の作業が行われていた。枡席の枠の上に大きな張り物を置き、絵師がそれに満開の桜の絵を描いている。泥絵具の膠《にかわ》の匂いが、仙吉たちのいる辺りにも漂ってくる。舞台上では木地方《きじかた》が、大道具の下地になる木枠を作っており、釘を打つ金槌の音や、木材を切る鋸《のこぎり》の音が、小屋の中に鳴り響いていた。

「別に変わったところはないね」

栈敷席の中を見回しながら、お廉が言う。

「そうなんだよ。だけど、勿体ないからって、何度か急な客を入れたことがあるらしいんだ」

栈敷席は表の木戸ではなく、すべて芝居茶屋を経由して売られる。茶屋で出される料理や、芝居見物の最中に飲み食いする酒や茶や菓子まで込みだからだ。枡席に比べると、席代だけでも倍以上かかるので、栈敷で見物するのは上客だけだ。

本当は何日も前から席を取っておかなければならないのだが、大名や大身旗本、金を持っている商家などの上客が急に席を欲しがり、融通を利かせなければならないことがままある。

それで、どうせ空いているのだからと、この東上栈敷五番の席に通したらしい。

ところが、どの客も午《ひる》を待たずに青ざめた顔で芝居見物を止め、逃げるように小屋から出て行ってしまった。理由は分からない。だが、それがこの栈敷にはやはり何かあるのではないかという噂を、小屋の表方裏方に広めることになった。

お廉は仕切り壁や手摺りなどを注意深く検《あらた》めていたが、狭いのですぐに済んでしまった。

「奈落に行ってみようか？」

仙吉の方から声を掛けてみる。舞台を挟んだ表と裏は、だいたいお廉も見て回っているだろうから、他に見ておくところといえば、奈落、つまり舞台下の地下室くらいだ。

そこは、迫《せ》りや切穴《スッポン》から登場する役者と奈落番の他は、殆ど入ることのない場所だ。

奈落へ下りていく階段は、舞台裏の一階の廊下にあった。

幅四尺ほどの階段を、少し緊張気味に、仙吉が先に下りて行く。奈落の床は突き固めた土間に薄っぺらい茣蓙《ござ》を敷いただけで、明かり取りもなくて暗い。代わりに蠟燭《ろうそく》が壁でぼんやりと炎を揺らしていた。どちらかといえば、こっちの方がいつ幽霊が出てもおかしくない雰囲気だ。

市村座には、常設で直径四間（約七・三メートル）の、盆と呼ばれる廻り舞台と、盆の中に設置された迫りがある。

奈落のど真ん中には、盆の主軸となっている太さ一尺あまりの柱があった。それを回すための把手もあり、芝居の本番中には、これを屈強な奈落番たちが摑んで押し、盆の上に載っている大道具や役者ごと舞台を回す。迫りは木の滑車を使って役者を奈落から舞台へと押し上げる装置だ。

「よう、そっちの娘さんが、留番として雇われた訴事引き受け人か」

薄暗がりの向こう側から唐突に声が聞こえ、お廉が小さく悲鳴を上げた。

「一緒にいるのは髪結いの仙吉とかいう床山部屋の下っ端だな？　聞いているぜ」

奈落の隅に、三畳ばかりの広さの上がり込みの板の間があった。

暗くて気づかなかったが、莨を吹かしている髭面の男がそこに座っていた。

年は五十前後といったところか。髷にも髭にもだいぶ白いものが混じっているが、袖を切った着物から覗く腕は太く、逞《たくま》しい体付きをしていた。

「俺は奈落番の五郎八《ごろはち》という者だ。こっちに来て座れよ」

「ここは暗いから、どうせなら上に行って話しませんか」

恐る恐る、仙吉はそう提案してみた。

「いや、ここでいい。明るいところはどうも居心地が悪くてな」

どうやらその上がり込みは、奈落番たちが休憩する場所のようだった。見たところ、今、奈落にいるのは、五郎八だけのようだ。

「少し前から、あれこれ妙なことが小屋の中で起こっている。それを調べているんだろう?」

促されるまま板の間に上がると、見た目のいかつさとは裏腹に、五郎八は傍らの火鉢の上から鉄瓶を取り、二人に茶を淹れてくれた。

「奈落でも何やら妙なものを見た人がいると聞いたんだけど……」

お廉が問うと、五郎八が頷いた。その表情を照らすのは、蠟燭の炎と火鉢の炭の明かりばかりで、彫りの深い顔の陰影を余計に色濃くしている。

「家に帰るのが面倒で、たいがい俺は、この奈落に寝泊まりしている」

板の間の端に搔い巻きが放り出してあったので、そうなのではないかと思っていた。

「真夜中に小便がしたくなってな。奈落から出て便所で用を足した。いつもならすぐにここに戻ってきて横になるんだが、その日は妙な胸騒ぎがして、舞台の袖に向かった」

夜遅くまで稽古している者や、楽屋や裏方の詰所に寝泊まりしている者は、どんな日でも必ずいるが、人気がなかったということは、かなりの深夜だったのだろう。

「舞台には誰もいなかったが、こっそりと袖から覗いたら東上桟敷のあの席に、ぼんやりと路考が立って土間席を見下ろしているのが見えた。俺は背筋が寒くなったよ。とても生きている人のようには見えなかった」

「遅くまで稽古していて、帰るのが面倒になって楽屋にでも泊まっていたんじゃないですか」

仙吉も何やら怖気《おぞけ》を感じた。もしそうだったのだとしても、わざわざ夜遅くに、あんな不気味な噂の立っている桟敷席に足を踏み入れる理由がわからない。

「勿体ぶるんじゃないよ。それで、いったい何を見たんだい」

強がってはいるが、お廉の口調も明らかに怯えている。

「路考のやつ、桟敷の手摺りを乗り越えて、頭から土間席に飛び込みやがった」

「え？」

仙吉はお廉と顔を見合わせる。上桟敷の手摺りから土間席の床までは、少なくとも二間（約三・六メートル）はある。頭から落ちたら、下手をすると頸の骨を折って死んでしまう。

「俺は驚いて飛び出し、そちらに向かって走った。路考が誤って土間に落ちたと思ったんだ」

だが、そこには何もなかった。

狐につままれたような心持ちで五郎八は土間席から仕切場の方へと走って行き、上桟敷へと向かう階段を駆け上がる。そして今しがた菊之丞が立っていた東上桟敷五番の席の引き戸を開いた。

「俺は手摺りから身を乗り出して、下を見た。何があったと思う？」

「さあ……」

仙吉は首を傾げる。

「あれはおそらく、空井戸だ」

「何だそりゃ」

お廉が声を上げる。先を続けようとしていた五郎八がそれに答えた。

「今は廃《すた》れちまったが、昔は芝居小屋によく設《しつら》えられていた役者の出はけ口だ」

「スッポンみたいなものですか」

仙吉の問いに、五郎八が小さく頷いた。スッポンというのは、花道の途中にある切穴のことだ。奈落に繋がっており、通常は妖怪や幽霊などの異形の役が登退場するのに使われる。

「そんなもの、この小屋にありましたっけ」

「ねえから恐ろしいんだろうが。土間席で見た時には、そんなものはどこにもなかった。おそらくは、あの上桟敷の席からじゃなきゃ見えねえんだ。そこに路考は飛び込んで、姿を消した」

「ちょっと様子がわからないよ。どんな感じだったんだ、その空井戸は」

「幅一間ほどの、丸い井戸さ。奥は暗くて底が見えなかった。あれが通じている先は、本物の奈落、あの世に違いねえ」

五郎八の口調が淡々としているせいで、却って気味の悪さが増す。

「情けねえが、俺は怖くなって上桟敷のあの席から逃げ出した。翌朝、一番太鼓が鳴る前に、もう一度、様子を見に行ってみたが、やはり空井戸などなかった。路考もけろっとしていて何かあったような素振りもねえ。だが俺は、あれが寝ぼけて見た夢か何かのようには思えねえ」

「それ、路考さんに直接、確かめてみたのかい」

声を低くして問うお廉に、五郎八が頭を横に振って答える。

「言ってねえよ。俺たち奈落番が役者と顔を合わせるのは、連中が迫りやスッポンから登場する出待ちの時だけだ。余計な話なんかしたこともねえ」

確かに、芝居が演じられている真っ最中に、関係のない話などできるわけがない。

「それに、この話をするのは奈落番仲間以外では、お前たちが初めてだ」

すると奈落で妙なものを見たやつがいるという噂は、五郎八の仲間から裏方に広まったものか。話の内容からすると、奈落で何かを見たというよりは、妙なものを見た奈落番がいるというのが歪んで伝聞したらしい。

「五郎八さんは、何でそんな話をおいらたちに……」

「決まってるだろ。路考は何か隠している。ともすると、八重桐は路考に殺されたんじゃねえかと俺は思っている」

「それはいくら何でもうがちすぎだろ！」

もう路考贔屓を隠そうともしなくなったお廉が、大きな声を出す。それが奈落の壁に反響して、さらに大きく響いた。

「だったら、そうじゃねえって、お前が調べて安心させてくれ。俺が見たものは伝えたぜ」

そこで五郎八の話は終わりのようだった。

仙吉は、腕組みをして唸っているお廉を連れて奈落を出た。

「この話、路考さんの耳には入れない方がいいかもしれねえな」

「そうだね」

仙吉が頷いたところで、夜五つ（午後八時頃）を告げる時の鐘が遠くから聞こえてきた。

階上からは、囃子方の奏でる音曲や、役者の科白の声、それに立ち回りのおさらいでもしているのか、どたどたと入り乱れた足音などが響いてくる。稽古に熱が入っているのだろう。

「……帰ろうか」

「うん」

お廉が短く答える。

「花川戸まで送って行くよ。日も暮れているから、志道軒さんも心配しているだろうしね」

「あの爺いはそんなやつじゃないよ。それに私は別に一人でも……」

言い掛けてから、お廉は少し首を傾げる。

「いや、お願いしようかな。私はか弱い女だからな」

そして照れたように言い直した。

七

ここはあまり良くないな――。
広島藩の前藩主である浅野《あさの》但馬守宗恒《たじまのかみむねつね》に付き添って市村座の東上桟敷に入った稲生《いのう》武太夫《ぶだゆう》は、

そう直感した。

「おお、これは良い席だな」

宗恒が嬉しそうな声を上げる。芝居の方は、すでに一番目の演し物の大詰で、盛り上がりのある場面に差し掛かっていた。十数人の役者が大立ち回りを演じており、囃子方の演奏にも熱が入っている。土間の枡席は見物客でごった返しており、ざわついていた。

宗恒が腰を下ろすのを見て、ひと先ず武太夫もその背後に控えることにした。

広島藩主であった浅野宗恒が、嫡子である重晟《しげあきら》に家督を譲り隠居したのは、この年、宝暦十三年の二月のことだった。近く江戸を去り、国元に帰ることになっていたが、今朝方、宗恒が突然に思い付きで、江戸の名残に芝居見物をしたいと我儘《わがまま》を言い出した。

隠居したとはいっても、宗恒はまだ四十七である。先代まで続いていた藩の財政困窮を、十年以上かけて立て直した苦労の人でもあった。自ら先頭に立って倹約に努めてきたから、国元に帰る目前になって急に、ずっと我慢してきた遊びに興じてみたくなったらしい。そこで大茶屋を通じて市村座に掛け合ったところ、この東上桟敷五番が空いていた。

お忍びであるし、押さえることができたのはその一間だけだったので、警固のために付き添ってきたのは武太夫と、柏直右衛門《かしわじきえもん》という同僚の二人だけである。

宗恒の背後に端座したまま、武太夫は桟敷席の様子を窺う。この急な来場に、市村座がこれだけの席を用立ててしてきたことが、武太夫には妙に思えた。本来なら、何日も前に押さえておかなければ、上桟敷の席は取れない筈なのだ。

「いやあ、役得であるな。このような良い席で芝居見物できるとは……」

隣に座している直右衛門が、小声で武太夫に耳打ちしてくる。何やら浮かれている様子だった。

「気を抜くな」

そう答える武太夫に、直右衛門が鼻白んだような表情を浮かべる。

武太夫は、着物の合わせに手を入れ、帯の内側にこっそりといつもたばさんでいる小槌に触れた。これは武太夫が若き日に手に入れ、今もずっと持ち歩いているものだ。

「何だ何だ二人とも。儂に遠慮せず、折角だから芝居を楽しんだらよかろう」

大茶屋から運ばれてきた酒肴に手を付けながら、上機嫌で芝居を見物していた宗恒が、武太夫にも盃を勧めてきた。

「酒に酔ってしまっては大殿の警固は務まりませぬ。お構いなく」

「何だ武太夫、お主は本当に堅物《かたぶつ》だのう」

宗恒は口先を尖らせてつまらなそうに言ったが、特段、怒ることもなく、続けて隣に座っている直右衛門にも酒を勧めた。

「芝居小屋で、儂が誰に襲われるというのだ。のう、直右衛門」

「大殿、こやつは、いつもこの調子なのです。放っておきましょう」

宗恒からの盃を受けながら、直右衛門がそんな冗談を言い、二人は笑い声を上げた。

ふむ、この程度なら大丈夫か。

一方の武太夫は、桟敷席の前に吊るされた提灯を見上げていた。並んでいる五つの提灯に、苦悶する人の顔が浮かび、貼られた紙の内側に血のようなものが滲み始めている。

こんなものは見慣れているが、大殿の目に入っては面倒だと思い、こっそりと懐から小槌を取り出すと、床の畳をとんとんと小さく叩く。たったそれだけで、提灯に浮かび上がっていた人の顔は怖じ気づいたように消え去った。やはりこけおどしか。

この桟敷が空いていた理由は、おそらくこれであろうが、次第に周りが暗くなってきていることに気がついた。まだ外は明るい。芝居小屋の両窓を全て閉めても、ここまで暗くなりはしない。

「おお、何だ何だ。何が始まるのだ」

芝居の趣向か何かと勘違いしたのか、感嘆したような声を宗恒が上げる。直右衛門も、さほど慌てた様子もなく、不思議そうに辺りを見回している。

思っていたよりも大掛かりだなと、武太夫は冷静に考えていた。

「いいか、直右衛門」

そして落ち着いた口調で、隣に座っている直右衛門に声を掛ける。

「何があってもみだりに抜くな。やたらに刀を振り回したら、相打ちになるぞ。それがこやつらの狙いだ。放っておけば何もできぬ」

「いや、武太夫、何を……」

武太夫は立ち上がる。やはりというか、周囲にはすでに、何もなくなっていた。

隣の桟敷との仕切りになっている腰高の壁の向こうも、手摺り越しに見下ろせた筈の土間の枡席も消えている。ただ真っ暗な空間に、この桟敷だけが、波間に漂う小舟のように、ふわふわと揺れながら浮かんでいた。

やがて桟敷の四方から虚無僧が四人、尺八を吹きながら近づいてきた。さてどうするかと見ていると、桟敷を囲むように足を止め、人を不快にさせる調子の、耳障りな音曲を奏で始める。

「武太夫、こ、これは……」

さすがに宗恒も、これが芝居の趣向ではないことに気づき始めたようだ。

「大殿、怖ければ目を瞑《つむ》っていてくだされ。但し、どんなに脅かされても、この桟敷の外に飛び出したりはせぬように。じっとしている限りは、おそらくこやつら、手出しできぬ様子」

もしそうでないなら、とっくに襲い掛かってきている。そうしないのは、こちらを怖がらせるか驚かせるかして、桟敷の外におびき出そうとしているからに違いない。

「拙者が相手をいたす。直右衛門は大殿の傍から離れるな」

この手合いは、放っておけばやり過ごせる。自分一人なら、無視を決め込んでごろりと横になって寝始めるところだが、生憎、怪異には不慣れな二人が一緒だ。

見ると、虚無僧らの頭がどんどん膨らんできている。被っていた天蓋《てんがい》も裂け、巨大な瓜のようになった頭部に亀裂が入ったかと思うと、爆発するように頭がはじけ飛んだ。

宗恒と直右衛門が悲鳴を上げ、主従も忘れてがっちりと抱き合い、がたがたと震えながら念仏を唱え始める。

だが、おぞましいのはここからだった。血と脳漿《のうしょう》を撒き散らして弾けた虚無僧の頭から、次から次へと血まみれの赤子が這いずり出し、きいきいと呻き声を上げながら、桟敷の手摺りや腰高の壁をよじ登ろうとし始めた。数は四十か五十はいるだろうか。

こういうのは、前にも見たことがあるな。

武太夫はだんだんと退屈してきた。やはりこやつらは手摺りや壁を越えて中に入ってくることはできないようだ。面倒になってきたが、案外にしつこく、桟敷を囲んで巨大な蛆虫《うじむし》のように蠢《うごめ》いている赤子の群れは、いっこうに消える様子がない。

あまり人前に晒《さら》したくなかったが、武太夫は小槌を再び取り出し、闇に向かって掲げた。

「これは拙者が山本五郎左衛門《さんもとごろうざえもん》殿より預かっている退魔の小槌である。退けばよし。退かぬなら少々痛い目に遭わせなければならぬが、いいか」

武太夫がそう言うと、赤子の群れが、一斉に恐れ戦《おのの》くような表情を浮かべ、蜘蛛《くも》の子を散らすかの如く桟敷の周囲から逃げて行く。

途端に、周囲に明るさが戻った。同時に、芝居小屋のざわめきが耳に戻ってくる。

振り向くと、宗恒と直右衛門は、先ほどと同じ体勢のまま、顔を上げぬようにして震えていた。

「大殿、それに直右衛門も……」

武太夫が声を掛けると、宗恒が、「ひっ」と飛び上がらんばかりの声を出した。

直右衛門は目を瞑ったたまま、南無三宝《なむさんぼう》と念仏を唱え続けている。

「少々、酒が過ぎたのでは？　もう芝居は大団円でございますぞ」

実際、舞台の方は、軽快な柝《き》の音とともに引き幕が閉じようというところだった。大向こうの掛かる声が、小屋の中を飛び交っている。

「ぶ、武太夫」

やっと宗恒が顔を上げる。

「化け物どもは……」

「化け物？　はて……」

武太夫はとぼけてみせる。

「拙者は素面《しらふ》でござる。二人揃って、妙な夢でも見たのでしょう。大茶屋に戻って、酔い覚ましに熱い茶でも喫し、休まれては？」

武太夫が促すと、二人は福草履を突っ掛け、慌てたように桟敷から出て行った。

溜息をつき、武太夫は、もう一度、桟敷を見回す。床には酒の入っていた盃が転がり、莨盆や肴の載った皿がひっくり返っていた。

折角の大殿の芝居見物で、このような席に案内するとは……。

そう思うと腹が立ってきた。文句のひとつも言わなければ気が済まない。

武太夫は上桟敷を出ると、小屋の表木戸の方にある仕切場へと向かう。大茶屋から受けた席の割り振りは、そこで行われている筈だ。

二番目の幕が開く前なので、表木戸の辺りは、客の出入りでごった返している。柵で囲われ目隠しに簾のかかった、仕切場と思しき一角に近づいたところで、中から怒号が聞こえてきた。

「何であの東上桟敷の席に客を入れたんだ！」

若い女の声だったが、ずいぶんと腹が据わっていて、ドスが利いている。

「いや、しかし、どうせ誰も来やしないし……」

弁解めいた声は、おそらく仕切場の手代か何かであろう。

「関係あるか。あの東上桟敷の五番には誰も入れるなって言った筈だ。覚えてるよな？」

やはりあの桟敷には何かあるなとは思ったが、すっかり気勢を削がれた武太夫は、簾越しに聞き耳を立てることにした。

「だが、相手はお大名様だぞ。それも一万石や二万石ではない。四十二万石取りの大大名様だ。席がないで済むと思うか」

「そうだとしても、もっと他に方法があるだろうが。他の桟敷席のお客さんに、金を払って退いてもらうとか……」

「空いている桟敷があるのにか？　それこそ当座の評判に差し障りが……」

「ご免」

話の切れ目を狙い、武太夫は仕切場の目隠しに垂れ下がっている簾を開いた。

算盤《そろばん》の載った台の前に五十絡みの年輩の男が座っており、その正面で、まだ十九か二十といった年頃の娘が片脚を台の上に載せて蹴出しを顕《あら》わにし、凄んでいるという滑稽な絵柄だった。

「何だてめえは」

娘が片眉を吊り上げて、武太夫にまで絡んでくる。

「今、話に上がっていた東上桟敷五番に通された浅野但馬守様の供の者だ。広島藩の稲生武太夫と申す」

武太夫が名乗ると、手代と思しき男が、慌てた様子で立ち上がった。

「こ、これは誠に……」

娘の方は台から足を下ろし、乱れた着物の裾をすっと直して、ぱんと音を立てて埃を払う。

「こちらも急な願いだったから、多少のことは文句は言うまいが、大殿は気分を害されて大茶屋で休まれている。何か事情があるなら聞かせろ。次第によってはただでは済まぬぞ」

事を大きくするつもりは武太夫にはなかったが、気にはなっていた。脅すような言い方になったのはそのためだ。

手代の方は狼狽えているが、娘は二本差しの侍に睨まれても動じる気配もない。大した玉だ。

「娘、お主は何者だ」

「この市村座に留番として雇われている、廉という者だ」

留番といえば芝居小屋の用心棒のようなものだ。女が務めているのは珍しい。

「さて、何の事情があるのか話してもらおう。納得するまで、ここを動かぬぞ」

武太夫は、その場にどっかと腰を下ろす。

「むしろ聞きたいのはこっちだ。あの席で何があった？」

続けてお廉も同じように胡座をかいて座り込み、身を乗り出して、逆に武太夫に問うてくる。

一瞬、武太夫は、娘にからかわれているのかと思ったが、そういう様子でもない。

「あの席を買い占めている客がいるんだが、姿を現さない。実を言うと、あんたらより前にも、どうせ空いているからと、何度か客を通したことがあるんだ」

「二重売りか」

武太夫が手代の方をひと睨みすると、面目なさそうに目を伏せた。

だが、あの席は、おそらく小屋の中でも最も値の張る上席だろう。誰も来ないのなら遊ばせておくのは勿体ないと考えたのだとしても仕方ない。

「ところが、あの桟敷に入った客の誰も彼もが、半刻もしないうちに退散したり、様子を見に行くと泡を吹いて倒れていたりする。何があったのか問い質しても教えてくれない」

それは無理もない。迂闊《うかつ》にあれこれと人に喋って、妙な祟《たた》りでも背負い込んではたまったものではない。

「あの桟敷で芝居見物をしている最中、怪異に見舞われた」

隠していても意味はない。武太夫はそう切り出す。

「怪異？」

表情を変えたお廉に、手短にあの東上桟敷であったことを武太夫は伝える。

突拍子もない話だから、もっと戸惑った表情を見せるかと思ったが、お廉は腕組みして唸り始めた。手代の方は、顔を青ざめさせている。

「何か心当たりがあるな」

武太夫が声を潜めて言うと、お廉は頷いた。

「実を言うと、私はそれを探るためにこの市村座に雇われているんだ」

「お主のような小娘が？」

「こう見えても、私は訴事解決をしのぎにしているんだ」

「ふむ。お主もこのような怪異には通じているということか？」

武太夫の問いに、お廉は慌てて顔の前で手を振る。

「とんでもない。普段は男女の別れ話や借金の取り立て、喧嘩の仲裁なんかをやっているだけだ。あんたこそ、化け物に襲われたんだろう？　何でそんなに涼しい顔をしていられるんだ」

「さる事情から、拙者はこういうことには慣れているんだ」

詳しく説明するのも面倒に感じ、簡単に武太夫は答える。

「とにかく、この件については改めて藩から使いを出す」

武太夫は立ち上がった。ついつい首を突っ込んだが、あまり深く関わらない方が良さそうだ。

「ちょっと待っとくれよ、お侍さん」

仕切場から出て行こうとする武太夫を、お廉が追ってくる。最初のような喧嘩腰は引っ込んでいた。

「正直、私もこの件をどう手打ちにしたらいいかわからなかったんだ。あんた、こういうことには素人じゃないね。話を……」

お廉を無視して鼠木戸を潜り、芝居小屋の外に出ると、雨が降っていた。

朝から雲行きが怪しいと思っていたが、桟敷席で芝居見物をしている間に降り始めたらしい。

大茶屋は道を挟んだ向かい側で、小雨といった程度の降りだから、走っていけば大して濡れはしない。

だが、そこで武太夫は足を止めた。

嫌な気分だった。雨が降ると、あれがどこからか這い出てくる。そう考えると背筋に粟が立った。先ほどの桟敷で見かけた化け物どもなど、あれに較べれば可愛らしく感じるほどだ。

「頼むよ。話を聞いて、何か知恵を与えてくれるだけでもいいんだ」

武太夫が足を止めたのを、話を聞いてくれるものと勘違いしたのか、続けて鼠木戸から出てきたお廉が声を掛けてくる。

「さっきも名乗ったけど、私の名は廉っていうんだ。浅草寺で講釈をしている狂講の志道軒は知っているかい?」

「ああ、まあ名前は聞いたことがあるが……」

急に何を言い出すのかと思いながら、武太夫は答える。

「私はその娘だ」

「何だと」

志道軒といえば、江戸では知らぬ者はいないというほどの有名人だ。老体だと聞いていたが、こんな若い娘がいたとは。

「この市村座か、浅草寺の小屋に来てくれれば、私にはいつでも会える。気が向いたら足を運んでくれ。ええと、お侍さんの名前は、確か……」

「広島藩の稲生武太夫だ」

仕方なく答えてから、武太夫は意を決し、あれが這い出てきていないのを確認して、市村座とは通りを挟んだ向かい側に建っている大茶屋へと、泥水を跳ね上げながら駆け出した。

どうも自分は、こういう類の面倒ごとを引き寄せる性質がある。

このような怪異に見舞われるのが日常になってしまったのは、武太夫がまだ十六で、平太郎《へいたろう》と名乗っていた頃に遡る。

忘れもしない。きっかけは、ちょっとした肝試しからだった。

近隣に住んでいた相撲取りの権八《ごんぱち》なる男と、どちらの方が度胸が据わっているかと子供じみた争いになり、比熊山《ひぐまやま》の山頂近くにある千畳敷《せんじょうじき》と呼ばれる霊場で、化け物を呼び寄せるための百物語に興じることとなった。

その時は何の怪異も起きなかったが、それから後がいけなかった。

稲生家は当時、三次《みよし》藩に仕えていたが、武太夫の両親はすでに他界しており、家督は養子であった長男が継いでいた。そのため、藩の麦蔵の傍らに建っていた稲生家の広い屋敷には、武太夫の他には、まだ幼かった武太夫の弟と、家来が一人、住んでいるだけだった。

麦蔵屋敷と呼ばれていた武太夫の生家が、城下でも有名な化け物屋敷になってしまったのは、比熊山から戻ってきて暫く経ってからのことだった。

毎晩のように手を替え品を替え、様々な姿の物の怪《もののけ》どもが姿を現し、武太夫を脅かしたり命を奪おうとしてくる。弟たちは屋敷を出て行き、武太夫は一人で怪異と戦うはめになった。

最初のうちは命からがら、必死になって己の身を守っていたが、やがて手の内がわかってくると慣れてしまい、恐れる気持ちも薄れ、二十日を過ぎる頃には、大した相手でない時は、無視を決め込んで大鼾を掻いて寝られるようにすらなっていた。

先ほど、市村座の桟敷で見たような怪異は、もう武太夫は見慣れていた。あの程度では工夫が足りぬと、化け物どもに駄目出しの説教をしてやりたいくらいだ。

結局、三十日続いた怪異は、山本五郎左衛門と名乗る、比熊山の魔王と称する化け物から、退魔の小槌なるものを受け取って終わりになった。武太夫が帯の内側にたばさんでいるのはこれだ。

表向きは、怪異はそれで終わったということになっていたが、実を言うとそれからもずっと続いている。武太夫が慣れてしまったのと、大概の相手は小槌を二、三度打ち鳴らせば退散していくので、特に困っていないというだけだ。

だが、あの桟敷で出会った怪異は、武太夫に纏わり付いている祟りとは別物のように思えた。

大抵は、最初に提灯に浮かび上がった人の顔のように、小槌を打てば消えてしまう。

ところがその後に現れたのは、久々に少し厄介な相手だった。己のみならず、大殿や同僚の直右衛門まで危険な目に晒してしまった。

そして武太夫は、気づいてしまっていた。

あの小屋には、何かもっと厄介で邪悪なものが、息を殺して潜んでいると。

八

「いや、本当に悪気があったわけではないのだ。この通りだ、勘弁してくれ」

姿を現した志道軒に、麻の裃《かみしも》を着て正装した平賀源内は、すぐさま土下座の体勢を取った。

志道軒の背後には、その娘である女侠客のお廉もいる。

正直、源内はこのお廉の方が怖かった。志道軒がどんなに怒っていたとしても、平謝りに謝れば何とかなりそうだが、お廉が怒っていたら手が出てくる。無事では済まない。

「まあまあ、とにかく志道軒様もお連れの方も、こちらに座ってください」

この一席を設けた、貸本屋で版元の岡本利兵衛が、慇懃な口調で言う。

源内は畳に額を擦りつけたままだ。

「何をそんなにびくびくしているのさ」

頭上から、お廉の黄色い声が聞こえてくる。

「いや、ご立腹かと思いまして……」

様子を窺うように源内が顔を上げると、願人坊主のような汚いなりをした志道軒は、不思議そうな表情をしてお廉と顔を見合わせていた。

「何がだ?」

「いや、『風流志道軒伝』の件で……」

「ああ、あれのことか。ご立腹もご立腹。今日はたっぷりと馳走してもらわないとな」

飄々と志道軒が言い、用意された膳の前に座る。口ぶりとは裏腹に、怒っている様子はない。

つい先頃、源内は『風流志道軒伝』と『根南志具佐《ねなしぐさ》』を、立て続けに上梓した。

前者は、浅草寺で人気の講釈師、深井志道軒の謎めいた前半生を紹介するという趣向、後者は大川で溺死した荻野八重桐の死の真相を明かすという触れ込みだったが、内容はというと、どちらも出鱈目《でたらめ》である。だが、利兵衛の話によると、よく売れているらしい。

かつて源内が寓居していた湯島聖堂の近くにある、この料理茶屋に志道軒を呼び出したのは、逆鱗に触れる前に、こちらから謝ってしまおうという利兵衛の提案によるものだった。

「お廉は読んだのか？」

「私は手習いに通ってないから字は読めねえ」

志道軒に聞かれ、お廉が肩を竦《すく》めて答える。

「儂も読んでおらん」

「それならば、酒の肴代わりに、拙者が読んで聞かせましょう」

酒と一緒に天麩羅や蕎麦などの料理が運ばれてくると、源内は早速、風来山人の筆名で書いた『風流志道軒伝』の平綴本《ひらとじぼん》を取り出し、かしこまった様子で朗読し始めた。

「『ここに志道軒といえる大たわけあり。浮世の人を、馬鹿にするがの不二《ふじ》よりも、その名高きは、誠にたわけの親玉となんいうべし』……」

調子良く言ってから、しまったと源内は思った。いくら何でも本人を目の前に、駄洒落とはいっても、するがの不二（駿河の富士）より名高い大たわけとは、馬鹿にしすぎである。

「こ、この一節は後ほど直します。どうかご容赦を……」

慌てて源内が取り繕おうとすると、口いっぱいに天麩羅を頬張ってむしゃむしゃと食っていたお廉が、きょとんとした顔で聞き返した。

「えっ、何で？　間違ったこと書いてないのに」

「その通りだが、お前に言われると何やら腹が立つぞ」

徳利から盃に酒を注ぎながら志道軒が言う。

源内はほっと胸を撫で下ろした。肝を冷やしたが、案外、この親子はそういうことに頓着しないたちのようだ。だが、続く志道軒のひと言が、源内を青ざめさせた。

「儂よりも、市村座の連中の方が、かんかんらしいぞ。この天竺浪人《てんじくろうにん》とかいうふざけた名前の戯作者はどこのどいつだってな」

そちらは荻野八重桐の死の真相を暴くという触れ込みだった『根南志具佐』の方だ。

「書いてあることは、芝居茶屋で路考さんが語っていた内容にだいぶ依っているようだね」

字は読めないと言っていた筈なのに、源内は妙に思ったが、それを察したのか、お廉が続ける。

「私は今、市村座に留番として雇われているんだ。みんなが、あの本の話をしているから、読めなくてもだいたい想像がつく」

そういうことだと、市村座の者たちが怒っているというのは本当だろう。

「安心しなよ。あの時の芝居茶屋の席にいた、顔に青丹つくった浪人が天竺浪人だってのは、誰にもばれていないから」

「しかし、何でまた市村座の留番に？」

初耳だった。いつの間にそんなことになっていたのか。

「留番とはいっても、主に路考さんの身の回りの警固なんだ。今じゃ路考さん、舞台袖で私が睨みを利かせてないと、怖くて舞台に立てないなんて言っちゃって……」

少し酔いが回ってきたのか、頰の辺りを赤く染めながら、お廉が自慢げな口調で言う。

確かに、芝居小屋では興奮した客が舞台に上がり込んだり、憎まれ役の胸倉を摑んだりするのは日常茶飯事だ。初代の市川團十郎からして、客の見ている前で舞台の上で刺し殺されている。

「今じゃ路考さんの楽屋にも自由に出入りできて、世間話もする仲さ」

ふふんとお廉が鼻を鳴らす。

路考こと二代目瀬川菊之丞は、江戸中の若い女子たちの憧れの的である。

その菊之丞と昵懇《じっこん》であるなら、お廉ならずとも、自慢したくなるのは無理もない。

「それはなかなか面白い話ですな」

貸本屋の利兵衛が、目元を光らせて話に割り込んでくる。何しろ、菊之丞が使ったり身に着けたりするものが江戸の流行りとなるくらいだ。いいネタになると感じたのかもしれない。

「あまり余計なことは言うな」

その時、ぴしゃりと志道軒が口を挟んできた。

「源内も、戯作のネタにしようなどと思って、路考の周りを嗅ぎ回ったりするのはやめておけよ。もし目に余るようなら、天竺浪人がどこの誰だか、市村座の連中にばらすぞ」

「いや、それは勘弁……」

そんなことをされたら、今後は市村座に芝居見物に出入りできなくなってしまう。

「そういえば」

ふと思い出したように利兵衛が声を上げる。

「近頃、市村座では立て続けに妙なことが起こっていると噂ですが、それと関係が？」

この利兵衛という男、真面目で温厚そうな面構えをしているが、商売柄、こういう巷間の噂話に目ざとい。もっとも、源内もそれで稼がせてもらっているのだから文句は言えない。

「妙なこと？　例えばどんな」

逆に志道軒の方が利兵衛に問い掛ける。

「どこぞのお大名様が、市村座の桟敷で怪異に見舞われたとか」

「そうなのか？」

志道軒がお廉の方を見て問う。

「さあね。私は知らないよ」

お廉はそっぽを向いてとぼけた様子を見せる。

「もし本当なら興味深い話。ここは源内さん、ひとつそれをネタに、また新たな戯作でも書いてみたら……」

そら来たと源内は思った。だが、源内は浪人者だから、仕事があるなら稼がなければならないし、それを口実に市村座に出入りできるなら役得だ。お廉が留番として雇われているのなら、裏から出入りできるかもしれない。

「伝法《でんぽう》はお断りだよ」

源内の心中を見透かしたように、酒を呷っていたお廉が言う。伝法とは、無銭でこっそり芝居を観ようとする客のことだ。

「興味本位で路考さんの周りをうろうろされたら迷惑だ。私の連れみたいな顔をして小屋に出入りされたら困る」

ぎろりと睨んでくるお廉に、源内は肩を縮こまらせる。

「ただまあ、こちらで人手がいる時に、手伝いを頼むことはあるかもな」

「市村座で妙なことが起こっているというのが本当なら、お廉、手を引け」

ふと、志道軒が低い声を発した。いつもの冗談めかしたような口調ではない。

「何だよ、今さら」

「あの髪結いの仙吉とやらが訪ねて来た時に、本当は止めておくべきだった。お前、路考とかいう女形の近くにずっといて、何も気づかなかったのか」

「はあ？　何をだよ」

お廉が片眉を吊り上げて答える。

「儂はこれで帰る」

そう言って志道軒が席を立とうとした。

「お気に召しませんでしたか」

興味津々といった様子でこの会話に聞き耳を立てていた利兵衛が、慌てて腰を上げる。

「いや、馳走は良かった。出講釈に呼ばれていてな」

「ほう、どちらに」

「浅野但馬守の所望で、広島藩邸に」

「えっ」

どういうわけか、お廉が目を丸くして声を上げた。広島藩の上屋敷は、確か江戸城桜田御門の近くにあったから、この湯島から歩いて半刻もかからない。

「そんなの私は聞いてないよ」

「何でお前にいちいち言わなきゃならんのだ」

「私も行く」

「お前、出講釈に付いて来たことなど一度もないだろうが」

「きっと武太夫さんが、お殿様に言って呼んでくれたんだ」

「誰だ、それは」

お廉と志道軒の嚙み合わない会話に、源内は、利兵衛と顔を見合わせて首を傾げた。

九

「奈落番の五郎八さんが、路考さんが空井戸に飛び込むのを見たって言うんだよね」

「えっ？」

鏡に映る菊之丞の顔に、一瞬だが戸惑いが浮かんだのを、仙吉は見逃さなかった。

「路考さんはどう思う？」

もうすっかり菊之丞の楽屋に入り浸るのが当たり前になったお廉が、壁に背を預けて胡座をかいたまま、続けてそう問うた。

「きっと、寝ぼけていたんじゃないかしら」

菊之丞は、いつもと同じ柔らかい笑みを浮かべ、言葉を返す。

部屋付きの若い女形が菊之丞に話し掛け、会話はそれで終わりになった。

お廉さん、どうしちゃったんだろう？

菊之丞の地髪を結いながら仙吉は思った。その話は、菊之丞の耳には入れない方がいいと言っていた筈なのに。それに、うっかり口にしてしまったという感じでもなかった。ちらりと窺うと、お廉は難しそうな表情を浮かべ、自分の爪をいじくっている。

やがて髪が結い上がると、菊之丞は総部屋で稽古があるからと楽屋から出て行った。

「お廉さん……」

「わかってる。あれはわざと鎌を掛けたんだ」

お廉は周囲を気にするように指先を自分の唇に当てると、小声でそう呟いた。

「今日はちょっと捕り物になるかもしれない。稽古が始まったら、路考さんは暫くの間、身動きが取れないから、その間に支度を始める」

「いったい何を……」

「仙吉さんは知らなくていいんだ。荒っぽいことになるかもしれないし、怪我をされたら困る」

「でも……」

困惑している仙吉の手を、お廉がぎゅっと握る。

「いいから、仙吉さんは気にせず先に帰っておくれ」

そんな会話を交わしているうちに、上の本二階から、囃子方の奏でる音曲や、足音などが聞こえてきた。稽古が始まったのだろう。

お廉が立ち上がり、楽屋から出て行こうとする。

慌てて仙吉も、商売道具の入った箱を手に立ち上がった。

「お廉さん、よかったら、おいらにも事情を話してくれないか」

「だから、仙吉さんは……」

「水くさいじゃないか。この一件は、ずっと一緒に探っていただろう。おいらじゃ役に立たないっていうなら、仕方ないけど……」

お廉が足を止め、困ったような顔をする。

「私は本当に、仙吉さんが心配なんだ。言っちゃ悪いけど……仙吉さん、腕っぷしの方は強くないだろ?」

「いや……まあ」

そう言われてしまうと、仙吉は立つ瀬がない。お廉の言う通りで、喧嘩や荒っぽいことには、とんと自信がなかった。

「そんな顔しないでおくれ。仙吉さんの良いところは、優しいところなんだからさ」

「でも、やっぱり何も知らないっていうのは納得いかない。話を聞いてみて、危なそうだと思ったら素直に手を引くよ。それでも駄目かい」

お廉が、うーんと首を捻る。

「仕方ないね。じゃあ、一緒に奈落まで来てくれるかい」

お廉は仙吉の手を取ると、引っ張るように廊下を歩き出した。

これ以上、立ち話をしていると、誰の耳に入るかわからない。そう考えたのだろう。

階段を下り、一階の廊下へ出る。そのまま直接、奈落へ行くのかと思っていたが、お廉は一階の奥にある作者部屋へと向かい、入口の戸板を拳で乱暴に叩いた。

中から出てきたのは、浪人風の出で立ちをした男だった。腰に二本差ししているが、どうもそれが似つかわしくない、面長の学者のような面構えをしていた。

「待っていたぞ。ここは居心地が悪すぎる。早く行こう」

「ちゃんと来ていたな。怖じ気づいて逃げるんじゃないかと思っていたよ」

「そんなことをして、後でお前にしばかれる方が怖いからな。そっちの人は……？」

「髪結いの仙吉さんだよ」

「へえ、あんたが……」

この浪人風の男が誰なのかはわからなかったが、仙吉はひと先ず頭を下げた。

「こんなのに仙吉さんが頭を下げる必要はないよ」

そう言うお廉の頭越しに作者部屋の奥を覗くと、小屋付きの戯作者たちが机を並べ、鉢巻きをしてうんうん唸りながら台本を書いていた。余程差し迫っているのか、仙吉たちのやり取りには目を向けようともしない。何だかそちらの方だけ、空気が澱《よど》んでいるかのように見えた。

そっと戸板を閉め、仙吉は浪人風の男とともに、再びお廉の後を付いて行く。今度こそ、奈落に向かっているようだった。

「源内、お前は面が割れているんだ。路考さんとばったり会ったりしていないだろうね」

「大丈夫だ。だいぶ早く来て、言われた通り、ずっと作者部屋に隠れていたからな」

源内と呼ばれた浪人風の男が答える。どうやらそれが名前らしい。

「ところで、その手にしているものは何だ」

お廉が問う。源内は風呂敷で包んだ、長さ四尺ほどの細長いものを大事そうに抱えていた。

「魔除けのお守りのようなものだ」

「ふうん」

さして興味もなさそうにお廉は鼻を鳴らす。

「仙吉さん、付き合ってくれるのは嬉しいが、もしかすると夜明けまでになるよ。いいかい」

奈落の階段を下りる途中で、ふとお廉が振り返りながらそう言った。


「……来たかもしれないよ」

お廉が小声で囁く。

仙吉が、源内らとともに奈落に下りてから、もうだいぶ時間が経っていた。そろそろ一番鶏が鳴き、一刻もすれば番立《ばんだち》が始まるという頃合いだった。

必死に眠気を堪えていた仙吉は、お廉のその言葉で目が覚めた。源内という浪人は、お廉や仙吉とは別の場所で待ち伏せている。もちろん、眠っていなければの話だが。

仙吉とお廉は、奈落から花道の切穴へと続く通路の陰に隠れて様子を見ていた。

日中に芝居が掛かっている間は、明かりを取るために奈落の壁には何本も蠟燭が灯っているが、今は休憩所の上がり込みの周辺に数本が灯っているだけだ。

そこでは、掻い巻きにくるまって、男が大鼾を掻いて寝ている。

やがて仙吉の耳にも足音が聞こえてきた。階段の方に目をやると、燭台のぼんやりとした明かりが下りてくる。そして白足袋に草履履きの女の足が見えてきた。

いや、女ではない。それは菊之丞の足先だった。

少し屈むような姿勢で、菊之丞が奈落に入ってくる。稽古用の地味な色合いの小袖を着ており、頭には紫帽子を着けている。

その雰囲気は、仙吉の知っている菊之丞とは、だいぶ違っていた。まるで獲物でも探すように、音も立てず燭台を翳《かざ》して周囲を窺っている。菊之丞の背後の奈落の壁に、大きくその影が映っているが、どうも実際の菊之丞の輪郭とは異っているような気がした。

何か気圧《けお》されるものがあった。こちらの存在に気づかれたら、ただでは済まないと感じさせるような殺気が漲っている。

菊之丞は上がり込みで寝ている男に気づき、そちらに近づくと、手に持っていた手燭を、そっと上がり込みの縁に置いた。

思わず仙吉は、うっと声を漏らしそうになる。菊之丞が立っている周りから、まるで腐った魚から放たれるような、鼻を衝く腥《なまぐさ》い臭いが漂ってきたからだ。

そして、縁に置かれた手燭の明かりの中に、おどろかしき光景が浮かび上がった。

菊之丞が、人の皮を脱いだのである。

まるで蟬か蝶が羽化する時のように、みりみりと顔の中央から皮膚が割れ、着ている小袖ごと引き裂いて脱ぐように、中から別の何者かが現れた。暗くてよくわからないが、指先は鉤手《かぎて》のように鋭く長く爪が伸びており、だらりと下げた腕は地面に付こうかというほど長い。髪は麻縄のように太く絡み合っており、口元には嘴《くちばし》のようなものが見えた。体中を、生まれたての子供のようにぬるりとした粘液が包んでいる。

「ひっ」

仙吉の隣にいたお廉が、小さく声を上げた。

菊之丞の中から現れた化け物が、仙吉たちの方を振り向く。生きた蛇のように蠢く髪の毛の間から、血走ってぎらついた目がこちらを捕らえる。見つかった。

まずい、と仙吉が思った時、搔い巻きを放り投げるようにして、寝ていた男が飛び起きた。あっと思っている間に、飛び出してきた男は刀を抜き、躊躇なく化け物に振り下ろす。驚くことに、化け物はそれを手の平で受け止めた。奈落の闇に、刃と刃が合わさった時のような高い金属音が鳴り響く。

「い、いくよっ！」

怯んでいたお廉が、我に返ったように叫ぶ。仙吉の他にも、奈落のあちこちに隠れていた、源内や、お廉が連れてきた手下たちが、一斉に飛び出してくる。

「出てくるな！　お主らの手には負えぬ！」

搔い巻きにくるまって寝ていた男が、そう叫んだ。

続けてまた、二撃、三撃と刃の音が、火花とともに奈落の闇に鳴り響く。

「出口を固めろ！」

お廉が声を張り上げる。仙吉も腰を抜かしそうになりながら、必死でお廉の後を付いて行く。


数刻前――。

平賀源内とともに奈落に下りた仙吉は、そこで稲生武太夫という侍と会った。

「拙者だけでいいと言った筈だ」

奈落には、武太夫の他に、お廉の母親の手下だったという刺青の入ったいかつい男が二人、待っていた。その連中の威圧感に、仙吉と源内は思わず体を縮こまらせて小さくなり、奈落の壁際に並んで膝を揃えて座ったが、お廉は物怖じする様子もない。

「取り押さえるには人数がいるし、尋問するのに私がいなかったら困るだろう」

「尋問？　生け捕りにするつもりか」

「だって話を聞かないと、事情がわからないじゃないか」

武太夫が相手でも一歩も怯むことなく、対等にお廉は話している。仙吉と一緒にいる時の、どこにでもいる町娘のような、おきゃんで優しい感じは少しもなかった。

「素直に助っ人を喜んでくれよ」

「逆だ。人が多いと、守る手間が増える」

「私は自分の身くらい守れるよ。うちの手下もね」

「そっちの壁際に仲良く並んで座っている二人は？」

武太夫が、仙吉と源内を一瞥して言う。

「若い方……仙吉さんは、私が守るよ」

戸惑った様子でお廉が答える。

「姐さん、何でこんなのを連れてきたんで？　そのお侍さんの言う通りだ。足手まといになるだけだぜ」

手下の一人が、からかうような調子で仙吉に凄んでくる。あまり行儀の良い感じではない。

「おいおい、やめとけよ。子犬みたいにぶるぶる震えてるじゃねえか」

もう一人の手下が、さらに煽るように声を掛ける。

「髪結いなんだっけ？　その箱は商売道具か？　櫛やら鏝《こて》やらで化け物と渡り合うつもりかよ。

中に何が入っているのか見せてみろ」

「おい、お前ら、いい加減に……」

お廉が手下たちを止めようとした時、思わず仙吉は口を開いていた。

「商売道具に触るな」

手下が箱に伸ばしていた手を仙吉は振り払う。

「何だ、てめえ……」

「職人にとって道具は命の次に大事なんだ。玩具にされちゃ困る」

それは幼い頃から父親に、体に染み込むほど言い聞かされてきたことだった。

箱の中に入っている道具は、櫛も鏝も鋏も、父親の代から何十年も使い込まれてきて手に馴染んだ、替えの利かない道具ばかりだ。その気持ちは断固として譲れない。

「ふ、ふん、冗談もわからねえのか。しらけるぜ」

仙吉の態度に気圧されたのか、手下が箱に伸ばしていた手を引っ込めた。

「もう一人の方は？　一応、二本差ししているようだが……」

この様子をつまらなそうに眺めていた武太夫が、話を切り替えるように言った。

「そっちは知らん」

お廉が答える。

「そんな！」

悲痛な声を上げる源内に、お廉が片眉を吊り上げた。

「お前も武士の端くれだろ？　自分の身くらい自分で守れよ。それとも、その腰に下げているものは飾りかい？」

「ああ、飾りだ！」

声を張り上げて、身も蓋もないことを源内は言う。

「自慢じゃないが、生まれてこの方、剣の稽古など一度もしたことがない」

「姐さん、こいつ、何しに来たんですか」

手下の一人が呆れたように肩を竦める。

「版元に言われて、この顚末を見たいというから、手伝わせることにした」

そもそも、この待ち伏せは、志道軒の提案によるものだという。奈落番の五郎八から聞いた話を菊之丞に吹き込めば、数日のうちに尻尾を出すかもしれぬ。それが志道軒の言い分だった。

「尻尾？　尻尾って……」

仙吉はまったく話が見えない。

「あれは、おそらく菊之丞ではない。市村座で怪異が起こっているというなら、その源は菊之丞のふりをしているあやつであろう」

奈落番が休憩に使う上がり込みで車座になり、その中心にいる武太夫が、そんなことを言う。上階からは、まだ稽古を続けている音がする。それが聞こえている間は、慌てる必要はない。

「爺いも同じことを言うんだよね……」

お廉が困ったような表情を浮かべ、仙吉の方を見る。

「志道軒さんが？」

「そういえば、志道軒殿、芝居茶屋で路考に会った時も、よくそれで菊之丞を名乗っていられるなと言っていたな。思えば、あれは……」

首を捻りながら源内が言う。

「買い被りすぎだろ。あの爺いは思い付きで喋っているだけだ」

お廉はまだ、半信半疑のようだ。

「いや、志道軒殿は尋常ではない。おそらく、喝破されていたのであろう」

「あのう……稲生殿は、どういった経緯で……？」

恐る恐るといった様子で源内が口を挟んだ。

それは仙吉も気になっていたところだった。他はわかるが、広島藩士だという立派な身分を持つ真面目そうな侍が、このような奇怪な件に首を突っ込んでいる理由がわからない。

「拙者もこんなことには関わりたくなかったが……」

渋々といった様子で武太夫が答える。

「当藩の浅野但馬守様の御下知《ごげち》だ。先頃、この市村座の桟敷で怪異に見舞われ、祟りを背負い込んだと思っておられる。このまま国元に戻れば、災いを持ち帰ることになるかもしれぬと……」

武太夫の話によると、それで志道軒を広島藩邸に出講釈ということで呼び出し、菊之丞が怪しいと意見の一致を見たらしい。五郎八が見たという空井戸の話を菊之丞の耳に入れ、奈落で待ち伏せしてみようというのも、そこで決まったことだ。

それにしても、何でまた一介の藩士が、怪異だの何だのの解決を藩から命じられるのかわからなかったが、話の本筋から外れそうなので、今は聞くのは我慢することにした。

「それで、志道軒さんは？　後から来るんですか」

奈落をきょろきょろと見回しながら仙吉は問う。

「いや、来ない。面倒くさいんだとよ」

ちっと舌打ちしながらお廉が答える。仙吉は呆れる思いだったが、武太夫が付け足した。

「いくら矍鑠《かくしゃく》としているとはいっても、志道軒殿はご老体だ。いても足手まといになる。本来なら拙者一人で十分……」

「見くびらないでほしいぜ」

「化物退治なんて、滅多にできるものじゃねえ」

お廉の手下たち二人が、武太夫の言葉を遮り、袖を捲《まく》り上げると、誇示するように刺青の入った腕を見せた。

「いざとなったら、腰を抜かして逃げ出したりするなよ」

不機嫌そうな表情で、武太夫が二人に向かって言い放つ。

もし菊之丞に何かやましいことがあるなら、必ず夜半に奈落に姿を現し、五郎八を襲うに違いないということだった。当の五郎八には事情を話し、奈落には泊まらずに家に帰るように言い含めてある。少なくとも数日の間は、夜のうちは武太夫が五郎八のふりをして上がり込みで横になり、お廉たちで張り込みをするつもりだった。

それが、菊之丞の耳にその話を入れた当夜に、早速、姿を現したのである。


「あっ、お前ら、逃げるな！」

暗い奈落に、お廉の声が響き渡る。

お廉が連れてきた手下二人が、叫び声を上げて階段を逃げ上って行く姿が仙吉にも見えた。

こうなると、武太夫が立ち回りを演じている最中、化け物が逃げるのを阻止するのは、この奈落には、お廉と仙吉、あとは源内しかいない。

けして広くはない奈落の中で、武太夫と化け物が、何度も切り結ぶ音が聞こえてくる。明かりが足りないので、その姿は殆ど影絵のようにしか映らない。

ふと化け物が、仙吉たちの方を見た。

途端に仙吉は総毛立つ。瞳はぎらぎらとした光を放っており、目が合っただけで寿命を奪われそうな禍々《まがまが》しさに満ちていた。

お廉が悲鳴を上げ、仙吉にしがみついてきた。そういえば、生きている人間ならどんな破落戸が相手でも平気だが、幽霊やらお化けやらは苦手だとお廉が言っていたのを仙吉は思い出した。待ち伏せを始める前に話していた時も、お廉は半信半疑だったようだし、まさか本当にこんなものが姿を現すとは思っていなかったのだろう。

化け物が、分が悪いと見たのか、武太夫から逃げるために仙吉たちの方へと向かってくる。お廉は怖さのあまりか、硬直してしまっている。思わず仙吉は、お廉を守るように化け物の前に立ちはだかった。怖さよりも先に、どういうわけか体がそう動いた。

しがみついていたお廉が、我に返ったのか、仙吉の着物を引っ張って床に伏せさせる。化け物の鋭く長い爪が、仙吉の髷の先端を掠めていくのがわかった。あと少し遅ければ、首が飛んでいたところだろう。

「逃がさぬぞ！」

武太夫が駆け込んでくる。だが、化け物は振り向き様に爪を一閃させ、武太夫が握っていた刀を弾き飛ばしてしまった。

武太夫はすかさず脇差に手を伸ばしたが、化け物の動きの方が速く、柄を握った武太夫の手ごと、その禍々しい手で握り込んでしまった。

抜くに抜けず、武太夫の顔に焦りの色が浮かぶ。

化け物が、耳障りな咆哮とともに、嘴状の口を開いた。

「武太夫殿っ、屈め！」

その時、奈落の奥から震えるような叫び声が聞こえてきた。

咄嗟に武太夫が身を屈める。

空を切り裂くような鋭い音がし、続けて化け物が苦悶の呻き声を上げた。

見ると、化け物の肩口から背まで貫くように、一本の矢が突き刺さっている。

すかさず武太夫が化け物の太く縮れた髪を摑み、投げを打った。

土間に叩きつけられ、刺さっていた矢が折れて、化け物が苦悶の声を上げる。

四つん這いになって這って逃げようとする化け物の背中に馬乗りになり、武太夫がその片腕を後ろに捻って動きを封じた。そして帯の内側から何やら小槌のようなものを取り出し、化け物の頭を強かに何度も打ち据える。子供の玩具のような小槌で、端で見ると少し滑稽だったが、化け物はそれでみるみると力を失い、抵抗するのをやめた。

「明かりを！」

武太夫が叫ぶ。慌てて仙吉は立ち上がり、お廉と手分けして、壁にある燭台に火を付けた。

「源内さん？」

明るく照らされた奈落の隅に、半弓を構えたまま、青ざめた顔でがたがたと震えている源内の姿があった。どうやら化け物に向かって矢を放ったのは源内だったらしい。全身にびっしょりと汗を搔いているようで、髷が解《ほつ》れ、濡れた着物が肌に貼り付いている。

「い、痛い……痛い……やめてください」

床から弱々しい女のような声が聞こえてきて、思わず仙吉はそちらを見る。

化け物の姿はどこへやら、武太夫に馬乗りされているのは、いつもの菊之丞だった。いつの間にか、脱ぎ捨てた筈の稽古用の小袖姿に戻っている。だが、肩口から背中に抜けるように矢が刺さったままで、着物には血が滲んでいた。

武太夫はその菊之丞の後ろ手を、取り出した細引きで容赦なく縛り上げているところだった。

「仙吉さん……助けて……私は何も……」

先ほどまでの姿を忘れてしまいそうなほど、菊之丞はか弱い姿を晒している。

「惑わされるな。こいつらがよく使う手だ」

「武太夫さん、それ以上、手荒い真似は……」

頬を涙で濡らしながら助けを懇願する菊之丞の姿に、お廉も情を動かされたように口を開く。

「お主が生け捕りにしろと言うから、危ないのを承知でこうして殺さず捕まえたのだ。源内殿が矢を放っていなければ、皆殺しになっていたところだ。紐を解いた途端に八つ裂きにされるぞ」

「そんなことはしません。お廉さんも、仙吉さんも、ずっと仲良くしていたではないですか」

「先ほどまでのこやつの様子、見ていただろう。あれは幻ではない。おそらくは、八重桐とやらが死んだ夜に入れ替わったのだろう」

「まさか……本当に水虎《すいこ》が出てくるとは……」

源内が震えた声を出す。

「天竺浪人が書いた、『根南志具佐』のことですか？」

市村座で、皆がかんかんになっていた戯作のことだ。あの出鱈目な書物では、八重桐は水虎に連れ去られそうになった菊之丞の身代わりに死んだことになっている。

「天竺浪人ってのは、そいつのことだよ」

お廉が源内を顎で示し、仙吉に言う。

「えっ、そうなんですか」

「あの戯作の筋書きの半分は、路考さんが、うちの爺いに呼ばれた大茶屋の座敷で語った話だ」

うつ伏せになったまま体の自由を奪われている化け物の傍らに、お廉はしゃがみ込む。

「あんた、嘘をついていたね。本物の路考さんはどこにいるんだ。まさか、もう……」

「路考はまだ生きている」

苦しげに呻きながら、菊之丞の姿をした化け物が言う。

「だが、おそらくはもう身上書を交わしている。それを取り戻さなければこの世には戻れぬ」

「身上書とは？」

武太夫が疑問を差し挟んだ。

「芝居小屋と交わす約束の証書です。決められた期日、その小屋の舞台に立つっていう……」

お廉の代わりに仙吉が答えた。

「奇妙なことを言う。拐《かどわ》かされた菊之丞が、どこの芝居小屋と身上書を交わすというのだ」

「山村座……」

呟くように答える菊之丞の姿をした化け物を、さらにお廉が問い質す。

「東上桟敷五番の席を買っているのは？」

「言えぬ」

「もうちょっと痛い思いをしてみるか？」

武太夫がそう言って、押さえつけている手に力を込めた。

「それを言ったら、私は八つ裂きにされる……」

そこに、ばたばたと奈落に駆け下りてくる足音が聞こえてきた。

「姐さんっ、お廉姐さん、無事ですか！」

どうやら、奈落から逃げ出したお廉の手下二人が、市村座に残っていた者を叩き起こして連れてきたらしい。

「余計なことを……」

お廉が舌打ちする。飛び込んできたのは、仙吉も顔見知りである留番や、帳場の下働きの者などが数人。そして座元の市村羽左衛門もいた。いずれも市村座に泊まっていたのだろう。奈落で異変があったと、いそぎ頭数を揃えてやってきたのに違いない。

「おい、これは一体……」

この情景を見て、羽左衛門が困惑した表情を浮かべた。

化け物は菊之丞の姿に戻っている。しかも矢が突き刺さっており、後ろ手に縛られて武太夫に馬乗りされ、乱暴を受けているというような構図だった。この状況を説明しようがない。菊之丞が白を切れば、武太夫や、この場にいる者たちの方が御用になってもおかしくない。

「何をしているのか聞いていているんだっ！」

誰も答えないので、羽左衛門が声を張り上げた。役者なので無駄に声が大きく、奈落全体に響き渡る。

まずいなと仙吉が思っていると、菊之丞の姿をした化け物が口を開いた。

「何でもありません！　私が考えた、捕り物の芝居の稽古に付き合ってもらっていただけです」

「はあ？」

羽左衛門が裏返った声を出す。

「そんな場面は、今度の芝居にはなかった筈だが」

「思い付いた仕掛けがあって、お廉さんの知り合いに手伝ってもらって、こっそり稽古してから披露しようと思っていたのです。誰にも秘密なので奈落で稽古していました」

苦しい言い訳に聞こえたが、組み伏せられている菊之丞本人がそう言うのだから、それ以上は追及のしようがない。

「刺さっている矢は？」

「小道具です。本当に刺さっているみたいでしょう？　さあ、そろそろどいてくださいな」

菊之丞の姿をした化け物が、うつ伏せたまま武太夫に目配せする。

「拙者が離れた途端、ここにいる者たちを皆殺しにする気だろう」

「あらあら、まだお芝居を続ける気ですか、お侍様。役者に転向してみては？」

武太夫が帯の裏から、再び小槌を取り出す。そして仙吉らに下がっていろと目で合図を送り、ゆっくりと慎重に化け物から離れた。仙吉は身構えたが、菊之丞の姿をした化け物は、何事もなかったかのように立ち上がり、源内に声をかけた。

「そっちのあなた、矢を抜いてくださいな」

源内はへっぴり腰で恐る恐る近づいて行くと、矢を摑んで、一気にそれを引き抜いた。

菊之丞の姿をした化け物は、一瞬だけ、うっと呻いたが、矢を抜いた後の傷口も、開いていた筈の着物の穴も、すぐに塞がってしまった。奈落の入口側に立っていた羽左衛門たちからは、ちょうどそれは死角になっていた。

「姐さん、冗談が過ぎるぜ。俺たちは担がれたってことかい」

お廉の手下の一人が言う。

「ああそうだよ。お前らが馬鹿で助かったよ」

吐き捨てるようにお廉が言う。

「縛っている紐を解いてくださいな」

菊之丞の姿をした化け物が、お廉の手下にそう声を掛ける。武太夫は土間に転がっていた刀を拾い上げ、抜き身のまま様子を見ていたが、紐が解かれて体が自由になっても、化け物は暴れ出すような真似はしなかった。

「さあさあ、騒がせてしまってすみません。そろそろ一番太鼓が鳴る頃でしょう？　私も女形部屋で少し寝て、支度しないと……」

菊之丞の姿をした化け物は、まだ納得しかねた表情をしている羽左衛門たちを追い立てるように、奈落から出て行こうとする。

「今日の芝居が跳ねたら私の楽屋へ来てくださいな。お話があります。できれば志道軒様と……そちらのお侍様も一緒に」

そして最後に少しだけ振り向き、そう言い置いて去っていった。

奈落に残されたのは、仙吉とお廉、それから源内と武太夫、そして早々に奈落から逃げ出してしまった手下二人だけだった。

「いやあ、姐さんも人が悪い……」

手下のうちの一人が何か言い終わらないうちに、その臑《すね》をお廉が下駄の先で思い切り蹴り上げた。奈落に手下の悲鳴が響く。お廉は足を高く上げ、素早くもう一人の鳩尾《みぞおち》にも、前蹴りを食らわせた。制裁を受けた手下二人が、奈落の床を転げ回って呻き声を上げる。

「てめえら、口先ばかりで真っ先に逃げやがって、ヤキを入れてやらなきゃ気が済まねえ」

さらに手下たちの脇腹や顔を力任せに蹴り始めたお廉を、仙吉が慌てて止めに入った。

「もうそのくらいにしてあげなよ、お廉さん。可哀そうだよ」

「……仙吉さんに感謝しろ。こんなもんで許してやる」

荒く息を切らせながら、お廉が仙吉の方に向き直る。

「みっともないところを見せちまったね。ごめんよ。それにしても仙吉さんは度胸が据わっているよ。こいつらと違って逃げ出さなかったし、あの化け物の前に立ちはだかって私を守ろうとしてくれたしな」

「いや、おいらは何も……」

実際、立ちはだかっただけで、何もできなかった。お廉が着物を引っ張ってくれなければ首が飛んでいたところだ。結局、守ってもらったのは仙吉の方だ。

続けてお廉は源内にも声を掛けた。

「源内、お前も褒めてやる。一番に逃げ出すだろうと思っていたが、あんな弓矢まで用意しているとはな」

「化け物退治をするというから、霊験があると聞いて、わざわざ新田《にった》神社まで足を運んで、御塚に生えている竹で魔除けに作ってもらったのだ。お守り程度のつもりだったが……」

「ふむ。破魔矢《はまや》といったところか。悪くない」

それまで黙り込んでいた武太夫が口を挟む。

「平賀源内殿といったか。昨夜《ゆうべ》は侮ったようなことを言ってすまぬ。助けられた」

「いやあ、それほどでも……えへへ」

真正面から褒められて、源内は照れたように笑い、頭を搔く。

咳払いをし、武太夫はお簾の方に向き直る。

「で、どうするんだ。あの化け物が言うように、話し合いでもしてみるか？」

二章

妹背恋ひ

「平太郎、元来、嫌ひといふものは曾《かつ》てなきに、いかなる事にや、蚯蚓《みみず》を見れば気も消る斗《ばか》り気味悪《あし》く覚え、草道などをゆく時に、蚯蚓数々《かずかず》はひ出《いで》、死して居る事あり。其《その》道をば通り得ぬほどのきらひなり。」（『稲生物怪録』）

※平太郎＝稲生武太夫の幼名。

一

――何度生まれ変わっても、また結ばれようぞ。

確かに自分は、妹とそう約束を交わした。それから何百年もの時を経て、再び出会えたと思っていたが、これはいかように受け止めるべきか。

「宰相《さいしょう》、顔色がすぐれぬ。どうされた」

横に並んで歩いている神野悪五郎《しんのあくごろう》が声を掛けてくる。

相変わらず気の利かぬやつだ。黙っていろという意味で、男は鯰《なまず》髭を蓄えた悪五郎の顔を睨みつけた。

迷路のように入り組んだ山村座の楽屋裏の廊下を、男は足早に歩いて行く。

山村座は生き物のように成長し、常にその形を変えている。その複雑さは、二階に中二階、三階に本二階などと名前を付けている江戸三座の比ではない。地上と地下で何層あるのかは、男にもわからなかった。それどころか日によって、いや、時とともに間取りはまったく変化する。

歩きながら、男は遠き日の妹との思い出を振り返った。

それは男が宰相と呼ばれるようになるずっと以前、文章生《もんじょうしょう》に及第したばかりの、大学寮の学生《がくしょう》だった頃のことだ。まだ二十歳を過ぎたばかりだった男には、数歳、年の離れた妹がいた。

あれは二月の初午の日、京伏見の稲荷大社で大祭があり、男は妹の願掛けに付き添って出掛けることになった。梅の花はまだ蕾のままで、参道の端には数日前に降った雪が残っていた。稲荷山を上って行く道には、朱い鳥居が連なっている。

妹は、綾の掻練《かいねり》の単襲《ひとえがさね》の上に、桜色をした唐の羅《うすもの》を着ていた。花染の細長《ほそなが》を羽織っており、その淡く青い色合いからは、露草の香りが漂ってきそうだった。

「……少し待ってください」

先を歩いて行く男に向かって、歩みの遅い妹が消え入るような声を上げる。

「ああ、すまぬ」

足を止め、男は振り向いた。石段の下にいる妹が、被っている市女《いちめ》笠《がさ》の前を上げ、頬を紅潮させて見上げてくる。髪は黒く艶やかで美しく、元結《もとゆい》を解けば背丈よりも長い。

男とは異母兄妹の関係だが、その姿形に似たところはあまりなかった。

「兄様が急ぐので、私は疲れてしまいました」

急いでいたつもりはなかったが、女の足には速すぎたのかもしれぬ。それに、妹は体が弱く、このように外へと出掛けることも珍しかった。

「ならば、この兄に寄り掛かって少し休むがいい」

単を身に着けたまま、雪解け水で汚れたそこらに腰掛けるわけにもいかない。妹が休めるよう、男は手を広げたが、妹は恥ずかしがって離れて行ってしまった。

――白鷺《しらさぎ》。

それが宰相と呼ばれるその男の異母妹の名前だった。

〈妄執の雲晴れやらぬ朧夜の、恋に迷ひし我が心……〉

囃子方の長唄に合わせて鷺娘を舞う、路考こと二代目菊之丞の姿を初めて市村座で見た時、男は、これこそが待ち続けた白鷺の生まれ変わりだと確信した。

白無垢に黒い帯を締め、広げた傘を手に持って艶めかしく舞っていた菊之丞が、不意に動きを止める。

〈ちらちら雪に濡鷺の、しよんぼりと可愛らし……〉

そして傘をかしげ、寂し気な様子で空を見上げた。

その姿と、市女笠越しに己を見上げた時の白鷺の姿を、男は重ね合わせる。

やがて鷺の精が人の姿を得て娘となり、恋の心情をかき口説く姿は、自分に向けて演じられているのではないかと男に思わせた。

〈一樹のうちにおそろしや、地獄の有様　悉《ことごと》く、罪を糺《ただ》して閻王《えんおう》の、鉄杖正《てつじょうまさ》にありありと……〉

そして鷺娘は芝居小屋の天井から激しく降りしきる白い紙吹雪の中、人に恋をした罪を受け、地獄に堕ちる。

〈等活畜生、衆生地獄、あるいは叫喚大叫喚、修羅の太鼓は隙もなく、獄卒四方に群がりて……〉

苦悶する鷺娘の表情に、思わず男は拳を強く握った。まるで実際に、地獄の奥底で責め苦を受けている愛しい妹の姿を目の当たりにしたような気分で、歯痒く、そして切ない思いに駆られる。

これはもはや、偶然とは思えなかった。

妹の名を連想させる鷺の精。それが人の姿を得るのは、生まれ変わりの示唆であろうか。

人への許されざる恋は、かつて男と妹との間にあった、許されざる恋の喩えか。そして鷺娘は、その恋のために地獄に堕ちる。

まさに男は、妹との恋のために地獄との間を行き来するようになり、妹の幻を求めて今も現世《うつしよ》との間を彷徨《さまよ》っているのだ。

だが、何故に男子《おのこ》の体に生まれ変わった。

菊之丞は、今、江戸で評判の女形だ。女形であるからには、本物の女ではない。

死人を甦らせる術ならなくもないが、果たして男子の体を女にする方法などあるのだろうか。

己と妹は、まだ何か罪業を背負ったままなのか。

いくつもの階段を上り下りし、何度も廊下を曲がって、やっと男は目指す楽屋の前に辿り着いた。途中、何度もすれ違った、化粧も落としていない役者や、忙しげに行き来する裏方、それに客と思しき者たちも、その殆どが亡者である。

「お前はここで待っていろ」

傍らにいる悪五郎にそう言い、男は襖に手を掛ける。音を立てぬよう静かにそれを横に開くと、十数畳敷きの広い楽屋の真ん中に、ぽつんと一人、菊之丞が座していた。

途方に暮れたように天井を見上げていた菊之丞が、人が入ってくる気配に、怯えた様子を見せる。現世ではすでに数か月が経とうとしているだろうが、菊之丞にしてみれば、ここに来てまだ数日といった感覚だろう。

やはり似ている。

潤んだ瞳で見つめてくる、そのか弱い姿は、妹の白鷺と瓜二つだった。

男は菊之丞の傍らまで歩み寄ると、正面に座した。菊之丞が訝しげな表情を浮かべる。朝服を身に着け、冠を頭に戴いた男の姿は、まるで芝居の衣装のように思えるに違いない。

「身上書に爪印《つめいん》を押してもらいたい」

菊之丞は強情で、市村座との義理を通して、それに応じていなかった。

「ここはいったいどこなのですか。あなたは何者なのです」

「ここは山村座だ」

その答えに、菊之丞が動揺する気配があった。さすがに役者の端くれだけあって、数十年前に廃座となった山村座の名も知っているらしい。

「冗談はよしてください。山村座はもう……」

「ならばこのような芝居小屋が、三座の他にあるとでも？」

江戸の三座どころか、京大坂にも、日本中のどこを探しても、あるわけがない。それは菊之丞も気がついているだろう。

「現世で役者であったお主を、生身のまま長くこちらに留めておくには、身上書が必要だ」

そして男は懐から紙の束を取り出し、そこに書かれている己の名を指し示してみたが、菊之丞の表情に特に変わったところはなかった。思い出すものは何もないようだ。

「今日の夜から、早速、総稽古がある。嫌だといっても出てもらうぞ」

本来なら、こんな説得は自分の仕事ではないが、まともに話ができそうな者は、今の座組にはいなかった。何しろ、生前の業が深くて山村座に堕ちてきた者たちばかりである。亡者たちの官吏である己の方が、ずっとまともだと言えた。

「あやつを呼べ」

男は、楽屋の外で待っている悪五郎に声を掛けた。暫くすると襖が開き、菊之丞より数歳年嵩に見える女形が中に入ってきた。

「路考姐さん」

「ああっ、八重桐さん！」

無駄口を利かず、男と目を合わせようともしなかった菊之丞が、声とともに立ち上がった。

姿を現した八重桐の方も、小走りに菊之丞の傍らまで駆け寄り、二人はひしと抱き合う。

「怖かった。とても怖かった」

安堵したのか、菊之丞が震えるような声を上げた。

冷めた気持ちで男はその光景を見つめる。

聞いた話では、座元の方では八重桐はいらぬと言ったそうだが、八重桐の方から売り込んで、菊之丞に言うことを聞かせるというのを条件に、自ら身上書に爪印を押したらしい。

死んでも舞台に立ち続けたいとは常軌を逸している。現世に無念が多かったのだろう。人の業とは不思議なものだ。この戯場國《けじょうこく》のような場所が、冥府には他にもいくつかある。

人が亡者となるが如く、廃座となった山村座が冥府で戯場國と化したように、明暦《めいれき》の大火で焼失した元吉原も、冥府でありんす國と化している。そこに堕ちた遊女たちは、現世でのしがらみから心が解き放たれることもなく、死んでからも男に体を委ねようとする。博徒だった者は空しくも賭け事を続け、戦に明け暮れた者は無意味に争い事を続け、血を流そうとする。最早、そうでない己は、己として捉えられぬというかのように。

そして八重桐の無念の元になっているのは、おそらくはこの菊之丞の存在だ。

今は菊之丞の背中を優しく擦《さす》っているが、この女形も、何か腹に一物あるのは間違いない。

「後で私も総稽古に顔を出す」

そう呟くと、慰め合っている二人を置いて、男は楽屋を出た。

二

「お主のことは、今後は何と呼べばいい」

「私には名などありません。何とでもお好きなように」

武太夫の問いに、菊之丞のふりをしていた化け物が答える。

菊之丞の楽屋には仙吉の他、志道軒とお廉、それに武太夫と源内が集っていた。すっかり日は暮れており、部屋は行燈《あんどん》の明かりだけで照らされている。

「お困りなら、水虎とでもお呼びになればよろしいのでは」

「お主も拙者の書いた戯作を読んだのか？」

「ええ、まあ」

源内の言葉に、菊之丞の姿のまま、化け物は艶笑を浮かべる。

これが本物の菊之丞でないとは、未だに仙吉は信じられない思いだった。

この菊之丞の姿をした化け物が芝居茶屋で語ったことを元に、源内は『根南志具佐』を著した。そちらでは、荻野八重桐は菊之丞の身代わりに大川に身を投げたということになっていた。水虎は舟遊びに興じる菊之丞を誘惑する若侍の姿で登場するが、その正体は、仙吉たちが奈落で見たような醜い化け物である。

「あの東上桟敷五番で起こっている怪異は何なのさ」

片膝を立て、お廉が化け物に詰め寄る。

その傍らで、志道軒はだらしなく胡座をかいて股間を掻いており、武太夫は用心しているのか、腰に刀をたばさんだまま姿勢よく端座してこの様子を窺っていた。源内は武太夫の後ろに隠れるようにして、細筆を手に何やら帳面に書き付けている。

「東上桟敷五番を買い占めているのは、冥府では宰相と呼ばれている方です。手下を送り込んで席を買い、あの桟敷に他の客を寄せ付けないようにしている」

「その宰相とは何者だ」

小さい声だったが、鋭く武太夫が言い放った。

「その名を現世で軽々しく口にすれば、私はたちまちこの場で八つ裂きになってしまいます」

「そういう呪いでも掛けられているということか」

それまで黙っていた志道軒が、小馬鹿にしたように、ふんと鼻を鳴らした。

「宰相は、路考を山村座に留め置くか、こちらに戻すかを迷っています。その間、私が路考の身代わりを……」

「さしずめ菊之丞が男の体であることに戸惑っているのであろう」

志道軒が言う。

「私にはそこまではわかりません」

「路考の身代わりを務めるのが、お主の仕事だとするなら、正体が明かされた今、すでにそれは意味がないのではないか？」

武太夫が口を開く。それは仙吉も思っていたことだった。

「ええ」

水虎が頷き、さらにお廉が問い質す。

「それを押して話しているのは何故だい」

「決まっているじゃないですか。このことが宰相に知れれば、私の命がないからですよ」

言いながら、水虎が体をぶるっと震わせる。

「ただ殺されるならまだいいが、あの人の怒りを買えば、未来永劫、私は地獄の業火に焼かれることになる」

「取り引きしようということか」

志道軒の言葉に、水虎が頷いた。

「簡単なことです。ここにいる皆さんが知らぬふりを通してくれるなら、私もあなたたちが知りたいことを教える」

「路考さんは今、その冥府の山村座とやらにいるんだな」

お廉の問いに、水虎が頷く。

「こちらに連れ戻すにはどうしたらいいんだ」

「おいおい、そこまでしてやる義理があるのか。お前、路考とは知り合いでも何でもないだろう」

志道軒が呆れたような声を上げた。

確かに、八重桐が溺死してからの菊之丞が偽物だとわかった今、この場にいる者の中で本物の二代目瀬川菊之丞と面識があるのは、仙吉だけということになる。

「乗り掛かった船だ。知らぬふりなんかできるかよ」

やや興奮気味の口調でお廉が言う。

「山村座では、芝居に未練を残して亡くなった役者たちが舞台に立っているってことですか」

話が途切れたのを見計らい、仙吉が問うと、水虎が首肯した。

「今の座主は生島新五郎。立役者は二代目市川團十郎です。荻野八重桐も、すでに身上書を交わしたと聞きました」

仙吉は、思わず隣にいた源内と顔を見合わせた。それが本当なら、とんでもない座組だ。

「表方や裏方だけじゃありません。客も芝居に未練のある亡者ばかり。永遠に終わらぬ芝居を演じ続けている」

「そんなところに、今、路考さんはいるってことか」

お廉が唸る。

水虎の話によると、宰相と呼ばれるその男は、もう何百年もの間、冥府と現世を自由に行き来しているらしい。先つ年、たまたま立ち寄った市村座の舞台で鷺娘を演じる菊之丞の姿を見て、山村座に引き込むことを決めた。

宰相から菊之丞を拐かす算段を命じられた水虎は、まず八重桐を自宅で襲って殺し、得意の変わり身で入れ替わった。そして菊之丞らを大川での夕涼みに誘い、菊之丞だけを残して蜆取りに出掛ける。それから宰相が菊之丞を誘惑し、山村座へと連れ去った頃合いで、泥の中に沈み込むようにして姿を消した。

それ以外の大まかなことは、以前に芝居茶屋で話したのと同じだと水虎は言った。

「路考さんは死んでいないってことだね」

お廉が念押しする。

「正しくは、生死の境にいるといったところです。私が市村座に立っているのも、人々の頭から路考が忘れられないようにするため」

水虎によると、戯場國と化した山村座や、それに類する場所は、実際には地獄と極楽の間、現世との境にあり、すでに死んだものとされ、現世で忘れ去られてしまうと戻ってくるのは難しくなるのだという。

「耶蘇《やそ》教に於ける煉獄のようなものか?」

どこで得た知識であろうか、志道軒が首を捻りながら言う。

「どう思う?」

水虎の話が一区切りついた様子だったので、お廉が意見を伺うように皆に問うた。

「疑わしい」

表情を崩さず、武太夫が答える。

「拙者は最初から、こやつの話など信じておらぬ。何か理由があって、こちらを騙そうとしているのかもしれぬ」

「あなたが帯の内側にたばさんでいる小槌、山本五郎左衛門様から譲り受けたものですね？」

不意に水虎が口を開いた。

「何でそんなことを知っている」

武太夫が眉を吊り上げ、初めて表情らしきものを見せた。

「宰相の傍らには、いつも神野悪五郎様が付き従っています。あなたも名前くらいはご存じでしょう」

武太夫の帯の内側で、何かが激しく動くのが仙吉の目にも映った。武太夫は腹を擦るようなふりをして、その動きを押さえようとしている。

「山本様とは因縁浅からぬ相手です。あなたが、あの東上桟敷五番で、怪異を打ち払うために小槌を使ったのなら、もう宰相や悪五郎様の耳にも入っている筈」

「だとしたら何だ」

「あなたが望む望まないは別にして、いずれ小槌に導かれることになるかもしれませぬ」

仙吉には、二人が交わす会話の意味はわからなかった。お廉もきょとんとした顔をしている。

「で、その戯場國だか山村座とやらには、どうやったら行けるのだ？」

場違いな様子で、源内が話に割り込む。

「望むなら命を絶つか……」

その水虎の口ぶりに、仙吉は思わず背筋が寒くなり、身震いした。

「用があれば、向こうが道を開きます。こちらから自由に行く術はありません」

すると、奈落番の五郎八が見たのは、冥府とを行き来する入口だったということだろう。たまたま土間席に開いていたから、小屋に昔あった空井戸だと思ったのに違いない。

「じゃあ、お手上げじゃないか」

お廉が困惑したような声を上げ、源内の方を見る。

「お前、ちょっと一回死んで、向こうから道を開いてくれないか」

「無茶言うな」

冗談とも本気とも取れないお廉の言い方に、源内が慌てて答える。

「いや、お主らが思っているよりも、あの世とこの世を行き来している者は多い」

そこでふと、きっぱりとした口調で志道軒が言った。

「八重桐とやらは気の毒だったな。同じように菊之丞を殺して連れて行かなかったのは、おそらく、その宰相とやらは、男である菊之丞の体を女子《おなご》にする術を探しているのだろう。肉体がなくなれば、その手段も失ってしまうことになるかもしれんからな」

「……志道軒様、あなたはいったい何者なのです」

一呼吸置き、じっと志道軒を見据えて水虎が言った。

「あなたからは宰相と同じ気配がする。人であって人ならぬもの、物《もの》の怪《け》のようでいてそうでないもの、そんな気配が」

「ふむ」

そこで不意に、志道軒は懐から夫木を取り出すと、その先端で床板を打ち鳴らした。トントントトンという小気味良い音が、楽屋に鳴り響く。

「特別にここで出講釈を始めようか。そこにいる源内の書いた『風流志道軒伝』もびっくりの、深井志道軒、前半生の物語だ」

そして志道軒が語り出したのは、こんな話だった。

三

今を遡ること九百年ほど前のことである。

承和《じょうわ》六年（八三九）、隠岐《おき》、島後島《どうごしま》――。

島の漁師たちは夜が明ける前から刳り舟《くぶね》を漕ぎ出し、一刻も早く最も良い漁場を取ろうとする。

「おいっ、彦丸《ひこまる》、先に行くぞ！」

ごろた石の浜に沿って、杉皮葺きの切り妻屋根を持つ、長屋のように仕切られた舟小屋が並んでいた。

「焦るな焦るな。すぐに追い付くぞ」

先に漕ぎ出して行った隣の小屋の漁師に向かって、彦丸と呼ばれた年若い漁師は、欠伸《あくび》まじりに声を上げた。実際、彦丸は島では誰よりも櫂捌《かいさば》きが上手く、速く舟を動かすことができた。

島の南側にある都万《つま》川《がわ》の流れ出す辺りには松原があり、その東側は入江になっていた。長さ三間ほどの刳り舟を力強く押し出し、彦丸は素早くそれに乗り込んだ。

櫂を摑み、遅れを取り戻そうと彦丸は沖へと向かう。暗かった空が、東から徐々に明るくなってきている。朝靄が海上を覆い、視界は悪いが、目のいい彦丸は、素早く鳥山を見つけた。

海鳥が集まっている場所の下には、必ず小魚の群れがある。小魚が水面に浮いてきている理由は、もっと大きな魚……例えば鰹《かつお》などの群れに下から追い上げられているからだ。

近づいて行くと、案の定、水面を跳ねる鰯《いわし》の大群が見えた。明け始めた陽の光を浴び、それがきらきらと輝いている。ここまで鰯が追い上げられているなら、鰹の群れはさほど深いところにはいない。

苧麻《からむし》の縒《よ》り糸が巻かれた糸車を手にすると、彦丸はその先端に結びつけている、動物の骨と鳥の羽根で作った弓状の形をした疑似餌を海の中へと放り込んだ。

すぐに手応えがあった。縒り糸を通じて、横走りする魚の動きが手に伝わってくる。

素早く群れから引き離さないと、異変に気づいた魚が散ってしまう。糸が切れぬように慎重に加減しながら彦丸は魚を手繰り寄せた。長さ二尺ほどの大きさの鰹の魚体が舟縁に現れる。彦丸は取り込み用の鉤爪のついた銛《もり》を摑み、鰓《えら》の辺りに突き刺して舟の上に引っ張り上げた。

休む間もなく続けて仕掛けを投げ入れる。群れが去るのはあっという間だ。魚がいなくなる前に、できるだけ多く釣り上げなければならない。そうやって数尾を釣り上げたところで、やっと鳥山が立っていることに気づいた他の漁師たちが周囲に集まってきた。こうなると異変を感じた鰹の群れが去ってしまうのは時間の問題だった。

「他へ行け！」

集まってきた連中に向かって怒鳴っても、離れて行く様子はない。彦丸はまだ若いから、他の漁師からは侮られている。

さらに数尾を釣り上げたところで、すっかり魚信《あたり》がなくなってしまった。無数に飛び跳ねていた鰯の群れも消え、それを狙って先ほどまでうるさく啼き声を上げながら周囲を飛び交っていた海鳥も、十数羽が残って羽を閉じ、海面に浮かんで休んでいるだけとなった。

大漁とは言えなかったが、まあ仕方がない。鰹は傷むまでの足が早いから、彦丸は早々に入江に戻り、舟小屋に刳り舟を押し上げた。釣れた魚の血抜きをし、半数は後で水で煮て干し、煮堅魚《にかたうお》にすることにした。

脂が乗っていて色艶が良く、旨そうな一尾を選び、鰓に麻縄を通して背に担ぐと、彦丸は舟小屋を出る。目指す先は、光山寺《こうざんじ》という場所だった。

先頃、海を挟んだ隣の中ノ島の海士《あま》から移されてきた流人《るにん》がそこで暮らしている。その身の回りの世話をしている阿古那《あこな》という娘から、いい魚が獲れたら献上してくれと頼まれていた。

木々の葉の間から朝の光が射し込み、鳥が囀《さえず》る山道を、下帯一丁に上衣を羽織っただけの姿の彦丸は、黙々と歩いて行く。漁師にとっては遅い時間だが、まだ時刻は辰《たつ》ノ刻（午前八時頃）といったところだ。

光山寺に着くと、彦丸は伽藍《がらん》へと至る苔むした石段を上った。敷地には数本の桜の木が生えており、その奥に本堂と庫裏《くり》が建っていた。あまり大きな寺ではなく、問題の流人の他は慶安《けいあん》という名の住持が一人いるだけだ。朝の勤行の最中なのか、本堂からは読経の声が聞こえてくる。

彦丸は庫裏に足を向けた。中を覗き込むと、思っていた通りそこには阿古那がいて、忙しげに朝餉の準備をしていた。

「魚臭いと思ったら……」

竈に向かって竹筒を吹いていた阿古那が、庫裏の入口に立つ彦丸に気がつき、眉根を寄せてそんなことを言い放った。

「悪かったな。厨房を借りるぞ」

ぶっきらぼうにそう言い、彦丸は厨房の奥へ向かうと、魚を捌き始めた。

生臭物なので、寺の住持の口には入らないが、これは光山寺に滞在している流人の腹に収まる。

厨房の中には米や酒など、その流人への献上物らしきものが、ところ狭しと積まれていた。

隠岐にやってくる流人は、罪人とはいっても、京で力を持っていた貴族などが多い。島に住む者たちにとっては、本来なら口を利くことも憚られる、見上げるような貴人だ。

詳しいことは知らないが、今、この光山寺に流されてきている者も、大学寮を出た後に東宮学士となり、弾正少弼《だんじょうしょうひつ》も任官していたという人物らしい。だが、それがどのくらい偉い相手なのかは、京から遠く離れた島の、一介の漁師である彦丸にはよくわからなかった。

「それが済んだら、とっとと出て行ってくれよ。目障りだから」

鰹を捌いて切り分けている彦丸に向かって、また阿古那が悪態をつく。

心の内で彦丸は舌打ちした。以前はこんな物言いをする娘ではなく、島一番の美人で、心優しく働き者だと評判だった。だが、その流人の身の回りの世話をするようになり、読み書きや詩歌の手解きを受けるようになると、途端に教養のない島の男たちを見下すようになった。

そのことを彦丸はもどかしく感じていた。学問を手に入れた代わりに、阿古那は何か他の大事なものを失ってしまった。

「この後は、弾正様のお供をして願満寺《がんまんじ》に行くんだ」

聞いてもいないのに、自慢げに阿古那が口を開く。すでに官位は剝奪されている筈だが、阿古那はその流人を弾正と呼んでいた。

願満寺は島の中央にあり、島後ではもっとも大きな寺だ。その流人は、願満寺へ参拝し、赦免帰京の祈願のため仏の木像を彫ることを日課にしているらしい。気楽なものだ。罪人のくせに使役を課せられることもなく、いい物を食って、自分の好きにして過ごしているようにしか見えなかった。それでも京にいた者にしてみれば、不自由な罪人暮らしなのだろう。

「お前さあ、こうなることを狙っていたのか？　顎が落ちそうなほど歯が痛いとか言っていたの、あれ嘘だろ」

我慢できず、彦丸は憎まれ口を叩く。

阿古那の住む都万目《つばめ》という集落は、ちょうど光山寺と願満寺の中間辺りにあった。

願満寺に向かう際、弾正は必ずその集落で小休止を取っていたが、阿古那はそこに歯痛を訴えて近づき、憐れに思った弾正が平癒の祈願を籠めて木像を彫り、阿古那に与えたのがきっかけで親しくなったと聞いていた。

すっかり歯痛が引いたと阿古那は感激し、そのお礼にと己の家の軒先を貸すようになった。弾正が立ち寄る度に、茶を出したり汗を拭うための手拭いを差し出したりと、甲斐甲斐しく労っているうちに気に入られ、弾正から身の回りの世話を命じられたらしい。

「だったらどうなのさ。木像を拝んで歯痛が失せるわけないだろ」

否定すると思っていたが、開き直るように阿古那は言った。

「どうもしねえよ。俺はもう行く」

何か言う気も失せ、彦丸は阿古那と目を合わせないようにして、暗い気持ちで庫裏を出た。島にいる多くの若い男たちと同様、幼い頃からずっと、彦丸も阿古那に思いを寄せていたからだ。

外に出ると、ちょうど本堂の方から、勤行を終えた住持の慶安と、弾正と呼ばれている例の流人が、何か言葉を交わしながら庫裏に向かって歩いてくるところだった。挨拶するのも癪だったので、無言でその場を去ろうとした彦丸に向かって、弾正が声を掛けてくる。

「いつも旨い魚を届けてくれる人だね。ありがとう」

穏やかな口調で物腰も柔らかく、育ちの良さを感じさせる雰囲気があったが、彦丸の名を聞こうともしない。そういうところも鼻についた。

弾正は、島ではあまり見慣れない狩衣を身に纏っていた。一方の彦丸は、上衣に下帯だけの半裸のような格好だ。それもまた、惨めな気持ちにさせられた。

「これ彦丸、何か返事をしろ。無礼だぞ」

弾正をじっと睨みつけたままの彦丸に向かって、慶安が窘めるように言う。

彦丸は軽く会釈をしただけで、さっさと弾正に背を向けて石段の方へと走って行った。

阿古那が子を孕《はら》んだらしいという噂が聞こえてきたのは、それからひと月も経たぬ頃だった。

――あの野郎。

いつものように沖に出て舟を浮かべ、縁から釣り糸を垂れていた彦丸は、口の中で小さくそう呟いた。

阿古那の腹の子の父親は、考えなくてもわかる。だが、こんなに腹立たしい思いに駆られるのは、自分でも意外だった。弾正の手付きになったのは、阿古那にしてみれば本望だったのかもしれない。それでも、彦丸は納得がいかなかった。

朝廷に楯突いたのであれば、弾正が赦免され帰京する見込みは薄いだろう。だとしても、今後も島では貴人として扱われ、阿古那もその女房づらをして、恩恵を受けて暮らすのかもしれない。自分はそんな二人の姿を、卑屈な気持ちで、ずっと見続けることになるのだろうか。

左手に糸巻きを持ち、右手の指先に掛けた釣り糸を上下に動かして誘いを掛けていたが、不意にその指先に小さな魚信があった。

ひと先ず考えるのを止め、慌てずゆっくりと彦丸は糸を送り込む。

そろそろかと感じた頃、指先に力を込め、一気に腕を振り上げて、魚の口に釣り鉤を掛けにいった。

「よし、乗った！」

思わず口から言葉が漏れる。手応えから、かなりの大物だとわかった。ぐいぐいと底に向かって糸が引っ張られていく。まるで綱引きをしているかのようだ。

無理をすれば糸が切れてしまう。左手に持った糸巻きから適度に糸を出しながら、彦丸は獲物との駆け引きを始めた。

不思議な感触だった。大抵は、掛かった瞬間に、その引き味で何の魚なのかは大まかに見当がつく。だがこの魚は、ひたすら力任せに底に潜っていくような感触だった。九絵《くえ》の引きに似ているが、どうも違うような気がする。鮫《さめ》でもないだろう。

そうこうしている間にも、何度も強く引き込まれる感触があった。うっかりすると体ごと海の中に持っていかれそうになる。

彦丸は辺りを見回す。他に浮かんでいる舟はない。今日は朝から、滅多にないくらいのひどい不漁で、皆、早々に引き上げてしまっていた。彦丸が残っていたのは、あれこれ考え事をするなら海の上で漁をしながらの方がましだと思っていたからだ。

長丁場になりそうだと考え、彦丸は腹を括った。これは獲物が疲れるまでやり取りするしかない。場合によっては日が暮れるまで相手にすることになるかもしれない。

誰の手助けも得られぬまま、刻一刻と時が過ぎていく。獲物が弱り始めたのは、掛かってから二刻《ふたとき》（約四時間）ほど過ぎ、そろそろ陽が天辺に差し掛かろうという頃合いだった。

それまで張り続けていた糸が、少しずつではあるが手繰り寄せられるようになった。

急に暴れ出すのではないかと用心しながらも、ゆっくりと彦丸は獲物を寄せ、糸を巻いていく。

やがて、水面近くにその影が見えてきた。

やはり大物だ。五尺（約一・五メートル）はあるだろう。

近寄ってきた獲物の姿を見て、彦丸はぎょっとして息を呑んだ。九絵のように体高があり、丸々と太っていて重みがある。茶色い光沢のある鱗は、銀杏の葉ほどの大きさがあった。

だが、不気味だったのは、その頭の部分だった。最初は海藻か何かが絡み付いているのかと思ったが、違う。それは髪の毛だった。黒く長い髪が、水の中で揺らめいている。

胸騒ぎを感じながらも、とにかく彦丸は獲物を刳り舟の縁まで寄せた。この大きさでは、鉤状の銛を打ち込まなければ、舟の中まで引っ張り上げられない。

片手で銛を摑み、ぐっと釣り糸を手に巻き付けて、頭を水面から出す。

その時、獲物と目が合った。人間の女のような顔をしており、上唇に大きな釣り鉤が掛かっている。捲れ上がった唇の下には、白い歯の並びがあった。

思わず釣り糸を握っている手を離しそうになったが、体の癖で彦丸は銛を獲物の鰓の辺りに思い切り打ち込んでいた。

途端に真っ赤な血が、透き通った水の中に煙のように広がる。赤子が泣くような悲鳴を上げ、力を失っていた獲物が目を見開き、痛みのためか激しく体をくねらせ、再び暴れ始めた。

水飛沫《みずしぶき》を浴びながら、何とか彦丸はその獲物を舟の中に引き摺り上げる。

暫くの間、それは舟の上でびちびちと跳ねていたが、やがてぐったりとして大人しくなった。

尻餅をついたような体勢で放心しながら、横たわっているそれを見ていた彦丸だったが、我に返り、その奇怪な獲物の姿をよく検めることにした。

見間違いではなく、やはり人間の女そっくりの顔を持っている。耳はないが目鼻があり、鉤の掛かった口からは、何か粘ついた液を吐き出していた。

まだ息があり、瞬きをしながら恨みがましい目で彦丸を見つめ、鰓を開いたり閉じたりしている。背鰭《せびれ》のあるべきところには、たてがみのように髪の毛が生えており、胸びれと尻びれは手脚のように突き出していて長かった。

これはおそらくこの世のものではない。根拠はなかったが、彦丸はそう感じた。

そういえば年老いた漁師が、魚の気配がまったくない日は、何か禍々しいものが水の中をうろついていると言っていたのを思い出した。朝から不漁だったのは、こいつがいたせいか。

それにしても、これをどうするかで彦丸は困ってしまった。取り込むために銛を打ち込んでしまっているので、放っておいてもいずれ弱って死ぬ。今さら水の中に逃がしても手遅れだ。

何か恐ろしい祟りが己に降りかかるのではないかと思ったが、どうすればいいかもわからない。

その時、ふと彦丸の頭の中に、邪悪な思い付きが浮かんだ。

あの弾正の野郎に、これを食わせたらどうなるだろうか。

この容姿だ。おそらくとんでもない毒魚だろう。もしかすると、彦丸に向かうべき祟りを、弾正に押し付けることができるかもしれない。

そう思うと、急にこの獲物が怖くなくなってきた。彦丸は小刀を取り出すと、ひと先ず生き物の頭を落とすことにした。このまま舟小屋に持ち帰ったのでは、たちまち漁師たちの間で騒ぎになる。体だけなら、得体は知れなくとも、ただの大きな魚にしか見えない。

締めるために鰓の間に刃を当てようとすると、その生き物は目を見開き、また暴れようとした。彦丸は馬乗りになり、髪を摑んで動きを封じる。鰓の間に小刀を刺し込み、魚を締める時にそうするように、人でいえば延髄に当たるところにある骨を断とうとした。

だが、やはり体が大きい分、骨も硬く、小刀の先に力を込めても、ごりごりとした感触が伝わってくるだけで、なかなか断つことができない。

何度もやり直しているうちに、傷付けた鰓の間から血が止めどなく溢れ出てくる。ふと顔を見ると、その生き物は痛みに耐えるように唸り声を上げながら歯軋《はぎし》りし、血走った目からは涙のようなものを流していた。

やがて小刀が骨を断つ感触があった。何度か痙攣を起こし、やっと動かなくなる。嚙みつかれやしないかと用心しながら、恐る恐る彦丸は口に掛かっている鉤を外す。

そして魚を捌く時と同じように首を落とした。髪の毛を摑んで体から首を外すと、それと繋がった内臓がずるりと腹腔から引っ張り出される。腥い臭いが彦丸の鼻を衝いた。内臓は、魚のそれというよりも、犬や牛馬などの獣のそれに近かった。

彦丸はまとめて頭と内臓を海に放り込む。沈んで行くそれが見えなくなると、やっと大きく息をすることができた。胸に手を当てると、早鐘のように鼓動を刻んでいる。

桶を使って海水を汲み、彦丸は惨殺の跡のように舟の上に飛び散った血を洗い流した。鱗は固く大きく、簡単には剝がれそうになかったので、とりあえずそのまま舟小屋に戻る。

日射しはだいぶ高くなっていた。刳り舟を小屋に押し上げると、早速、光山寺に向かうことにしたが、丸ごと背中に担いで行くには、その獲物は大きすぎた。小屋にある俎板の上で、手早く切り身にし、布に包んで持って行くことにした。

それが弾正こと小野篁《おののたかむら》と、彦丸こと深井志道軒の長い因縁の始まりだった。

四

「ちょっと待て爺い。まさかまた思い付きで適当に喋ってるんじゃないだろうな」

仙吉の隣に座り、大人しく話を聞いていたお廉が声を上げた。

夫木で床を叩きながら、いつもの狂講を思わせる調子で喋っていた志道軒が咳払いする。

仙吉は、楽屋に置いてあった土瓶から冷えた茶を湯飲みに注いで志道軒に渡した。休みなく声を発し続けていた喉を潤すため、志道軒はそれを一気に飲み干す。

志道軒の語り口は巧みで、小舟の上でのたうつ奇怪な生き物の姿を、仙吉も容易に頭の中に思い浮かべることができた。日が暮れて行燈が灯っているだけの部屋で聞くには、少々、気味が悪すぎる話だった。

「それで志道軒殿は、その釣り上げた怪魚の肉を、弾正とやらに食わせたのか」

こんな話は慣れっこなのか、冷静な口調で武太夫が問う。

「先を急かすな。この話にはまだまだ続きがある」

湯飲みを床に置き、夫木の先を、手の平にぺちぺちと打ち付けながら志道軒が言う。

仙吉が、菊之丞の姿を借りている水虎の顔を見ると、こちらは無言で眉間に深い皺を寄せている。行燈の明かりに照らされて浮かんだ陰影が、顔の輪郭をくっきりと際立たせていた。

「その弾正っていうのは、水虎さんの言っている宰相と同じ人なんですか」

思わずそう問うた仙吉に、水虎は微かに頭を横に振るばかりだ。

「私の口からはそうだとも違うとも言えません」

それが答えのようなものだった。水虎から肯定はできないのだろう。

帳面に字を書き付けていた源内が、細筆の先を嘗めながら言う。お侍にしては頼りない男だが、こういう事だと真剣な表情を見せるようだ。

「続きを」

促された志道軒が、一度、深く頷き、再び夫木を床に打ち鳴らして、中断していた話の続きを語り出した。


歩きながら彦丸が手元の包みを見ると、布の表面には、じんわりと赤い血が滲んできていた。

光山寺の庫裏に阿古那の姿はなかった。弾正に付き添って願満寺に出掛けているのだろう。

厨房で包みを開き、切り身を取り出す。大きな鱗を一枚一枚手で剝ぎ取り、皮を引き、丁寧に薄く切って、酢と和えて膾《なます》にした。生で魚を食べる、漁師の手抜き料理であるこの食べ方を、島に流されてくるたいていの貴人は気持ち悪がるが、弾正はこれを新鮮な魚の獲れる島ならではのものだと、いたく気に入っていると阿古那から聞いていた。

皿に盛り付けると、元の姿を想像できないほどに旨そうに仕上がった。白身には虹色に輝くような脂が乗っており、思わず生唾を飲みそうになる。

時刻はもう午後も遅かった。あと一刻もすれば、日が傾き始める頃だ。

手持ち無沙汰に待っていると、やがて人の気配が近づいてきた。庫裏の外に顔を出すと、弾正と阿古那が連れ立って伽藍に入ってくるところだった。

阿古那の腹はまだあまり膨らんでいないが、弾正は気遣うように阿古那の肩に手を載せ、ゆっくりと歩みを合わせている。阿古那は弾正を見上げ、微笑みを浮かべていた。彦丸の前では見せぬような表情だった。

ふと、弾正と目が合った。すぐに阿古那も、庫裏の前に突っ立っている彦丸に気がつく。

「珍しい魚が上がったから、持ってきた。厨房に置いてある」

ぶっきらぼうに言い捨てると、彦丸はそのまま逃げるように光山寺を出た。

そして暫く歩いてから、あの切り身を阿古那が口にしたらどうなるかと思い至った。

弾正に食わせて、あわよくば当たって死ねばいいくらいに思っていたが、阿古那も口にするかもしれないということを失念していた。

慌てて彦丸は光山寺に取って返す。

庫裏には誰もおらず、彦丸が用意した皿もなかった。急いで本堂の方に足を向ける。

庭に面した戸板は開け放たれており、さして大きくはない本堂の中で、弾正と、光山寺の住持である慶安が、向かい合わせで食事をしているのが見えた。

「おや、お前は……」

「阿古那は？」

口を開こうとする弾正を遮り、彦丸は問う。

「夕餉の支度だけして、すぐに都万目に戻ったが……」

弾正が答える。その手には箸が握られており、箸先には例の生き物の膾が挟まれていた。

「何か用向きでもあったのか？」

「いや、別に……」

だとすると、阿古那がつまみ食いでもしていなければ、切り身は食べていない筈だ。少しだけ彦丸はほっとする。

「それにしても、今日のこの魚、驚くほど旨い。これはいったい何の魚だ」

そう言って、弾正が膾を口に運ぶ。

彦丸は慶安の方を盗み見たが、やはり生臭物であるためか、膳の上に膾の器は載っていない。

「九絵です」

どうせわかりはしまいと思い、彦丸は適当な返事をする。

「これで全部か。もっとあるのではないか」

会話をしながらも、弾正の箸は止まらず、あっという間に皿の上に盛られた膾はなくなってしまった。今のところ、弾正にこれといった変化は見られない。

「もうありません」

舟小屋に戻れば、まだ大量に残っているが、何やら惜しくなり、彦丸は嘘をついた。

「そうか。ならば仕方ないな」

弾正が残念そうな顔をする。

「ところでお前は、どこに住んでいるのだ」

「屋那の松原の近くにある舟小屋ですが……」

阿古那がいないのなら、すぐに帰りたいところだったが、仕方なく彦丸は答える。

「ああ、すると八百比丘尼《やおびくに》が一晩で植えたという、あの松原か」

膾を食べ終え、茶を碗に注いで口に運びながら、弾正が言う。

「聞けば、玉若酢命《たまわかすのみこと》神社にも、八百杉《やおすぎ》と呼ばれている古い杉の木があるとか」

島の住民たちからは、若酢大明神とか、単に明神様と呼ばれている場所だ。

「何だい、その何とか比丘尼っていうのは」

「八百年も生きているという比丘尼のことだ。元はこの島後に住んでいた娘だという話もある」

弾正の代わりに慶安が答える。

「八百年も生きている？　化け物じゃないか」

「これ」

窘めるように慶安が咳払いをする。

「実際はもっと長いこと生きているとも言われている。この近くの海で、稀に人の頭を持つ怪魚が釣れることがあるらしく、知らずにそれを食って、不老長寿の体を得たという話だ」

ぎくりと彦丸は身を震わせる。だとすると、まさに彦丸が今日、一本釣りした生き物がそうなのではないか。

「古い漁師の話では、この近くの深い海の底のどこかに、冥府の海と繋がる洞穴があり、その半人半魚の化け物は、稀にそこから現世に迷い込んでくると言われているそうだ」

「それを食ったら、不老長寿が得られるのか」

「仮にそうだとしても、不老長寿など得られても碌《ろく》なことがないぞ」

説教でも垂れるような口調で、慶安は彦丸を諭す。

彦丸が光山寺を辞し、舟小屋に戻ると、例の生き物の骸は依然としてそこにあった。

これが慶安の話に出てきた半人半魚だとすると、腐らせてしまったり捨ててしまうのは勿体ないような気がしてきた。切り身の一部を軒先に吊るして干物にし、一部を水で煮てから堅魚のようにして、保存することにした。

竈に火を入れ、大鍋を掛ける。湯が沸くのを待っている間に、彦丸はだんだんと我慢できなくなってきた。旨そうに膾を口に運んでいる弾正の姿を見ていた時から、己もそれを味見してみたくてたまらなくなっていたのだ。

頭と腸《はらわた》は海に捨ててきたし、切り身になってしまえば、気味の悪さもあまり感じない。身の一部を薄く削ぎ切りし、震える手で彦丸はそれを口に運ぶ。

瞼を閉じ、奥歯で嚙みしめた途端、口いっぱいに溶けた脂が広がる。

――旨い。

それは魚のようでもあり、獣の肉のようでもあり、何とも言い表しにくい風味があった。ただ、間違いなく、これまで彦丸が食べたどんなものよりも旨かった。

味見に一切れだけのつもりだったが、もう一口、あともう一口だけと繰り返しているうちに、腹一杯になってしまった。

そうなると、急に疲れがどっと押し寄せてきた。竈の火は煌々と燃えたぎっていたが、強い眠気に抗えず、彦丸は舟小屋の隅にごろりと横になった。

そのまま、夢の中へと落ちていく。

口にした肉が、その持ち主の記憶を呼び起こしたか、微睡《まどろみ》の中で見た夢は奇怪なものだった。

それは冥府の海の中の風景だろうか。暗く澱んだ水の中に、同じような姿をした半人半魚が十数尾、ゆらゆらと気怠そうに鰭を動かして泳いでいるのが見えた。

どうやら雄と雌があるらしく、彦丸が釣り上げたのは雌の方だったらしい。

やがてそのうちのひとつがいが、交尾を始めた。

体の中のどこに収まっていたのか、人のものにそっくりの充血した一物が下腹部に生えた雄の半人半魚が、正面から雌と体を絡み合わせるようにし、雌の女陰にそれを挿し込んで器用に腰を振っている。お互いに手足がないので、まるで体ごとぶつかり合うような動きだった。雌の方は、きいきいと甲高い耳障りな声を上げている。

やがてその雌の声に興奮したのか、別の雄が数尾、雌の廻りに集まってきた。そのうちの一尾が、交尾中の雄の首筋に嚙み付き、無理やり雌の体から引き離す。その隙に別の雄が雌の体を奪い、乱交の様相となってきた。やがて何度か精を放ったのか、交尾しているやつらの周囲の水が白く濁ってくる。

彦丸が目を覚ましたのは、吐き気を催しそうなそんなおぞましい光景に魘《うな》されている時だった。誰かが己の体を激しく揺り動かしている。

「おいっ、起きろ、彦丸！　もうとっくに日が昇っているぞ」

頭の中が痺れたような気分のまま、彦丸は目を開く。

「阿古那か……」

見ると、阿古那が腰に手を当て、彦丸を見下ろしていた。

「どうしたんだ、彦丸。もうとっくに他の漁師たちは沖に出ているぞ」

確かに、辺りは明るくなっている。日射しの様子からして、もう漁に出るには遅すぎる時間だ。すっかり寝坊してしまった。

「漁師がこんな時刻まで鼾を搔いて寝ていたら、食い詰めるぞ」

「たまたまだ。それよりもお前、何の用だ」

都万目に住む阿古那が、この辺りまでやってくるのは珍しい。

「弾正様のお使いだ。昨日の魚がもっとないかって……」

舟小屋の中を見回しながら阿古那が言う。

「お前、腹に子供がいるんだろう？　あの魚をもっと食いたきゃ、弾正のやつが自分で取りに来りゃいいのに」

「あるのか、ないのか」

苛々した口調で阿古那が言った。

「もうないと言ったんだがな」

仕方なく彦丸は立ち上がり、すっかり火が消えて燻《くすぶ》っている竈の近くに放置したままの切り身を取り出そうとした。

「うっ」

それを見て、思わず彦丸は呻き声を上げる。

美しい白身だった切り身は緑色に変色し、腐った臭いを放っていた。半分は溶けてしまっており、剝がれ落ちた銀杏の葉のような鱗が、辺りに散乱している。いくらなんでも、たった一日かそこらで腐敗が進みすぎだった。まるで現世の空気が合わなかったというような速さだ。

振り返ると、阿古那は眉間に深い皺を寄せて鼻を摘まんでいる。

「見ての通りだ」

彦丸は首を横に振る。阿古那が舟小屋から去ると、再びごろりと横になった。今からでは漁に行く気もしないし、第一、妙に体がだるく感じられた。

弾正と同様、自分もあの肉を腹の中に収めてしまったが、今のところ体の変化は感じられない。不気味な容姿から毒魚と考えたが、そうではなかったのだろう。

その時は、そう思った。

弾正こと小野篁が赦免により帰京することになったのは、それから暫く後、承和七年（八四〇）の四月のことだった。

生まれたばかりの赤児を抱いた阿古那とともに、彦丸は、島後を離れて行く弾正を乗せた舟を、浜から見送ることになった。

弾正の妾になっていた時の態度が災いし、阿古那は島じゅうの男たちから笑いものになった。その阿古那を嫁にもらい、弾正との間の子の面倒を見たのは彦丸である。

だが、彦丸が我が子のように可愛がっていた弾正の子は、たったの二歳で夭折《ようせつ》し、阿古那はそれを悲観して海に身を投げてしまった。

――この子さえ生きていれば、いつかまた弾正様と一緒になれる時が来るかもしれない。

それが身を投げる前の阿古那の口癖だった。

阿古那は彦丸との間に子を作ろうとせず、魚臭いといって肌を合わせることすら拒んだ。阿古那の心は、死ぬまでずっと弾正にあった。そして阿古那は、己と弾正を繋ぐ唯一の絆と考えていた子が死んだ時、自らも死を選んだのだ。

それから長い間、阿古那が身を投げた磯に座り込み、呆然と海を眺める日が続いた。

京に行ってみようと思い立ったのは、阿古那が死んでから十年も経った頃だった。

弾正にとって、阿古那は島流しになっていたごく短い間の慰みに過ぎなかったのだろう。阿古那のことも、己が残していった子のことも、もうすっかり忘れているに違いない。

そう思うと口惜しかった。その後の弾正の消息は知らなかったが、おそらくは今も京で政《まつりごと》の中心にいる筈だ。そうでなかったとしても、とにかく京に上れば捜すことができる。

弾正が島で暮らしていた時とは違い、彦丸のような身分の者が容易に近づける状況ではないだろうが、何か仕返ししてやらないと収まりがつかなかった。仮にそれで命を落としても惜しくはないし、幸いなのかどうなのか、彦丸には身寄りもないから、死んだ後の心配をする必要もない。

他の事情もあった。あれから十年以上、彦丸は殆ど年を取らなくなっていた。いつまでも二十歳そこその姿のままで、さすがにもう見た目が若いだけでは誤魔化せなくなってきている。

すっかり明るさを失い、碌に働きもせず磯に座って海を眺めてばかりいる彦丸を、あからさまに気味悪がる者も多く、漁師仲間で彦丸に気安く話し掛けてくる者もいなくなっていた。島を出る決意をしたのは、孤独から逃れるためでもあった。

彦丸が刳り舟を使い、二度と戻らぬつもりで島後の浜から海へと漕ぎ出したのは、嘉祥《かしょう》三年（八五〇）のことであった。


「以上、ここまでが深井志道軒、出立の巻である」

「ああ、嘘くせえ」

話の節目に、小気味よく夫木を床で打ち鳴らした志道軒に向かって、お廉が頭を掻き毟《むし》りながら声を上げる。

「何から何まで荒唐無稽だ。信じられねえ」

「どちらにせよ、お前、儂のことなど少しも知りはしないではないか。この押し掛け女房ならぬ、押し掛け娘子が」

「まあまあまあまあ」

いつもの調子で口論を始めた志道軒とお廉を宥めるように仙吉は間に割って入る。

「志道軒殿は、その弾正だか宰相だかという御仁に、恨み辛みがあるということか」

武太夫が言う。

「おいおい、武太夫殿、この老人の戯言《ざれごと》を鵜呑みにしているのか？」

その後ろに控えていた源内が、驚いたように言った。

「一応は、そのつもりで問うているのだ」

つまり、丸々信じているというわけではないらしい。

「それで話は全部ではないですよね？」

じっと志道軒を見据えていた、菊之丞の姿をした水虎が口を開く。

「だから、出立の巻と言ったではないか。まだほんの序の口だ」

唇の先を尖らせて志道軒が答える。話の壮大さに比べて、語っている本人がこの調子だから、どうも仙吉も狐か狸に化かされているような気分になる。

「だがまあ、今日は疲れたし、ここまでにしておくか。柳は緑、花は紅、只そのままの色か、そのままの色か……」

そう言って志道軒はまた夫木で床を打ち鳴らした。

五

初代市川團十郎が刺殺されたのは、元禄《げんろく》十七年（一七〇四）の二月のことであった。場所は市村座。前年十一月に起こった元禄大地震で全焼した小屋の普請が終わり、その最初の興行だった。

演目は『移徙十二段《わたましじゅうにだん》』で、團十郎が義経《よしつね》四天王の一人、佐藤《さとう》兄弟の兄である次信《つぐのぶ》（継信）を、生島新五郎が弟の忠信《ただのぶ》を演じ、牛若《うしわか》は中川半三郎《なかがわはんざぶろう》が演じていた。

凶行は、一番目で團十郎が牛若に剣術を伝授する鞍馬僧正坊《くらまそうじょうぼう》の役を演じた後、本役である次信に扮して二番目の舞台に立った時に起こった。中入り前の場面の終盤、舞台中央で大見得《おおみえ》を切る團十郎に向かって、突如、袖から駆け込んで来た人影が当て身を食らわせたのだ。

團十郎は低い呻き声を上げ、隈取りされた顔を大きく歪める。

その脇腹には、匕首《あいくち》が深々と突き刺さっていた。團十郎はよろよろと二、三歩、後退したが、足を大きく開いて踏ん張り、舞台に飛び込んできた凶漢の頭に向かって、左手で握っていた小道具の刀を思い切り打ち下ろした。

竹光の刀身が割れる乾いた音が小屋の中に鳴り響き、根元の部分が折れて客のいる枡席に飛んで行く。その音で我に返ったように、舞台上にいた他の役者や、袖にいた留番、大道具の陰にいた裏方たちまでもが飛び出してきて、一斉に凶漢を取り押さえようとしたが、芝居を見物していた多くの客たちは、これを何かの趣向だと思い込んだ。

床に押さえ付けた凶漢を殴る蹴るして大人しくさせようとする留番らの怒号や、おろおろと舞台上を右往左往する役者たち、大声で楽屋に向かって助けを呼ぶ裏方たちの迫真さに、ある者は笑い、ある者は喝采を送った。

脇腹に匕首が突き刺さったままの團十郎は、嵐のような大向こうの声が掛かる中、堂々と歩いて袖に引っ込んだが、客から見えない場所までくると、そのまま前のめりにどうと倒れた。

稲荷町の役者たちの手で戸板に乗せられ、ひと先ず團十郎は本二階にある己の楽屋に運び込まれた。その間に、帳場の下働きの者が、近隣に住む医者を呼びに走る。

だが、金創医《きんそうい》が傷口を縫う道具を手に駆け付けた時には、すでに團十郎は息を引き取っていた。

楽屋には人が集まっており、横になった團十郎の傍らには、まだ弱冠十七歳だった倅の市川九蔵《くぞう》もいたが、何か言い残すような間もなかった。

結局、その日は三番目の幕が開くことはなく、市村座は打ち出しとなった。目の当たりにした凶事が、芝居ではなく本物だったと知った客たちに、不満や文句を言う者はいなかった。

下手人は、生島新五郎の弟子である、生島半六《はんろく》という立役の役者だった。

番所に突き出された半六は、伝馬牢《てんまろう》に繋がれ厳しい詮議を受けたが、とうとう團十郎を刺した理由については口を閉ざして語らなかった。團十郎に弟子入りしていた半六の息子がひどい扱いを受け、それを恨みに思って事に至ったとか、團十郎が半六の不義密通をネタにした演目を掛けようとしていたからだとか、いくつか説もあったが、これも噂に過ぎない。どちらにせよ、半六は牢に入れられてふた月も経たぬうちに、獄中で死んでしまった。

そして遺児となった九蔵は、己の弟子が起こした凶事に重い責を感じた生島新五郎によって引き取られ、間もなく山村座で二代目市川團十郎を襲名することになる。

頭の中で妄想まじりに初代市川團十郎刺殺の光景を思い描いていた平賀源内は、貸本屋の岡本利兵衛から借りた『金之揮《きんのさい》』の綴り本を閉じると、ぶるりと寒さに身を震わせた。

九尺二間の狭い裏長屋の部屋の中にいても、吐く息は白く、どてらを着込んでいても寒い。炭代をけちって我慢していたが、さすがに堪えきれなくなり、源内は火鉢で炭を熾《おこ》すことにした。

数日前に市村座に集まった時に水虎から聞いた話も、志道軒の口から出た講釈も、あまりにも荒唐無稽で、さすがの源内でも、そのまま戯作として書くのは憚られた。

商売っ気の強い利兵衛は、家が近所なのをいいことに、毎日のように源内のところに来ては何か書けと催促してくる。だが、どうも源内は乗り気ではなかった。

市村座で聞いたあの話を勝手に書けば、今度こそ志道軒やお廉を怒らせることになるかもしれないし、それどころか水虎の話を信じるなら、こちらの命も危うくなるかもしれない。

「源内殿、これを売り出すのか？」

土間に下り、竈の灰を払って奥から熾火を取り出している源内に向かって、まるでこの部屋の主人のように居間の真ん中にどっしりと端座した稲生武太夫が声を掛けてくる。

武太夫は、床の上に散らばっている矢守《やもり》の試作品のうちの一つを手に取り、眉根を寄せてそれを眺めながら首を捻っていた。

「ああ。霊験があることは裏付け済みだからな」

赤く燃え残っていた炭を火箸で摘まみ上げ、源内は居間に置いてある火鉢の中にひょいひょいと移す。狭いので、土間からちょっと身を乗り出せば届いてしまう。

「この破魔の矢と同じものを、矢守と称して正月に売り出してはどうかと、新田神社に勧めて打ち合わせをしている最中なのだ」

貧乏暇なしの素浪人である源内は、金になりそうなことは何でもやらなければ食っていけない。

それを聞いて、感心したように武太夫が頷く。

「源内殿は尋常な人ではないと思っていたが、己の才覚一つで世を渡っていくその手腕、やはり只者ではない」

「は？　何を言ってるの」

目を丸くして源内は武太夫を見る。まさか褒められるとは思っていなかった。

「拙者は武骨一辺倒で、源内殿のような博識もない。正直、奈落で源内殿がこの破魔の矢を放ってくれていなければ、危ないところだった」

「それはお廉が、化け物を生け捕りにしろなんて無茶なことを言ったからだろう？」

そうでなければ、別に源内がいなくても、何とかなりそうだったように思えるが。

「あのような化け物を、怖気づくことなく相手にできるのだから、武太夫殿には怖いものなど何もないだろう」

「いや……ある」

口元に拳を当てて咳払いしながら、武太夫が答えた。

「ほう。興味深いな。武太夫殿は何が怖いのだ」

「実を言うと、蚯蚓《みみず》だけはどうにも苦手なのだ」

「へ？」

思わず源内の声が裏返る。

「雨が降った後などは、怖くて表に出られぬこともある。あれがたくさん這い出てきて、道を塞いでいるのに出くわして、気を失いそうになったこともあるくらいだ」

「蚯蚓など魚釣りの餌、小鳥の餌じゃないか。化け物が平気で、蚯蚓が怖いとは……」

「物の怪やら化け物は退魔の小槌を使えば逃げて行くが、あやつらは小槌を使っても消えないから、ずっとたちが悪い。幼少の頃に三十日に亘って怪異と対峙した時も、蚯蚓を出された時が一番きつかった」

そんなものなのかなと源内は首を傾げる。だが、それにしても何故に、武太夫がそのような己の弱味を源内に打ち明けてくるのかも不思議だった。

武太夫が若き日に経験した怪異については、すでに本人から聞いていた。

戯作にしてみたら面白そうだと利兵衛にも話してみたが、あまりに内容が突飛すぎると、さすがの利兵衛すらも感じたようで難色を示され、却下されてしまった。

「それよりも、山村座や、そこにいるという生島新五郎や二代目團十郎の件だ」

源内がそう言うと、武太夫は手にしていた飾りの羽根がついた矢を床に置いた。

あれから武太夫は、桜田御門の近くにある広島藩の上屋敷から、神田白壁町《しろかべちょう》にある源内の住処を何度か訪ねて来ていた。

あまり芝居に明るくない武太夫から、水虎や志道軒の話に出てきた人たちのことを知りたいと相談を受け、『金之揮』も、そのために借りてきた。主に初代と二代の團十郎について書かれた役者評判記である。

「生島新五郎というのは？」

「山村座を廃座に追い込んだ騒動の張本人だ」

源内もそこまで詳しかったわけではないが、江島生島事件の経緯や、新五郎が三宅島に遠島され彼の地で死んだとされていることなどを簡単に伝えた。

最初は付き合いづらそうなやつだと思っていたが、武太夫は案外に素直な質の人間であるらしく、源内に対して居丈高な態度を取るようなこともない。

剣の腕前は確かで、妖怪変化を相手にするのも慣れており、度胸が据わっている。広島藩士として立派な身分も持っている。

剣などまともに稽古したこともなく、小心者でお調子者、高松藩から仕官御構《しかんおかまい》まで受けている正真正銘の浪人である源内とは、同じ侍でも正反対である。

だからお互いに張り合ったりする必要がなく、それが良いのかもしれない。武太夫は武太夫で、侍には余計な博識のある源内に、一目置くところがあると感じているようだ。

熾火に新しい炭を加え、やっと部屋の中が温かくなってきた頃、鉄瓶で沸かしていた白湯を茶碗に注いで啜りながら、源内は言った。

「そして宰相とか弾正とか呼ばれていた男についてだが……おそらくは参議篁《さんぎ》のことだと思う」

「参議篁という と……」

ほんの少し眉を動かし、武太夫は小さな声で呟いた。

「『わたの原、八十島《やそしま》かけて漕ぎ出でぬと、人には告げよ、海人《あま》の釣り舟』……」

「そう、その参議篁だ」

それは『小倉百人一首』第十一番、参議篁こと小野篁による歌だ。

百人一首は、手習いでの読み書きの手本にもよく使われるし、遊びとしても庶民の間で親しまれている。武太夫もそれで諳《そら》んじていたのだろう。

「この歌は、参議篁が隠岐に流罪《るざい》になる際に詠んだものだと言われている」

わたの原は広い海、八十島はこの場合は隠岐の群島を示している。そこを目指して漕ぎ出す己の心情を、どうか都にいる人たちに伝えてくれ、漁師の釣り舟よ……というような意味の歌だ。

「すると、志道軒殿が語った話と符合するところがあるな」

篁が参議となり、その唐名である宰相と呼ばれるようになるのは、もう少し後のことである。

配流となった時に、官位は一度剝奪されているが、その時は弾正少弼の地位にあった。

処罰を受けた直接の理由は、遣唐副使であったにも拘わらず、篁が病気を理由に乗船を拒否したことだと言われている。だがこれは、誰の目にも明らかな仮病だった。

篁は過去、二度に亘って渡唐に失敗しており、これが三度目の遣唐使としての任命だった。渡海の危険に身を晒す使者たちを朝廷が顧みず、この時も直前になって篁が乗る筈だった船が変更になるなどの扱いに、不信を募らせた末のことだった。

結局、船は篁を残して出航することになる。これだけでもたいへんな事態だが、怒りの収まらなかった篁は、『西道謡《さいどうよう》』なる風刺詩を作り、朝廷を激しく非難した。これが嵯峨上皇の逆鱗に触れたのである。

「『西道謡』の内容は伝わっていないが……」

腕組みして唸りながら源内は言う。

「今回の市村座の一件については、重要なのはそちらではないだろう」

源内の言葉に、武太夫が深く頷いた。部屋の中に積み上げた本の中から、源内は一冊を取り出す。表題には『江談抄《ごうだんしょう》』とあった。これも岡本利兵衛から借りてきたものだ。栞《しおり》の挟まれたところを源内は開く。

「高藤《たかふじ》、俄にもって頓滅《とんめつ》すと云々。篁即ち高藤の手をもって引き発《おこ》す。よりて蘇生す。高藤、庭に下りて篁を拝して云わく、覚えずして俄に閻魔庁に到るに、この弁、第二の冥官に坐せらると云々。よりて拝するなりと云々……」

そこに書かれている漢文を指先で追いながら、源内は呟く。

これは、藤原北家《ふじわらほっけ》の公卿である藤原高藤に嫌がらせを受けた篁が、相手のところにまで赴き、その父親に狼藉を訴える場面である。突然、その場で高藤が急死し、篁が手を引いて起こすと、たちまち蘇生した。そして高藤は庭に下り、篁を拝み始める。死んでいる間に行った閻魔庁で、冥官として篁が次席に就いていたというのである。

小野篁、または参議篁の名は、百人一首の他にも、やはり手習いでよく使われる『小野篁歌字《うたじ》尽《づくし》』などで、割合、誰でも知っている。だが、あの世で冥官を務めていたなどという話は、源内も初耳だった。

「これを見たところだと、篁は現世にいながらにして、冥官も兼ねていたように読めるが……」

源内から本を受け取り、それを捲《めく》りながら武太夫が言う。他にも、この本には、篁が朱雀門《すざくもん》の前で高藤に百鬼夜行を見せる逸話などがあった。

「案外、今もあの世とこの世を行き来して、その辺を歩いているのかもしれんぞ」

冗談のつもりで言ったのだが、源内は何やら妙に背筋が寒くなった。

「どちらにせよ、もうこの件からは手を引いた方が良さそうだ」

「路考殿はどうなる」

武太夫の問いに、源内の胸がちくりと痛む。

「志道軒殿の考えでは、路考殿が生身のまま冥府に連れ去られ、水虎が身代わりを務めているのは、男子である路考殿の体を女子に変える術を探すためであろうということだったが……」

「まあ、後先考えずに殺してしまって肝心の体が失われたら、方法があったとしても取り返しがつかなくなるかもしれんからな。それにしても、そんな都合のいい術があるのかどうか」

「不思議なものだ。心さえ通っていれば、体は男でも女でも、どちらでも良いであろうに」

「ほう。お主はそう思うか」

「源内殿は違うのか？　路考贔屓だと聞いていたが」

「確かにそうだが……」

再び腕組みして源内は答える。

「拙者の場合は、むしろ路考のような女形の方がいいんだ。女では勃たない。むさくるしい男が相手では、もっと無理だ。路考のような見目麗しい姿形をしていながら、男のものが付いている。それがたまらんのだ」

「なるほど」

真面目くさった顔で武太夫が頷く。

「傾城《けいせい》は甘きこと蜜の如く、若衆は淡きこと水の如し。甘きものは味尽き、淡きは無味の味わいを生ず。そういうことさ。篁っていうのは野暮な男なのかもしれんな。案外、勝手に諦めて、こちらが何もしなくても、路考を返してくれるかもしれんぞ」

そうなればいいのだが、と思いながら源内は言う。

だが、これで終わるような気がしなかった。源内ですら胸が痛むのに、菊之丞が連れ去られたままのこの状況を、お廉や仙吉が納得しているとは思えない。

「また来る」

不意に武太夫が立ち上がり、そう呟いた。

えっ、また来るの？　何しに？

源内は喉の辺りまで迫り上がってきたその言葉を飲み込んだ。

「あ、ああ、じゃあまた」

正直、こう度々訪ねて来られても迷惑なのだが、そんなことを言って怒らせると怖そうだ。

これは近所の溝から蚯蚓をたくさん集めてきて、入口にでもばら撒いておくか。

溜息をつきながら、半ば本気で源内はそう思った。

六

仙吉が浅草寺の三社権現の宮前にある志道軒の講釈小屋に立ち寄ってみると、今日もまた閉まったままだった。

廻り髪結いである父を手伝って、仙吉は毎日のように吉原に通っている。土手八丁の入口になっている浅草寺は通り道なので、そのついでに様子を窺うようにしていたのだが、市村座に集まった日から、もう数日の間、小屋の入口には戸板が掛けられ、中には入れないようになっていた。張り紙らしきものもない。

「あれっ、仙吉さん。何してるの」

仕方なく講釈小屋から離れようとした仙吉の耳に、聞き慣れた声が入ってきた。

見ると、そこにはお廉が立っていた。境内にある出店で買ったのか、葦の茎の先にくっついた飴の鳥を、ぺろぺろと嘗めながら歩いてくる。

「何してるのじゃないよ。心配したんだよ」

仙吉は、ほっとすると同時に力が抜けた。講釈小屋が休みなだけでなく、お廉もあれから市村座に姿を現さなくなったので、何かあったのではないかと気を揉んでいたのだ。今日、会えなかったら、花川戸の長屋に直接足を運ぼうと思っていたところだ。

「ちょっと待って。今、開けるから」

お廉は飴を丸ごと口の中に咥えると、葦の茎を上下させながら、もごもごとした口調でそう言った。講釈小屋の柱に括り付けてある縄を解き、がたがたと入口の戸板をどける。

「放ったらかしにしておくと、中に埃が溜まっちゃうからさ。掃除しに来たんだ」

確かに、小屋の中にはうっすらと埃が舞っていた。

志道軒が講釈を垂れる高座と演台はそのままで、客が座るための長椅子や床几は片付けられて小屋の隅に積まれている。誰もいない土間は、前に来た時より少し広く感じられた。

早速、はたきを取り出して、飴を咥えたまま埃を払い落とし始めたお廉に向かって、仙吉は躊躇いながら声を掛ける。

「留番をやめちゃうのかい」

「ああ。だってもう必要ないだろ」

お廉の返事は投げやりで、心なしか、あまり仙吉と目を合わせようともしない。

確かに、東上桟敷五番の怪異の因が菊之丞本人だったとわかった今、お廉が市村座の留番を続ける意味もないし、事情からいってどうすることもできない。

だが、それを知っているのは、あの日、菊之丞の楽屋に集まった者たちだけだ。今も市村座は、あの桟敷に客を入れられずに困っている。舞台に立っている役者たちも、相変わらず、誰もいない筈の桟敷に人影を見たとか言って怯えたままだ。何も解決はしていない。

市村座の面々も、姿を現さなくなったお廉を、やはりあのような小娘の手には負えなかったかとか、いい加減なやつだとか、好き放題に言っている。

「志道軒さんは?」

「爺いのやつ、帰って来ねえんだよ」

面倒くさそうにお廉が答える。

「えっ、そうなのかい」

「この間、市村座に集まった時以来、姿を見かけてねえ」

もしかすると、お廉と志道軒は、この件に関して奔走しているのではと仙吉は思っていた。

「あの爺い、どこをほっつき歩いているんだか……」

小屋の掃除をする気も失せてしまったのか、咥えていた葦の茎を、ぷっと土間の上に吹いて捨てると、お廉は、はたきを手にしたまま、高座の上に大の字に寝転がってしまった。

「今までにも、そんなことはあったの?」

「ねえよ。少なくとも私が爺いと暮らし始めてからは、こんなのは初めてだ」

天井を見上げたまま、溜息まじりにお廉が言う。

「……私さあ、たぶん、志道軒の爺いの娘じゃないと思うんだよね」

唐突にそう呟いて、お廉がむくりと体を起こす。

「どういうこと?」

片付けてあった床几を手元に引き寄せ、それに腰掛けながら仙吉は問う。

「私のおっ母が女博徒だったたっていうのは知っているよね」

「うん。確か、お弦さんだっけ」

「おっ母の手下だった連中が、今でも私の言うことを聞いたり、しのぎを手伝ったりしているのは、うちのおっ母が、ある大親分の妾だったからなんだ。私が怖いわけじゃなくて、そっちが怖いから、言うことを聞いている。ただそれだけ」

奈落で待ち伏せしていた時にいた破落戸二人のことを仙吉は思い出す。刺青など入れて威勢だけは良かったが、とんだ見かけ倒しだった。

「娘の私が言うのも何だけど、ろくな女じゃなかった。器量と要領だけは良かったから、次から次へと強い男に乗り換えて、最後は賭場で女親分気取りだ。私はずっと放ったらかしさ」

お廉は幼い頃から賭場を遊び場にして、出入りするやくざ者たちを遊び相手にして育ったと志道軒が言っていたが、実際、そのようにして大きくなったのだろう。

「自分の母親のことを、そんなふうに悪く言っちゃいけないよ」

「仙吉さんは、まっとうな世界で育ってきたから、わからないだけさ」

お廉はそう言うと、やおら帯を緩め、ごそごそと腕を動かして諸肌を脱いだ。

「これを仙吉さんに見せるのは初めてだったよね」

胸元には晒しを巻いているが、肩口には手本引きの張り札を模した刺青が彫られていた。やくざ者や職人ならいざ知らず、お廉のような若い娘が刺青を入れているのは初めて見た。

「おっ母が馴染みの彫り師に頼んで、私にこれを彫ったのは十歳の時だ。私は痛いって嫌がったのにお構いなしさ。おっ母も同じような柄の刺青を入れていたんだけど、お揃いだってはしゃいでいた。最悪だろ」

お廉はゆっくりと頭を横に振り、深く溜息をついて、再び着物の袖に腕を通した。

「死ぬ前に、私の父親は浅草寺で狂講をしている深井志道軒だっておっ母が言い残したのも、前々から集《たか》りでも狙っていたんだろうよ。私を先に送り込んで、それから後妻のような顔をして収まるつもりだったのかもしれない。商家の隠居とかを相手に、似たようなことは何度もやっていたからね。ただまあ、思っていたよりも病が重くて、おっ母は本当に死んじまった。私の本当の父親は、たぶん、そこら辺のしょうもないちんぴらさ」

「でも、志道軒さんは、お廉さんを受け入れてくれたんだろう？」

「ああ、あっさりとね。私の方がびっくりしたよ」

お廉は、眉毛をハの字に曲げて肩を竦めてみせる。

「おっ母が死んだら一番で足抜けしようと思っていたから、駄目元で爺いのところに訪ねて行った時は、私は宿無しだった。それを不憫に思ったのかもしれないし、もしかしたら、爺いも独り身で寂しかったのかもしれない」

そう口にしてから、お廉は付け足すように言った。

「まあ、それはないか」

そして微かに口元に笑みを浮かべる。

「でも私は、所詮はそういうやつの娘だよ。足抜けした筈なのに、いつまでもおっ母の手下に頼っているし、柄の悪い連中との腐れ縁も続いている。訴事解決なんていっても、やっていることは脅しとそう変わらない、すれすれの線だ。堅気になろうと思ったけれど、やっぱり無理かもしれねえな」

お廉は高座からひょいっと飛び降りると、膝を揃えて行儀良く床几に座っている仙吉の方に身を乗り出し、忠告するような口調で言った。

「仙吉さんも、これを限りにして私と付き合うのはやめた方がいい。どうせ碌なことにならないからね」

「おいらは、お廉さんと知り合えて良かったと思ってるよ」

突き放した言い方をするお廉に、思わず仙吉はそう答えていた。

「お廉さんは、明るいし強いし、それに一緒にいると何だか楽しい気分になるんだ。お廉さんから見たら、おいらなんて頼りなく見えるだろうけど」

「そっ、そんなことないよ」

慌ててお廉が言い返す。

「びっくりするじゃないか。そんなふうに人に言ってもらったことなんて初めてだよ」

「お廉さんが市村座の留番をやめるって言うなら仕方ないけど、付き合うのはこれっきりなんて言わないでくれ。それに……」

「それに？」

「志道軒さんのことも心配だし……」

「……ああ、そっちね」

がっくりと拍子抜けしたようにお廉が肩を落とす。

「でも、志道軒さんとお廉さん、似た者同士なところがあるよ。もしかしたら本当に親子なのかも……」

「やめてくれよ。あんな下品で小汚い爺いと一緒にしないでくれ」

口ではそう言ったものの、お廉は少し嬉しそうだった。

七

数ならばかからましやは世の中にいと悲しきはしづのをだまき

――もし私が物の数に入るような人物なら、このようなことがあっただろうか。世の中で最も悲しいことは、身分が低いということだ。

表面に漆喰が塗られた土壁には、四、五寸ばかりの大きさの穴が開いていた。それは篁が、壁に開いていた小さな穴に指を突っ込み、爪の間から血が滲むのも構わずに広げたものだった。

その向こう側には、愛しい妹の白鷺の顔の一部が見えた。中は灯明《とうみょう》のひとつもないのか暗かったが、穴を通じて射し込んだ夜明けの微かな明かりが、青白くなった顔を映し出している。

いささめにつけし思ひの煙こそ身を浮雲となりて果てけれ

――ほんの仮初めに燃やした思いの煙で、私は浮雲のように成り果ててしまいました。

穴に唇を当てるようにして囁く白鷺の声を聞き漏らすまいと、篁は壁に耳を押し付けた。唇との距離は三寸もないが、二人の体が再び触れ合うことはもうないだろう。

その返歌に、篁の目には涙が滲んできた。白鷺は何かを覚悟してしまっている。実際、白鷺はこの部屋に押し込められて以来、何も口にしていないと聞いていた。

このようなことになってしまったのは、白鷺が兄である篁と通じ、子を懐妊したからである。二人は父こそ同じだったが腹違いであったため、お互いをよく知らずに育った。初めて会ったのは、琴や詩歌などの教養を身に付ける一環として、白鷺に漢籍を学ばせるための教師として篁が呼ばれた時だ。知らぬ者を家に上げるよりは、身内に頼んだ方が間違いがないだろうという、二人の父岑守《みねもり》の判断からだった。

「またすぐに来る」

そう言い残し、そろそろ一番鶏が啼こうかという頃に、篁は一度、帰ることにした。学生の身では、ずっと白鷺の傍らにいることもできない。

己の曹司《ぞうし》に戻るとほんの少しだけ眠り、目が覚めると雑色《ぞうしき》（下働きの者）を呼び寄せて、柑子《こうじ》の実を差し入れるように命じた。前に白鷺が、その酸味の強い果実を欲しがっていたからだ。篁の差し入れならきっと口にしてくれるだろう。そう思ったのだ。

だが、大学寮に出掛けていた篁が戻ってみると、白鷺は差し入れを受け取らなかったと雑色から伝えられた。それから数日の間は、多忙で白鷺の元に参じることができず、やっとの思いで暇を作り、また穴越しに会ってみると、数日前よりもさらにやつれていた。

篁は焦った。このままでは白鷺が死んでしまう。どうしていたのかと問う篁に、白鷺はこう歌を詠んだ。再び篁が現れた時のために用意していたのだろう。

消え果てて身こそは灰になり果てめ夢の魂君にあひ添へ

――この世から消え果てて私の身は灰になるでしょう。夢のような私の魂が、あなたに寄り添いますように。

泣きながらも、篁は歌を返す。

魂は身をもかすめずほのかにて君まじりなば何にかはせむ

――魂は私の身にかすめもしない。ほのかに君がものに紛れてわからなくなってしまったら、私は一体何とすればいいのか。

この答えに、白鷺は微かに笑みを浮かべ、そのまま穴の向こうから姿を消した。そして床に倒れるごとりという音が、壁越しに聞こえてくる。

取り乱した篁は、自分が出入りを禁じられている身であったのも忘れ、大声で騒ぎ、家人《けにん》を起こした。勝手に出入りできぬよう土で塗り固められた鍵穴を壊し、部屋の中に入ってみると、果たして白鷺はすっかり体を衰弱させ、床に倒れて息絶えていた。

何故、自分たちは兄妹として生まれてきてしまったのだろう。

何百年も経った今も、篁はそのことを思い続けている。

言い残した通り、その日の夜から白鷺が篁の夢枕に立つようになった。

夜になると、どこからともなく現れ、枕元で寂し気な表情を浮かべ、篁を見下ろす。

恐ろしさはなかった。だが、その体に触れることはできず、抱き締めてやることもできなかった。死んでから二十日、三十日と過ぎゆくうちに、面影は少しずつ薄くなっていく。

どうすることもできず、篁は白鷺の姿が失われていくのを見ているより他なかった。

最後は微かに気配だけが感じられるようになり、やがてそれも消えた。はっきりとそれがわかった時、篁は曹司の外に出て、青白い月明かりに照らされる中、ただただ慟哭《どうこく》した。

あの世に赴いてでも、妹に会いたい。強く篁がそう願ったのは、その時だった。

山村座の、上下左右もよくわからぬ曲がりくねった廊下を歩きながら、篁はそんな昔のことを思い出していた。

だが、こうして冥府に通うようになっても、未だに白鷺との再会は叶っていない。素直な子だったから、冥府になど堕ちずに成仏してしまったのかもしれないし、極楽浄土へと旅立ってしまったのかもしれない。余り考えたくないことだが、或いは篁の手も届かぬほどの冥府の暗く深い場所で、責め苦を受け続けているのかもしれぬ。輪廻転生していたのだとしても、路考がその生まれ変わりなのかは、まだわからなかった。

白鷺が死んでから、篁が他の女を愛したことは一度もない。

妻《めと》を娶ったことはある。後に右大臣となった藤原三守《みもり》の三女で、子も何人か作った。賢い女で、篁の心が死んだ妹にあることも察していた。情が湧き、大事にはしたが、とうとう女として愛を注ぐには至らなかった。

肌寂しさに、他にも浮名を流したことは何度かある。隠岐の島後に流された時ですら、篁は島の女を囲っていた。教養のないつまらない女で、もう名前すら忘れてしまったが、あの時、島の漁師から献上された魚の肉が、己と冥府を繋げることになったのではないかと篁は考えている。

義父三守の陰での尽力などもあり、篁は帰京が叶ったが、それからは妙なことが起こるようになった。この世のものならぬものが、見えるようになってしまったのだ。

例えば、部屋の隅で二匹の小鬼が相撲を取っていたり、もうすぐ死ぬ人の枕元に、なにやら全身に毛の生えた、目鼻も手足もない巨大な肉の塊が蠢いていたりと、そういうものだ。

最初のうちは、目にする度にぎょっとしていたが、次第に慣れてしまった。気持ちが悪いだけで、特に篁に災いをなすようなこともなかったからだ。

あまり眠れなくなったのも、この頃からだった。床についたと思ったら、気がつけば外を徘徊しているということが、度々起こった。そんな時は大抵、篁の周囲にはこの世のものならぬ者たちが集まっており、時には行列になって後ろを付いてきていることもあった。

その日も、篁は気がつくと京の外れにある鳥辺野《とりべの》と呼ばれる荒れ地に立っていた。名前からも察せられるように、人が死んだら運んできて風葬するための場所だ。周囲には濃い霧が立ち籠めており、屍肉を啄《ついば》むために集まってきた鴉が骸に群がり、やかましいくらいに啼き声を上げている。東から風が吹くと、都にまで腐った臭いが届くと言われていた。

――兄様。

途方に暮れている篁の耳に、ふと懐かしい白鷺の声が聞こえたような気がした。

慌ててそちらに向かって篁が足を踏み出すと、腸《はらわた》を咥えたままの鴉が一斉に飛び立った。

――兄様。

姿は見えなかったが、その声は篁をどこかに誘おうとしていた。

ふらふらと歩き出した篁が辿り着いたのは、愛宕寺《おたぎでら》と呼ばれる小さな寺だった。

白鷺の姿を探して、篁は寺の建物の裏手に回る。そして小さな井戸に行き当たった。

――兄様。

声は井戸の底から聞こえてくるようだった。中を覗き込むと、半月の微かな明かりに照らし出された水の表面に、白鷺の顔が映り、ゆらゆらと揺れているのが見えた。

思わず篁は身を乗り出し、水面に向かって手を伸ばした。前のめりになった拍子に足を滑らせ、あっと思った時には、真っ逆さまに井戸に落ちていた。

確かに、水の中に落ちる感触があった。篁は息を止めたが、どうも様子がおかしい。苦しさに堪えきれず口と鼻を開くと、何かが流れ込んでくる感触があったが、不思議と息苦しさはなく、溺れるようなこともなかった。そのままゆっくりと篁の体は沈んでいくが、いつまで経っても底につく気配がない。こうなると、沈んでいるというよりは、まるで宙に浮かんでいるような心地になってくる。やがて、体がふわりと着地した。

ざわついていた気持ちも落ち着いており、やっと底についたかなどと思いながら体を起こす。自分は井戸に落ちて頸の骨でも折るか、底に溜まっていた水の中で溺れ死んだのではないか。篁はそう考えていた。

それならそれでもいい。白鷺の傍に行くことができるかもしれない。現世に未練はなかった。辺りを見回すと、遠くには山の連なりらしきものが見えた。山火事のように何かが燃え盛っており、その炎の明かりで、煙の中にくっきりと稜線が浮かび上がっている。

篁はとぼとぼと歩き始めた。途中、足を止めて振り向いてみると足跡が残っていたが、暫く見ているうちに、徐々に窪んでいた足の形が元に戻り、消えた。

闇を照らす月のようなものはなかったが、暗さは感じない。目が慣れてくると、掠れた黒い影のようなものが周囲をうろうろと歩き回っているのがわかった。もしかすると己も、そのような影の一つになっているのではないかと思い、篁は手を見たが、少なくとも自分の目にはきちんと自分の体が見える。

遠くに門らしきものが見えてきたのは、一刻も歩き続けた頃だろうか。

他に目当てにする場所もなかったので、篁はそちらに足を向けた。すぐに辿り着くと思っていたが、歩けども歩けどもなかなか近づくことができない。

その門は、篁の知る限りでは検非違使《けびいし》庁の入口の門に似ていた。屋根の破風《はふ》のところに、斬首された罪人のものと思しき干涸《ひか》らびた首が鈴なりにぶら下がっているところもそっくりだ。

門扉は閉ざされており、門番らしき者がその左右に立っている。いずれも見慣れない形の官服を着ており、手には太さ一寸ばかりの細長い金棒を手にしていた。篁が近寄って行っても、あまり動じた様子もなく、瞳だけが静かにこちらを睨みつけている。

「こちらにはどなたがおわすのでしょう」

目礼してから咳払いし、篁は門番に問う。

「そなたは？」

右側にいた方が、穏やかな口調で訊き返してくる。

「……小野篁と申す」

少し迷ってから篁はそう答えた。まだ宮中に復帰して間もなく、篁は官位を戻されていないから、弾正を名乗るわけにはいかない。登庁する際にも、無位無官を示す黄色の表衣を用いることを強いられていた。これは一種の戒めだったが、篁はさして屈辱にも思っていなかった。白鷺が死んでからは、身の回りのあらゆることがどうでも良くなり、篁の心は冷めてしまっている。遣唐副使の任を放り出し、朝廷を批判するような投げやりな真似をしたのもそのためだ。

「すると後の宰相か。主より話は聞いている。通るがいい」

左側にいる門番がそう答えた。

篁が返事に困っているうちに閂《かんぬき》が外され、門番たちの手によって奥に向かって扉が開く。

その先の遥か奥の方に、朱塗りの柱を持つ寝殿のようなものが見えた。

「もう一度問うが、こちらにはどなたが？」

「閻魔羅闍《えんまらじゃ》の双王が」

するとやはりここはあの世か。だが、思っていたよりもずっと穏やかな雰囲気だ。この辺りがそうだというだけなのかもしれないが。

門番らに促され、篁は御殿に足を踏み入れる。

広大な庭があり、寝殿との間を横切るように大きな池があった。その中央には中島があり、唐橋が架かっている。敷地全体は対屋《たいのや》で囲まれているようだった。異様なのは池の水の色である。血でも洗ったかのように、うっすらと赤く染まっていて、風流のかけらもない。

唐橋を渡り、寝殿の前に辿り着くと、錫杖《しゃくじょう》を手にした雛僧《すうそう》が立っていた。篁を案内するためにわざわざ待っていたのか、目が合うと頷き、寝殿の中へと篁を誘う。

無言でその後を付いて行くと、やがて広い正殿の奥にある北の対屋のようなものに招かれた。これから閻魔の裁きでもあるのかと篁は身構えていたが、そういう様子でもない。

広間の奥に、御簾《みす》の掛かった一段高くなっている一角があり、そこに並んで座っている男女がいた。いずれも道服に似たものを纏っており、頭に飾りの入った幞頭《ぼくとう》を戴いていた。男の方は笏《しゃく》のようなものを持ち、女の方は丸鏡らしきものを持っている。いずれも二十歳くらいの容姿に勝れた男女だったが、異様に思えるのは、二人の肌が墨を擦り込んだかのように真っ黒である点だった。そのため眼の白目や唇が、顔の中に妙にくっきりと浮かび上がっている印象を受ける。

「ここは裁きの場ではありません。ごゆるりと」

女の方が柔らかな声を篁に掛けてくる。

「失礼ながら問わせていただきますが、閻魔王であらせられますか」

思い描いていた閻魔とあまりにかけ離れていたため、篁はそう問わずにはいられなかった。

「いかにも」

男の方が答えたが、篁が不可解な表情を浮かべていたからか、女の方が再び口を開いた。

「兄は人の世で初めての死者であり、それ故に冥府に足を踏み入れた最初の人です。私たちは人の世に生きていた頃は、ヤマとヤミという名で、双子の兄妹でした」

　確かに、この二人は、どこか容姿に似たところがあると感じていた。

　そういえば、大学寮にいた頃に読んだ膨大な書物の中で、閻魔王は元々は男女の双生神であり、この兄妹が交わることにより生まれた子が、人の世の始祖であると書かれた経典があったような気がした。篁自身も思い描いていたような閻魔の姿は、おそらく死者を裁く厳しい判官《はんがん》という印象が一人歩きし、それを恐れる者たちの中で、必要以上に恐ろしい姿に形を変えたものだろう。

「宰相殿、あなたのような者が冥府の生き物の肉を口にしたのは僥倖《ぎょうこう》でした」

　女の方……元の名で呼ぶことが許されるのならヤミの方が、言葉を続ける。宰相と呼ばれるのもしっくりと来ず、また、何について言われているのかもよくわからないまま、篁は問う。

「私は死んだわけではないのですか？」

　ヤマとヤミの兄妹は、お互いに顔を見合わせて口元に微かな笑みを浮かべた。

「冥府の物を口にした者は、冥府の時に支配されます。不老不死というわけではないが、あなたは常の人の十倍も百倍も生きることになるでしょう」

　そんなことを告げられても、まったく実感が湧かなかった。だが、どうやら自分は現世の生身の体のまま、この場所にいるらしいということは察しがついた。

　ヤミが胸に抱えていた鏡を床に置き、指の先で鏡面をなぞるような動作をした。そしてそれを篁の方に向ける。

　そこには白鷺の姿が映っていた。思わず篁は声を上げそうになる。

　それは、篁が初めて白鷺の寝所に忍び入った時の光景だった。白鷺付きの女房（使用人）に菓子や反物などを送って手懐け、席を外させて入り込んだのだ。

寝所となっている帳台の前で、篁は持参してきた燭台を床に置き、帳《とばり》を開く。

そこでは白小袖に長袴を穿いた肌着姿の白鷺が、静かに寝息を立てていた。香炉が置かれており、薫物《たきもの》の香りと煙が立ち籠めている。

篁は身を屈め、帳台の中へと入り込む。

そこでやっと白鷺が気配に気がつき、目を覚まして体を起こした。枕元の髪箱に、とぐろを巻いて綺麗に収められていた長い黒髪が、かさかさと音を立てて乱れる。

「どなたです」

怯えたような震え声を白鷺が発する。床に置いた燭台は篁の背後にあり、暗くて顔が見えなかったのだろう。

「堪えきれず、ここまで来てしまった」

声だけで篁だとわかったのか、白鷺が息を呑む音がした。

「兄様」

喜びと戸惑いの混じった声音だったが、白鷺は帳台の床を後退《あとじさ》って逃げようとした。

篁はさらに躙《にじ》り寄って白鷺の細い手首を摑み、己の方へと引き寄せる。

「可愛いやつめ」

そう耳元で囁き、淫らすぎるかとも思ったが、篁は白鷺の口を吸った。それだけで、強ばっていた白鷺の体から力が抜けていくのがわかった。

篁は白鷺の腰に手を回し、長袴を繙《ひもと》く。はらりとそれを脱がすと、下腹部が顕わになった。

白小袖だけを身に着けた白鷺の臍《へそ》の辺りに手を這わせ、ゆっくりと撫でる。白鷺は、これ以上、髪が乱れるのを嫌ってか、あまり大きく体を動かそうとしない。膝と膝を合わせ固く股を閉じていたが、やがて力が抜けてきた。指先で毛を掻き分け、その奥にある雛尖に触れると、白鷺は痙攣するように体を震わせ、強く篁にしがみついてきた。息は浅く速くなっている。

さらにその奥まで指を這わせると、ねっとりとした感触が指先に絡み付いてきた。白鷺は、兄様、兄様と呟きながら、必死に身を捩《よじ》らせている。

やがて我慢できなくなり、篁も煩わしく感じながら狩衣を脱いだ。

だが、そこからが長かった。

医書などを詳しく読み込み、篁は房内のことについてはひと通りの知識を得ていたつもりだった。一方の白鷺も、年頃の貴人の姫であるから、乳母《めのと》なり女房なりから、その方法については聞いて学んでいた筈だった。

しかし、頭で思い描いていたのと実際とではまるで違う。お互いに初めてだったのでなかなか上手くいかず、やっと入口を見つけたかと思えば白鷺が痛がるので深く挿し入れることもできない。焦ればさらに手間取る。

優秀な学生として過ごしてきた、これまでの人生では味わったことのない挫折に、篁は心が折れそうになったが、白鷺は飽くまでも優しく、何度も休みを挟みながら、篁を受け入れようと粘り強く付き合ってくれた。そして篁が帳台に忍び込んでから一刻以上も経とうかという頃、やっと二人は繋がることができた。

苦労した分、お互いに心も体も深く満たされたような気分だった。一度、要領がわかってしまえば、後は同じである。それから一番鶏が啼くまでの間、二人は何度も心ゆくまで交わった。

篁は後ろ髪を引かれる思いで再び狩衣を羽織り、白鷺の寝所を後にした。篁が妹の白鷺と情を交わしたのは、後にも先にもこの一夜きりである。

通常なら三晩続けて寝所に通い、その三晩目にお互いに餅を食んで夫婦になることを誓うのだが、二人は本来、結ばれることの許されぬ異母兄妹の間柄である。

おそらく白鷺は、篁から昨夜のことについて優しい言葉の認《したた》められた後朝《きぬぎぬ》の文《ふみ》が届くのを待っていたであろうし、翌晩も寝ずに、篁が忍び入ってくるのを今か今かと待ちわびていたことだろう。その白鷺の心中を思うと、篁は胸が痛んだ。

日中は漢籍の教師として白鷺と顔を合わせなければならなかったので、それがさらにつらく感じられた。お互いにそのことに触れるわけにもいかず、ただ黙々と手解きをするしかなかったが、俯いたまま顔を上げぬ白鷺が、広げた書の上にぽたりぽたりと涙の雫を落としているのを見て、一時の迷いで妹の寝所に忍び入ったことを、深く篁は後悔した。

「不憫な」

その声に、篁は我に返った。

ヤミが胸の内に抱えるようにして篁の方に向けている丸鏡……おそらくは浄玻璃鏡《じょうはりきょう》であろうそれに映し出された現世での己の姿を見ているうちに、すっかりその日の自分に乗り移ったような気分になっていた。

「私は妹と交わった罪で地獄に堕ちるのでしょうか」

篁の問いに、ヤマが頭を左右に振って答える。

「我らもまた兄妹で契りを交わした身だ」

おそらくこの二人は、篁の境遇に同情しているのだと感じた。

「ところでお主は、このような詩を賦《ふ》したであろう」

ヤマに促され、再びヤミが丸鏡の表面に指先を這わせると、つい先頃、篁が従兄弟と二人の弟に贈った七言律詩の一部が浮かび上がった。

『世時應未肯尋常。昨日青林今帯黃。不得灰身随旧主。唯當剔髪事空王』……。

ヤミの手から丸鏡を受け取り、それを見ながらヤマが声を出して読む。

「世時はまさに未だ尋常を肯《うけが》はざるべく、昨日の青き林も今は黄を帯ぶ。身を灰にして旧主に随《したが》ふを得ず、唯まさに髪を剔《そ》りて空王《くうおう》に事《つか》ふべし……」

世の中はまさに当たり前のことを承知せず、昨日まで青き林だったものも、無位無官の黄色い服を帯びなければならない。身を灰にして旧主に仕えることを許されぬのなら、唯まさに髪を剃って空王……仏に仕えるしかない。そんな意味の詩文だった。一種の愚痴である。

そこで初めて篁は気がついた。あまり深くも考えずに認めたその言葉が、篁を冥府に呼び寄せようと考える契機となったのだろう。仏に仕えているという点で言えば、冥府の王である閻魔王も、それに従っている獄卒たちも同様だ。

「我々も元は人であったのと同様、冥府に仕える獄吏たちも元は人だ。だが、そなたのように生きたまま現世と冥府との間を行き来できる者は稀だ。現世で朝廷に仕えるのと同時に、閻魔庁に冥官として仕えてもらいたいと思っている」

口調は穏やかだったが、先ほどまでは感じられなかった抗えぬような威圧が、渦巻くようにヤマとヤミの間から湧き上がってくる。これが本来の閻魔羅闍かと思わせるものがあった。

断る理由は何もなかった。元々、白鷺の行方を探るため、冥府まで追い掛けて行きたいとすら篁は思い詰めていたのだ。

八

窮屈な大奥暮らしで、愉しみといえば買い物である。

江戸城大奥に住む女中たちは、何かの用向きや宿下がりの時でなければ、大奥の外には出られない。そこで御表使《おんおもてづかい》と呼ばれる役職についた女中が、男役人である御広敷役人《おひろしきやくにん》と交渉し、外から品物を仕入れることになる。

この日は、呉服御用の後藤縫殿助《ごとうぬいのすけ》のところから、反物がぎっしりと詰まった長持《ながもち》が一棹《ひとさお》と、菓子舗嶋屋《しまや》の蒸し饅頭の蒸籠《せいろ》などが届けられた。江島の注文による品である。

部屋者の若い女中たちによって、それらの品は、長局向一《ながつぼねむき》の側にある江島の居室へと運ばれた。長持は、長さ八尺五寸に幅と高さが二尺五寸の、がっしりとした作りをしており、蓋には錠前が付いている。御広敷向より先は男は入れないので、女中たちが運ぶことを見越して底には車輪も取り付けられていた。

それでも四人掛かりで運ばなければならぬほど、長持はずしりと重かった。大奥に持ち込まれた反物は、呉服之間の女中たちによって大奥の中で仕立てられるが、その前に江島自身の目で吟味する必要があるため、わざわざ一度部屋に運び込まれることになったのだ。

若い女中たちが汗だくになって長持を運び込むと、居室の中で江島は白黒斑の子猫と戯《たわむ》れていた。犬猫や鳥を飼うのも、数少ない大奥女中の愉しみの一つだった。

「長持を置いたら出てお行き。一人でじっくり吟味したいから、誰も入って来ないように」

子猫の両前脚を手に取って、恵比寿顔で何かたわいもないことを語り掛けていた江島は、長持を運んできた部屋者たちに気づくと、途端に大奥御年寄に相応しい毅然とした態度を示した。

江島の手の中から飛び出した子猫が、部屋の中央にある座布団の上で丸くなる。

部屋者たちが出て行って暫くすると、江島は辺りの様子を窺い、それから中の音を聞くように長持に耳を当てた。

「新五郎様、新五郎様」

そして声を潜め、長持に話し掛ける。

すると、長持に被せた蓋が、がたがたと音を立てて揺れ始めた。慌てて江島は錠前を開く。

同時に大きく蓋が跳ね上げられ、中から四十絡みの男が飛び出した。

「俺はこんなことをした覚えはねえ！」

着流し姿のその男は、長持の縁に足を載せ、その上に仁王立ちして声を張り上げた。

驚いた江島は尻餅をつき、男を見上げる。

「覚えはなくとも、巷間では、そんな柳句で溢れていますよ、兄さん」

ふんと鼻を鳴らしてそう口にしたのは、広大な総部屋の隅に座っている團十郎だった。

江島に扮していた菊之丞は、はっと我に返る。

まるで本当に大奥にいて、江島に乗り移ったような錯覚に陥っていた。先ほどまで、確かにそこには長局向の部屋があり、猫の手の感触も残っている。

だが、もう一度ゆっくりと辺りを見回してみても、板敷きの広い総部屋に、稽古のために用意されていたのは、小道具の長持一つだけだった。

「生意気な口を利くようになったじゃねえか、團十郎」

長持の縁に仁王立ちしていた男が、ひらりと身軽に飛び降りながら吐き捨てるように言う。

「本当がどうだったかなんてのは、どうでもいいんですよ。事実がつまらなくて、絵空事の方が面白ければ、面白い方を選ぶのが芝居ってものだ」

「芝居についてお前に説教を受けるとは思わなかったぜ」

「島に流されて死んだ兄さんに比べれば、自分の方が長く芸事の世界にいましたからね」

その言葉に、男はちっと舌打ちをする。

生島新五郎が、長持だか蒸籠だかの中に隠れて大奥に忍び込み、江島と密会していたという噂話は、菊之丞も聞いたことがあった。だが、実際にはそんな安易な方法では江戸城の大奥はおろか、下乗門《げじょうもん》すら無事に通ることはできないだろう。百歩譲って江島の居室まで辿り着けたとしても、今度は大奥から外に出る手段がない。

だが今は、そんなことはどうでもよかった。まさに目の前にいるこの男が、その江島との密通を疑われ、島流しになった生島新五郎張本人なのだ。

座頭として稽古を仕切っているのは二代目團十郎。どちらも物故した筈の役者だった。

この山村座に誘われ、身上書を交わした菊之丞が、初めての総稽古で言い渡されたのが、江島の役を演じることだった。

山村座では、江島生島事件の顚末を世話物として上演することが決まっていた。生島の役は生島が、二代目團十郎の役は團十郎が演じることになっている。團十郎の方に何か思惑でもあるのか、生島の方が渋々とこの趣向に応じている様子だった。

戯作は中村清五郎《せいごろう》。これも事件に連座して神津島に流された山村座の座付き作者である。総部屋には他にも役者や囃子方が何十人もいた。菊之丞の知った顔も知らない顔もある。この賑やかさは市村座の総部屋の稽古と同じだ。

二代目團十郎とは、生前に菊之丞も面識があったが、その姿は、つい五年ほど前に齢七十一で没した時の老人の姿ではなく、まだ二十代の潑剌《はつらつ》とした青年の姿であった。菊之丞は、まだこの状況が信じられない。生島新五郎も四十前後の齢で、これはおそらく江島と浮名を流した、役者として全盛期だった頃の姿であろう。ここが冥府であるとするなら、そこに住む亡者たちは、どうやら己の望んだ頃の姿となることができるようだ。

江島は役者ではなかったから、ここにはいない。他の役を本人が演じているにも拘わらず、菊之丞が江島を演じることになったのは、そのためだった。

何やら頼りない気分で菊之丞は再び辺りを見回す。実感はなかったが、己はやはり、あの大川での夕涼みの日に死んでしまったのだろうか。

芝居の筋書きは清五郎から教えられていたが、一度、芝居が始まると、肝心の科白など忘れてしまい、先ほどのように実際に起こっていることの如く役に乗り移ってしまう。市村座などの舞台に立っている時も、そんなふうに役に入り込んでしまうことは稀にあったが、没入した時の感覚は、比べものにならなかった。そのまま己が瀬川菊之丞という役者だったことすらも忘れてしまいそうなくらいだ。

戯作はまだ最後まで完成していないが、どうも新五郎や團十郎の様子からすると、俗に江島生島事件と呼ばれたあの一件には、何か含むものがあるようだ。特に團十郎からは、その穏やかな口ぶりと雰囲気とは裏腹に、何やらぎすぎすとしたものが感じられる。

「どうせなら長持よりも、大きな蒸籠から飛び出してきた方が面白いかもしれませんね。白い湯気がこう、もくもくと噴き出す中を……」

團十郎が小馬鹿にしたような口調で新五郎に向かって言ってのける。

菊之丞の知る限りでは、初代が舞台で刺し殺されてからは、新五郎は遺児となった二代目團十郎の芸の師匠として親代わりを務めていた筈だが、團十郎の方は、新五郎を兄さんとは呼ぶものの、少しも目上として立てようという素振りがない。憤慨する新五郎に向かって、にやにやとした笑いを浮かべている。

「人を饅頭扱いするつもりか。馬鹿にしやがって」

とうとう堪忍袋の緒が切れたのか、新五郎が團十郎に詰め寄って行き、その胸倉を摑む。

「やめてくださいよ、兄さん。役者の喧嘩ってのは、舞台の上でやるのが筋だって、私に教えてくれたのは兄さんじゃありませんでしたっけ」

そう言われてしまっては、殴りつけたら負けだ。新五郎は、ちっと舌打ちする。

「白けた白けた。今日の稽古はもう仕舞いだ」

「そうですね。今日はお開きにしましょう」

動じた様子もなく團十郎は合わせの乱れをさっと直すと、総部屋を見回し、この様子を見ていた他の役者たちや囃子方に向き直り、そう言った。

「例によって清五郎さんの台本が遅れに遅れている。稽古したくてもこれ以上は新しいところが上がってくるのを待つしかないが……」

そこでふと、團十郎が口元に薄い笑いを浮かべた。

「当初考えていた筋書きとは、だいぶ変わることになるかもしれませんねえ」

團十郎が言い終わらないうちに、新五郎が怒りの足取りで総部屋から出て行く。

「やれやれ、短気なお人だ」

その後ろ姿を目で追いながら、溜息まじりに團十郎が呟く。

「私もちょいと打ち合わせに行かないと」

「清五郎さんのところですか」

先ほどの話の流れから、作者部屋にいる中村清五郎のところに台本の続きを催促に行くものだとばかり思い、菊之丞は問うたが、團十郎は微かに頭を振る。

「現世から、昔の知り合いが訪ねてきているんですよ」

團十郎は肩を竦めて苦笑いする。

「……おっと、このことは宰相には内緒ですよ」

口調は軽かったが、團十郎の瞳の奥底から漂ってくるただならぬ気配に圧され、思わず菊之丞は頷いた。

九

相変わらず志道軒は戻ってきていないようだったが、このところ仙吉は、吉原に廻り髪結いの仕事に出向く時には、講釈小屋に立ち寄って様子を見ていくようになっていた。

吉原の昼見世が終わる夕七つ（午後四時頃）の少し前に寄ることが多かったので、お廉の方もそれに合わせていつも待っている。

お廉が淹れてくれた茶を喫しながら、仙吉の手土産の饅頭などを二人して食べたりして、ほんの短い間、あれこれとたわいもない身の回りの話をするだけだったが、市村座の楽屋でしょっちゅう顔を合わせていた時のような楽しさがあった。

「仙吉さん、これを……」

そろそろ行こうかと講釈小屋を出たところで、不意にお廉が仙吉を呼び止めた。

「何だい？」

お廉の手にはお札のようなものが握られている。

「爺いに、お守りだから念のため身に着けておけって前に渡されたものなんだ。何だか胸騒ぎがするから、仙吉さん、これ、持ってお行きよ」

「いや、そうだとしたらむしろ受け取れないよ」

「いいから持って行けってば」

慌てる仙吉の着物の袂に、お廉は無理やりそれを押し込んでくる。ここで押し問答をしていると、商売に遅れてしまう。仕方なく受け取ってお廉に礼を言い、仙吉は講釈小屋を後にした。

大川から流れ込み、吉原へと向かう水路となっている山谷堀に沿って、川の氾濫を防ぐために盛られた土手が連なっている。その上が道となっていて、日本堤とか土手八丁と呼ばれていた。

おそらく今は八つ半（午後三時頃）といったところだろう。仙吉は急ぎ足で歩いて行く。

仙吉としては通い慣れた道だった。葦簀張りの水茶屋や屋台が並んでおり、大門まで客を運ぶ駕籠なども行き来している。土手から山谷堀を見下ろせば、柳橋辺りの舟宿から吉原へと向かう猪牙舟が、水を切って進んでいるのが見えた。土手の周囲は田地に囲まれており、道の先には吉原の建物の屋根が見える……筈だった。

まだ日が暮れる時刻には早いのに、気がつけば周囲は薄暗くなっていた。

そういえば、もうとっくに大門に着いてもいい頃なのに、いくら歩いても前に進んでいる気がしない。仙吉は慌てて辺りを見回す。つい先ほどまで目に入っていた、土手を行き交う人たちも出店もなくなっており、周囲に広がる田地の風景も、暗くて見渡せなくなっている。

仙吉は不安に駆られて立ち竦んだ。明らかに様子がおかしい。元来た道を引き返すことにしたが、数歩行ったところで再び足が止まってしまった。

道の奥から、何かが近づいてくる気配があった。それも一人や二人ではない。行列のようなものが。

この世のものでないのは明らかだった。

頭の大きさが普通の人の五倍も十倍もあるような者、目鼻口のない者、昆虫のように手脚が何本もある者、そんな異形の者たちが、道幅いっぱいに並んでこちらに向かって歩いてくる。行列はどこまで続いているのかわからない。

狼狽えて後退り、仙吉は今度は吉原がある筈の方向へ走り出したが、そちらからも同様の行列が迫ってきた。完全に挟まれてしまった。

どうすることもできず、仙吉は商売道具の入った箱を抱えて震えるより他なかった。

だが、どうもおかしい。あと二、三間といった間近まで近寄ってきているにも拘わらず、化け物たちは襲い掛かってくる様子もないばかりか、仙吉に向かって手を合わせ、何か真言のようなものをぶつぶつと唱えながら拝み始めてしまった。

やがて化け物たちの列の奥から、一台の牛車《ぎっしゃ》が進み出てきた。引いているのは牛ではなく、牛のような形をした人だった。剝き出しの肌の色が妙にいやらしく、知性が失われたような瞳と、口元から絶え間なく唾液を垂れ流している浅ましい姿に、仙吉は思わず目を逸らしそうになる。

牛車の前簾《まえすだれ》が開かれ、中から誰か出てくる気配があった。状況からいって、この化け物たちの主だろう。どのような悪鬼《あっき》が姿を現すのかと固唾を飲んで身構えていたが、出て来たのは頭に烏帽子を頂いた、何やら芝居に出てくる公家のような格好をした男だった。年は四十前後といったところだろう。気難しそうな顔をしている。

男は地面に足を下ろし、真っ直ぐに仙吉の前まで歩いてきた。

そして仙吉に向かって片方の手を伸ばすと、ぼんやりと青白い光がそこに宿る。

あっと思う間もなく、お廉に預かったお札が仙吉の懐から飛び出し、空中を泳ぐようにして男の手元にまで漂って行く。男は手にしたお札を構わず開き、中を検めた。

「こやつらが怯えているから何かと思えば、尊勝陀羅尼《そんしょうだらに》を書き付けた札か。何故こんなものを持っている？」

表情一つ変えずに男が言う。お廉が心配して預けてくれたお札は、男の手の中で燃え上がり、煙となって消えてしまった。

「私がいなければ取り逃がしていたところだ。お主は廻り髪結いの仙吉だな」

「何でおいらのことを……」

どうやら、偶然に百鬼夜行に出くわしたというわけではなさそうだ。

「路考が、仙吉がいないと地髪が結えないと嘆いている。付いてきてもらうぞ」

男は仙吉に背を向け、再び牛車の中に戻った。前簾が下りると同時に、先ほどまでは仙吉を畏れ拝んでいた化け物たちが、様々な奇声や啼き声を上げ、一気に仙吉に迫ってきた。


帯の内側にたばさんだ小槌が、先ほどからずっと小刻みに震えている。

――これはまずいな。

着物の合わせの上からそれを手で押さえながら、稲生武太夫は辺りを見回した。

これは尋常ではない。かなり大きな怪異が、この近くで起こっている印だ。

「いやあ、眼福であったな。江戸に来て何年になるかわからんが、やはり男たるもの、一度は吉原を見物して回らなければ、国へ帰っても自慢にならぬ」

張見世《はりみせ》の格子越しに並んで座っている、絢爛な衣装を身に纏った太夫たちを冷やかしながら、広島藩の前藩主であった浅野但馬守宗恒が、弾んだ声を上げる。

「大殿は藩の建て直しのため、真面目一辺倒でござったからな」

傍らを歩く柏直右衛門が、明るく朗らかな様子で言う。

吉原の中央を貫く仲ノ町の大通りを、三人は並んで大門に向かって歩いていた。

「少し冷えるな。甘酒でも飲んでいこう」

微かに漂ってくる酒粕の甘い香りに誘われるように、宗恒が歩みを向ける。

見ると、通りの端に甘酒を売っている屋台があった。宗恒は、自ら甘酒売りから茶碗を受け取ると、白い湯気の立っているそれを、供に付いてきた武太夫と直右衛門に配る。

先日の市村座での芝居見物があのような顛末に終わり、宗恒は国元への帰還を延ばすことになった。そこで、芝居はもう懲り懲りだが、折角だから江戸にいるうちに吉原を冷やかして回りたいと言い出したのである。

「おい武太夫、まさか酒に酔っては警固が務まらぬなどと言い出すのではなかろうな。甘酒で酔っ払うやつなどいないぞ。何を躊躇している」

手にした茶碗を見つめたままの武太夫に向かって、呆れたように直右衛門が言う。

「気を抜くな」

直右衛門に向かってそう言うと、武太夫は一気に甘酒を飲み干した。熱さに舌を火傷しそうになったが、何とか顔に出さないようにする。

「大殿、やはりこやつは屋敷に置いてきた方が良かったのでは」

その直右衛門の言葉に、宗恒が、苦笑いを浮かべて答える。

「まあまあ、そう言うな。市村座ではひどい目に遭ったから、武太夫が用心するのも仕方なかろう。だが武太夫も、少しは砕けたところがないといかんな。しゃちほこばってばかりではいかん。楽しむ時は楽しまなければ」

「そうそう。これだけの見目麗しい太夫らの姿を見ても眉ひとつ動かさないんだから、武太夫は堅物すぎる」

格子の方に好色そうな眼差しを送りながら、直右衛門が言う。

「面目ござらぬ」

そうは言ったものの、武太夫は内心では気が気でない。この小槌の落ち着かなさからすると、市村座の時とは比べものにならぬ異変が近くで起きている。

「どうした？　お主、懐で猫か鼠でも飼っているのか」

ずっと手で腹を押さえている武太夫の様子に、宗恒が不思議そうに問うた。

「いや、少々腹の調子が……」

苦し紛れに武太夫はそう答えた。

飲み干した茶碗を甘酒売りに返して金を払うと、三人は大門の外に出た。見返り柳を目の端に見ながら五十間道《ごじっけんみち》を歩いて行く。小槌の震えは、どんどん強くなっていく。

おのれ、と武太夫は思う。

市村座での芝居見物に続いて、またも大殿のささやかな贅沢を邪魔しに来るか、物の怪どもめ。いや、そもそも己が大殿の警固についているのが間違っているのか。

「何やら少し暗くないか」

衣紋坂《えもんざか》を上って土手八丁に入ったところで、宗恒が不安そうな声を出した。

時刻はまだ八つ半（午後三時頃）といったところだ。日が傾くには早すぎる。すでに土手八丁を覆う空は、暗雲が渦巻いている。本来なら、このまま浅草寺まで歩いてお参りをした後、境内にある水茶屋や門前町の平店など冷やかしてから、辻駕籠で広島藩邸へと戻る予定だった。

だが、ちらりと振り向くと、つい先ほどくぐってきた吉原の大門も、見返り柳もなくなっている。暗闇の中に土手八丁だけが浮かんでいるような按配だった。

「直右衛門、それに大殿。もう察しているかと思うが……」

武太夫が言うまでもなく、二人は市村座の時と同じように、顔面蒼白となって、がたがたと震えながら、主従も忘れてがっちりとしがみつき合っていた。

「今度のは市村座に出たやつらのような子供騙しではなさそうだ。大殿、手を……」

宗恒が動こうとしないので、武太夫は無理やりその手首を摑む。

「ひいっ」

怯えた様子で、宗恒が小さく悲鳴を上げた。

「直右衛門、矢立はあるか」

武太夫が問うと、直右衛門が慌てて懐から筆と墨の入った矢立を取り出した。

筆を手にすると、武太夫は宗恒の手に「人」の字を書く。続けて直右衛門、それから自分の手の平にも同じ字を書いた。

「大殿、それから直右衛門もよく聞け。今度はみだりに抜くなとは言わぬ。だが、相手を斬る時は気をつけろ。妖怪変化だと思って斬り捨てたら、それは幻で、大殿や拙者であったなどということが起こり得る」

「ど、どうすれば……」

「人か化け物かを見分けるために、今、手の平に字を書いた。襲われたら必ず相手に手の平を見せろ。そして相手がどのようなおぞましい姿をしていても、手の平に『人』の字が書いてあったら、それはここにいる三人のいずれかだ。けして斬ってはならん」

武太夫の言葉に、頻りに宗恒と直右衛門は頷いた。そんなやり取りをしている間にも、土手八丁の先から、呻き声や奇声、それに獣の唸り声のようなものが近づいてくる。

「大殿、こちらへ」

武太夫は、土手から僅かに外れた草むらに、宗恒と直右衛門を誘う。

身を隠すような場所は見当たらない。土手の外側は暗い闇になっており、そちらに足を踏み出せばどのようなことが起こるか、武太夫にもわからない。

「声を出すな。目を瞑って息を潜め、そのままやり過ごせ」

草むらに伏せるなり念仏を唱え始めた直右衛門に向かって、小声で鋭く言い放つ。

普段、人の目に鬼や物の怪が見えないのと同様、鬼や物の怪の目からも人の姿は見えないことが多い。それを武太夫は経験から知っていた。

だが、夜中に妙な視線を感じたり、墓場で怖気を感じたりするのと同じように、物の怪の方からも人の気配を察知することはできる。

目を瞑っていろと言ったのは、これから目の前を通過していくであろう物の怪どもの姿を見て、大殿や直右衛門が悲鳴を上げたり、恐慌を来して逃げ出したりしないようにという配慮からだった。逃げ場がない以上、こうするしかない。

道の先から、ざわざわとした瘴気《しょうき》が漂ってくる。

露払いに、毛槍を手にした背丈四尺にも満たない小鬼が二匹、踊るように通過して行った後、見るもおぞましき物の怪たちが、武太夫の目の先、ほんの一間ばかりのところを歩いて行く。

全身に蜂の巣の如き穴が無数に開いており、何かの幼虫らしきものが頭を出して蠢いている者、両手のあるべきところに両脚が、両脚のあるべきところに両手が生えており、逆立ちの要領で器用にひょこひょこと歩いて行く者など、武太夫のように見慣れていなければ、目にした瞬間に気が触れてしまってもおかしくない、異様な姿の者たちが、行列を成して歩いて行く。

臭いもひどいものだった。魚の腥さ、肥溜《こえだ》め、腐りかけの犬の死体、その他、この世のありとあらゆる悪臭を集めたかの如き臭いが、嘔吐を誘ってくる。

これは百鬼夜行だ。

話に聞いたことはあるが、さすがの武太夫も目の当たりにするのは初めてだった。何よりも、これだけの数の物の怪が相手では、例の小槌を振るっても、みだりにこちらの居場所を教えるだけであろう。

そう考えていた時、不意に武太夫の傍らで悲鳴が聞こえた。

そちらを見ると、宗恒が立ち上がり、声を上げながら土手沿いを走って逃げ去ろうとする後ろ姿が目に入った。

おそらく我慢できず、薄目を開くなどして目の前の光景を見てしまったのだろう。

まずいと感じ、武太夫も立ち上がって宗恒を追う。

行列をなしていた異形の者たちが、一斉に視線を向けてくる気配があった。

やむを得ず武太夫は足を止めて振り向き、逃げて行く大殿と物の怪たちとの間に立ちはだかる。

先頭を歩いていた小鬼が、居場所を示すように毛槍の先端を武太夫に向け、それを合図にしたかのように、化け物どもが襲い掛かって来た。

武太夫は腰の刀を抜き、飛び掛かってきた連中を片っ端から斬り付ける。

青黒い血や、膿のようにどろりとした黄色い液体が飛び散り、顔や着ているものに掛かる。饐《す》えた臭いが鼻を衝いたが、そんなものを気にしている暇はなかった。

その時、置き去りにした直右衛門が襲われている姿が目の端に入った。

黒い肌に下帯だけを締めた、金剛力士のように筋骨隆々とした鬼が、大刀を振り上げて直右衛門を幹竹割《からたけわ》りにしようとしている。

目の前の化け物を足蹴にして倒し、突き刺していた刀を引き抜くと、武太夫は脱兎の如くそちらに駆け寄った。

直右衛門に刀を振り下ろそうとしている鬼を突き刺そうと刀の切っ先を向けた瞬間、武太夫に直感のようなものが働いた。

「手を！」

そう叫ぶ武太夫の声に、刀を振り上げていた鬼が、はっとしたように柄を握っていた手を開いてこちらに向ける。その中央には、確かに武太夫の筆跡で「人」と書かれていた。

走り込みながら、武太夫は直右衛門の姿をしている方に視線を移す。顔面蒼白で、許しを乞うように手の平を前に翳して開いているが、その手に「人」の文字はない。

躊躇せず、武太夫は直右衛門の姿をしている方に刀を振り下ろす。

肩口に食い込んだ傷口から血が迸《ほとばし》り、直右衛門に化けた物の怪は、瞳をひっくり返して白目を剝き、ケタケタと大口を開けて笑いながら走り去った。

危ないところだった。己が二人に示した策であったにも拘わらず、もう少しで自分も騙されるところだった。

直右衛門と思しき、鬼の姿をしている相手が、出鱈目に武太夫に向かって大刀を振り回してくる。おそらく直右衛門の目には、逆に武太夫が鬼か化け物のように映っているのだろう。

「直右衛門！　これ、これを見ろ！」

容赦なく襲い掛かってくる大刀を何とか躱《かわ》しながら、武太夫は「人」と書かれている手の平を示したが、直右衛門は恐怖のあまり見境がなくなっているのか、こちらが武太夫だと気づいてくれない。

仕方なく鬼の首筋を峰打ちで強打し、何とか失神させると、すぐさま武太夫は振り向いた。今は直右衛門より大殿だ。すでに化け物たちは、武太夫が只者ではないと察したのか、用心して距離を取っており、先ほどのようにいきなり襲い掛かってくる者はいない。いや、それとも武太夫が懐に忍ばせている小槌の気配に気がついたか。

だが、走り去った宗恒は見つからなかった。抜き身の刀を手に握ったまま、武太夫は辺りを見回す。まさか先ほど自分が斬ったやつらの中に、大殿が交ざっていたのではあるまいな。

武太夫は懐から小槌を取り出すと、化け物どもをそれで追い払いながら、百鬼夜行の列を逆行するように走り出した。気がつけば、土手八丁だった道は、暗闇の中に螺旋状にぐにゃりと曲がっており、走っているうちに上が下に、下が上になって、頭上に先ほど通ってきた道が浮かんでいるという有り様だった。

やがて前方に、何やら絢爛な作りをした牛車のようなものが見えてきた。動きは遅く、ゆっくりと車輪を回転させながら、こちらに迫ってくる。

武太夫は足を止める。その牛車から漂ってくる異様な気配に、思わず足が動かなくなったと言った方がいい。

手にしている小槌が震え出す。心臓が動悸するかのように激しく脈打っていた。そして徐々に、小槌から違う形へと変化しようとしている。

それに恐れをなしたように、周囲にいた化け物たちが、悲鳴を上げて逃げ出した。

「その小槌、山本五郎左衛門ではないか？」

唸るような声を発したのは、牛車の傍らにいる馬の背に跨がった男だった。

鎌倉武者のような大仰な大鎧《おおよろい》を身に着けており、兜《かぶと》の間から覗く顔の口元には、まるで絵に描いたように滑稽な鯰髭《なまずひげ》が生えている。

「引き寄せられたか、それとも性懲りもなくこちらを追ってきたのか、この負け犬が」

見下した口調で言うと、武者姿の男は小さな目を瞬かせ、顔が上下に分かれてしまいそうなほど大きな口を開いて、にたりと笑った。まるで本物の鯰のような表情だ。

その時、武太夫の手に強い衝撃があり、弾けるように小槌が飛び出した。

空中に放たれた小槌が膨らみ、たちまち形を変える。

武太夫が呆気に取られているうちに、小槌は、剣山のように堅そうな毛で全身を覆われた、身の丈三間はあろうかという黒犬の姿に変わった。

そのまま黒犬は顎を開き、鯰髭の男の籠手《こて》に喰らい付く。

だが鯰髭の男は少しも怯んだ様子もなく笑い声を上げた。

「弱い弱い。長らく現世で小槌に姿を変えていたからか、冥府の空気を吸っていなかったからか、まるで生まれたての子犬のようだわ」

そう言うと、空いている方の手で、黒犬の顔を強かに殴りつけた。

切ない吠え声を上げて、黒犬が地面に転がる。そのまま体が縮み始め、元の小槌の形に戻った。すぐに武太夫は駆け寄り、小槌を拾い上げる。

止めを刺すつもりか、鯰髭の男が馬から下りようと腰を上げた。

「悪五郎、何をしている」

その時、牛車の中から声が響いてきた。

「宰相、我が宿敵が現れた。これは千載一遇の……」

「お前の都合など知らぬ」

そのひと言だけで、悪五郎と呼ばれた鯰髭の男が、全身を硬直させ動きを止めた。

「さっさとこの仙吉という男を連れて引き上げたい」

「御意に」

悪五郎が、いかにも名残惜しげに武太夫の手に握られている小槌を一瞥し、再び動き出した牛車に伴って馬を歩ませ始めた。

仙吉？　仙吉と言ったか。

螺旋状になった道が、ぐるぐると回転を始め、暗闇のある一点に吸い込まれていく。

無我夢中で武太夫はそれを追い掛け、悪五郎が乗っている馬の尾っぽを摑んだ。

十

深井志道軒に続き、稲生武太夫までもが姿を消したという話を人伝《ひとづて》に聞き、平賀源内は気が気ではなかった。

二人の身に何が起こったのかは、まったくわからない。どこかで骸が見つかったという話も聞かないが、生きているのかすらも怪しいと源内は考えている。

これは明らかに、例の市村座の一件に関わったせいだとしか思えなかった。もしかすると近いうちに己の身にも何か災いが起こるかもしれぬ。そんな懸念ばかりが膨らんでくる。

水虎は、相変わらず瀬川菊之丞の身代わりで市村座の舞台に立ち、評判を得ているようだった。源内は、内心ではこれらも水虎の仕業かもしれぬと密かに疑っていたが、それを本人に問い質すほどの勇気はない。

このところ源内は、夜も複数の瓦灯《がとう》や灯明皿などを焚き続け、部屋を明るくしないと眠れない有り様だった。霊験のありそうな神社や寺のお札というお札、魔除けという魔除けを手に入れ、家の中にも外にも貼り付けて、びくびくして暮らしている。

年が明ければ、源内は武蔵国秩父に山師として赴く算段になっている。江戸から逃げ出せば安全とも思えなかったが、とにかくそれまでの我慢だと自分に言い聞かせて日々を過ごしていた。

神田白壁町にある狭い長屋の戸板が、乱暴にどんどんと叩かれたのは、源内が空腹を我慢しながら、気を紛らすために頼まれていた戯作の案を練っている時のことだった。

その日は午過ぎから、しんしんと雪が降り始め、家にある衣服を全て着込み、夜着のどてらまで羽織っても、寒さが身にしみて鼻水が垂れてくるほどだった。さすがにこれ以上は我慢できぬと、火鉢に炭を熾そうと源内が土間に足を下ろした途端、閉め切っていた戸板が叩かれた。

突然のことだったので、源内は驚きのあまり、その場に引っくり返りそうになる。

「おい源内！　私だ私。いるなら開けろよ」

聞こえてきたのは、お廉の声だった。ほっとして源内は戸板を固定している心張り棒を外そうとしたが、ふと嫌な予感がした。

絵草紙か何かで、化け物の類いはこうやって身内や知り合いの声色を真似て相手を安心させ、封じられている扉を開かせようとすることがあると読んだ覚えがある。

邪《よこしま》なものが入って来られないように、戸板の表にも裏にも、これでもかというほどの数のお札が貼ってあった。戸板の向こう側にいるのがお廉とは限らない。

「おい、どうしたんだ。外は寒くて敵わないんだ。早く開けろってば」

「う、うるさい！　お前がお廉なら、そうだと証してみろ」

「はあ？」

戸板の向こうから、お廉の困惑した声が返ってきた。片眉を吊り上げた表情が思い浮かぶ。

「何言ってんだ、お前」

「せ、拙者は騙されんぞ！　取り憑こうとしたってそうはいくか」

戸板の向こう側にいる何者かが静かになる。

暫くの間は沈黙が続いたが、やがて力ない声が聞こえてきた。

「お願いだよ……後生だから開けておくれ。仙吉さんの行方がわからないんだ。私はもうどうしたらいいか……」

源内は戸板に耳を当て気配を探る。

仙吉が行方知れずになっているというのは、初めて知った。武太夫だけではなかったのか。だが、これも考えようによっては怪しかった。仙吉がいなくなったというのも、源内の気を引いて戸板を開けさせるための方便かもしれない。

「いやいや騙されんぞ。声音は上手く真似たつもりだろうが、あのがさつな女が、そんなしおらしい声を出すわけがない。本物のお廉なら、とっくにこの戸板を蹴破って入ってくる筈……」

源内がそう言い終わる前に、耳を当てていた顔の辺りに強い衝撃があり、戸板が蹴破られ、源内は倒れてきたそれの下敷きとなった。

「てめえ、いつからそんな口利けるようになった。調子こきやがって」

粉雪と一緒に寒風が長屋の中に入り込んでくる。戸板越しに源内の上に乗っているのは、間違いなくお廉だった。

「そうでなくても機嫌が悪いってのに、苛々する。私のどこががさつだって？」

「そういうところがだ！」

戸板の上から何度も蹴られながらも、源内は安堵していた。これは間違いなく本物だ。痛い思いをさせられても、わけのわからぬ化け物などに比べればずっとましだ。

「何を笑っていやがる。気持ちの悪い野郎だ」

そんな源内の様子を見て呆れたのか、お廉は源内を蹴るのをやめた。


「……すると、武太夫さんの行方もわからなくなっているのか？」

「ああ、そうだ」

戸板は元に戻したが、蹴破られた穴から隙間風が入り込んでくる。部屋の中央で火鉢に炭を熾し、お廉と向かい合わせでそれに手を翳して暖を取りながら、源内は話す。

仙吉の行方がわからなくなっているのを源内が知らなかったのと同様、お廉も武太夫が姿を消したことは知らなかった。

「行方が知れなくなったのは、広島藩の前藩主である浅野但馬守様の吉原見物に、供として赴いた帰りだということだ」

その浅野但馬守宗恒と、供についていたもう一人の広島藩士は、土手八丁から転げ落ち、山谷堀の岸で泥だらけになって震えているところを、通り掛かった猪牙舟の船頭に助けられた。まだ周囲も明るい八つ半頃のことで、辺りは出店の屋台も人通りも多く、いつからそこで震えていたのか、妙な按配だったらしい。

二人とも憔悴しきっていて、宗恒は気分がすぐれず寝込んでいるという噂もあった。どのような出来事があったのかは、本人たちが口を閉ざしているのか、それとも伏せられているのか、詳しいことはわからなかった。一緒にいた筈の稲生武太夫がどこに消えたのかもわからない。

「仙吉の方は、いつから姿が見えないんだ？」

「それが……」

お廉の話によると、つい今朝方、吉原で廻り髪結いをしている仙吉の父親が、浅草寺にある志道軒の講釈小屋を訪ねてきたらしい。

志道軒が行方をくらませてから、仙吉は父の手伝いで吉原に赴く前に、毎度、講釈小屋に立ち寄ってお廉と会っていたらしいが、数日前に別れて以来、姿を現さなくなった。

お廉も気を揉んでいたが、ただ単に忙しいだけなのかもしれないし、仙吉の住処まで訪ねて行くのは図々しいかと思って逡巡しているうちに、仙吉の父親の方からやって来たということだった。仙吉は、お廉と会っていることを父親に話していたらしい。

仙吉の父親の話と擦り合わせると、どうやら仙吉は、お廉と講釈小屋で会った後、仕事のために吉原へと向かう途中のどこかで行方がわからなくなったようだった。

それは奇妙な話ではあった。三社権現の宮前にある講釈小屋から吉原までは、浅草寺の裏手から土手八丁に出れば、ほんの一足先だ。浅草寺の周辺はいつも人で賑わっているし、土手八丁は深夜でもなければ人通りも途切れず、それを当て込んだ水茶屋や出店も多い。

そう考えると、これは拐かしというよりは、神隠しに等しい状況だった。

「それは……もしかすると、武太夫が行方知れずになった日と一緒かもしれんぞ」

唸るように源内は言う。

お廉も、神田白壁町にあるこの長屋に赴く前に、武太夫を訪ねて広島藩邸に出向いていた。理由は簡単で、源内よりも武太夫の方がずっと頼りになりそうだったからだ。

だが、当然というか門前払いを食った。前に訪ねて行った時は、志道軒の出講釈の付き添いだったが、そこらの町娘が一人で行って取り次いでもらえるわけもない。

それで帰りがけに思い付きで源内のところに姿を現したということだった。あの日、市村座の楽屋に集まった者たちでは、水虎を除けば、残っているのはお廉と源内の二人だけだ。

「どうしたらいいと思う？」

ほとほと困り果てたのか、お廉は源内の知恵を借りたい様子だった。こうしおらしい態度を取られると、見た目はただの町娘に見える分、何やら調子が狂う。

だが本心では、もうこの件には関わりたくなかった。このままやり過ごせるなら、なかったことにしたい気分だった。

「もう関わりたくないと思ってるだろ」

火鉢を挟んだ正面に座っているお廉が、源内を睨みつけてくる。

「お主、心が読めるのか」

「お前、考えていることが全部顔に出るんだよ」

慌てている源内に向かって、呆れたようにお廉が言う。

「それだったらそれで、私は一人で何とかするけど、後になってからこっちに助けを求めてくるなよ。これが何かやばいものの仕業だったとしたら、お前だけ逃れられるとは思えないけどね」

「ま、待て待て」

そう言われると、源内も態度を改めざるを得ない。

「何も手掛かりがない以上、ここは水虎に会いに行くしかないのではないか。あいつの仕業ということも考えられなくはないが……」

源内の言葉に、お廉も難しそうな顔で首を傾げる。同じような懸念を覚えていたらしい。

「……そうだな。それしかないかもと私も思っていたんだ」

だとすると、やはり一人で赴くのは、さすがのお廉も不安に感じていたのだろう。

「とにかく、仙吉さんの身に何かあったのなら、全部私のせいだ……」

お廉は目を伏せた。今にも泣き出しそうな表情だ。

本人も気がついていないのか、それとも隠しているつもりなのかはわからないが、この女が、あの仙吉とかいう髪結いに惚れているのは明らかだった。

あんな優しいだけが取り柄みたいな男のどこが気に入ったのかは知らないが、そう思うと、ちょっと同情的な気持ちにもなってくる。

「ひとつ考えがあるとすれば……もし、武太夫や仙吉が、八重桐や路考と同様の拐かしを受けたとするなら、例の市村座の東上桟敷五番に陣取って、怪異が起こるのを待ってみたらどうだ？」

「え？」

涙目で俯いていたお廉が顔を上げる。

市村座の問題の桟敷で起こった怪異の内容については、詳しく武太夫から聞いていた。

おそらく、あの桟敷を買っている客というのは、水虎の話や、志道軒の語った物語を信じるなら、小野篁という冥府の判官であろう。人を近づけぬためだ。

源内の知っている限り、この世とあの世の境が曖昧になっている場所はそこだけだった。それもいつまでのことかはわからない。菊之丞が冥府に取り込まれてしまい、水虎の代役もお役御免となれば、また元の桟敷に戻ってしまうだろう。

「あの桟敷に入るのか？　私は幽霊やお化けの類は苦手なんだけど……」

震え声でお廉が言う。無論、源内だってそんなものが得意なわけがない。消えた菊之丞の行方を捜すなら、あの桟敷から冥府へと繋がる道があるのではないかとは、すぐに思い付いていたが、うっかりそんなことを口にしたら、また巻き込まれそうな気がして黙っていたのだ。

「わかった」

暫《しば》し腕組みして考え込んだ後、お廉が意を決したように言う。

「市村座とは喧嘩別れしたわけじゃないから、仕切場の手代に断れば、あの桟敷には入れてもらえると思う」

「そうか」

源内は深く頷く。何かあったとして、もう二度とこの世に戻って来られないことになるかもしれないが、とにかく頑張ってくれ。

「善は急げだ。早速、明日にでも一緒に市村座に赴こう」

「えっ、拙者も？」

「嫌なら桟敷まで付き合わせはしないよ。先に水虎と会って話をしたいだけだ。私一人じゃ心許ないし、篁なんとかなんて、私はどんなやつなのかもよく知らないしね」

「でも、雪も降っているし、明日は積もるかも……」

不吉な予感がしたが、源内の方で言い出した手前、断りにくい雰囲気になってしまった。

「だとしたら客足も悪いだろうし、却っていいんじゃないか？」

打開になるかどうかはわからないが、ひと先ずやれることが見つかった安心感からか、お廉の表情がふと緩み、笑みが浮かんだ。

十一

「私は何も知りません」

久方ぶりに会う水虎からは、そんな素っ気ない言葉が返ってきただけだった。

源内とお廉を楽屋に通すことは拒まなかったが、水虎の態度はどこか邪険で、楽屋着の諸肌を脱いで二人に背を向け、先ほどからずっと顔や首筋に刷毛で白粉を塗っている。

「だが水虎さん、あなたもあの世とこの世は行き来しているんだろう」

いつも楽屋にいる菊之丞付きの若女形や裏方などは人払いを受けており、誰かに聞かれる心配はなさそうだったが、源内は声を潜めて言う。

昨晩降っていた雪は真夜中過ぎには小雨に変わり、明け方には止んで快晴となったが、砂埃の多い江戸市中の往来は、溶け出した雪でひどくぬかるんでおり、市村座に辿り着くまでの足下は悪かった。

通常、芝居小屋は夜が明ける頃に番立《ばんだち》の三番叟《さんばそう》から始まり、次に稲荷町の役者たちによって、序開《じょびら》きと二立目《ふたたてめ》は、若手が中心のあまり本編とは関係のない筋立てで、客が集まってくるのも、市村座の場合は脇狂言の『七福神《しちふくじん》』が演じられる。

菊之丞のような立女形の出番があるのも、やっと三立目辺りからだ。あとは日が暮れるまで芝居が続くから、話をするなら朝も早い今のうちしかない。女形は無駄毛を剃ったり入念に化粧をしたりと手間が多いから、菊之丞に化けている水虎も、入りは早かった。

「空井戸が開くのは、宰相が私に何か用事がある時だけです」

「本当か？」

疑り深い様子を隠さずに、お廉がそう口にした時、鏡台に向かっていた水虎が、着物の合わせを直しながら、源内たちの方を振り向いた。

その姿を見て、源内はぎょっとして思わず端座したまま後退りそうになった。

瀬川菊之丞の美しい容貌に、うっすらと水虎の正体が浮かんでいる。眼は蛇のように冷たく虚ろで、口の端が裂けたように広がっており、髪の毛が生き物のようにざわざわと蠢いていた。

「二人とも、この件に関わるのは、終わりにしたらどうですか。元々、路考とは知り合いでも何でもなかったんだから、もうどうでもいいじゃないですか」

やはりこれは何かあったなと勘繰らざるを得なかった。以前にこの楽屋に集まった時とはあからさまに様子が違う。

「仙吉さんと武太夫さんの行方がわからないんだ。それに志道軒の爺いも。この件と無関係なわけがない。放っておけるわけないだろう」

「それならあなたたちの身にも、放っておいても同じことが起こるでしょうから、待っていれば良いのでは？」

この水虎の物言いに、源内は背筋が寒くなった。

「もういい」

お廉が立ち上がる。

「だったら早く帰りなさいな。二度と市村座には来ないで頂戴」

水虎は再び背を向けて化粧を始める。

その時、鏡に映る水虎と、源内の視線が合った。水虎の顔は菊之丞のものに戻っていたが、何かを訴えるように目差しは鋭く、唇が鯉の口のようにぱくぱくと動いている。

源内は訝しく思ったが、憤慨した様子のお廉が袖を引っ張るので、仕方なく立ち上がった。一緒に楽屋を出ると、二人して女形たちの楽屋がある中二階から階段を下りる。

源内はそのまま表に出ようと楽屋口に足を向けた。

「あれっ、やっぱり一緒には観て行かないのかい」

お廉が源内を呼び止める。すでに仕切場で、東上桟敷の五番席に入ることは伝えていた。

「勘弁してくれ。昨夜の話では、拙者はここまでの付き合いだと言った筈だ」

続けて罵倒の声か、下手をすると鉄拳が飛んでくるかと源内は身構えたが、意外にもお廉は哀しそうな表情を浮かべただけだった。

「そうだね。これ以上は無理強いはしないよ。付いてきてくれてありがとう。助かったよ」

お廉は強がるように微笑むと、源内の肩を軽く叩いて、廊下を桟敷席の方に向かって歩いて行った。拍子抜けしたが、同時に罪悪感も浮かんでくる。

だが、やはり自分はここまでだ。去って行くお廉の姿を見送り、小屋の外に出ようと、再び源内が楽屋口の方に足を向けた時だった。

「平賀源内とかいうやつはどこだあっ！」

建物が震えるような怒鳴り声が聞こえてくる。

思わず源内は跳び上がり、咄嗟に近くの物陰に身を潜めた。

よく通るその声には聞き覚えがあった。座頭の市村羽左衛門だ。

そういえば、源内が天竺浪人の筆名で書いた『根南志具佐』で、荻野八重桐の溺死を面白おかしく戯作に仕立てたことに、市村座の者たちが激怒しているという話を思い出した。

「いいか、お前ら、絶対に逃がすなよ。どういう了見かは知らねえが、八重桐をあれだけ貶《おとし》めておいて、お客様面して芝居見物とは舐めてやがる。見つけたら総部屋にしょっぴいて来い。足腰立たなくなるまで袋叩きにしてやる」

源内は震え上がった。どこから漏れたのかはわからないが、あれを書いたのが源内だということが完全にばれている。羽左衛門には一度、芝居茶屋で顔を見られている。

留番たちが集まっているらしく、あれこれと源内の風貌の特徴を伝える羽左衛門の声に続き、あまり柄のよくない連中の、「ただじゃすまさねえ」「ぶっ殺す」などという声が聞こえてくる。続いて誰それが楽屋口、誰それが表木戸を見張るとか、土間や追い込みを見廻りに行くとかの割り振りが始まった。逃げられないようにして、小屋の中を虱潰《しらみつぶ》しに捜すつもりらしい。

これはまずい。こういう事態は考えていなかった。

とにかくどこかに隠れなければならない。顔見知りのいる作者部屋に潜り込むか？　いや、そんなことをしたら、すぐに人を呼ばれて捕まってしまう。匿《かくま》ってくれるとは思えない。

抜き足差し足でその場から離れ、源内は全身に汗をびっしょりと搔きながら、小屋の東桟敷へと向かう廊下に出た。隠れる場所は決まっていた。お廉は自分が東上桟敷五番を使うことしか仕切場には伝えていない。目先の危機と、起こるかどうかもわからない異変なら、後者だ。

できるだけ目立たぬように気をつけながら、上桟敷へと続く階段を上がる。問題の桟敷は、舞台に近い方から五番目だ。

引き戸を横に開くと、中ではお廉が一人きりで、土間の枡席と舞台を見下ろす手摺りに寄り掛かり、足を投げ出して座っていた。入ってきた源内を見て、驚いたように目を丸くする。

「どういう風の吹き回しだ？　もうとっくに帰ったと思っていたよ」

「考えが変わった。やはりこの一件は最後まで見届けた方がいいと思ってな」

もちろん口から出任せだったが、こうやってお廉の情に訴えかけておけば、芝居が終わった後、留番たちに睨みを利かせて何とか表に出してくれるかもしれない。

戸惑った様子を見せていたお廉だったが、源内のその言葉に、ふっと表情を緩める。

「お前、やっぱり変わり者だな」

「うむ。まあな」

適当にそう答えながら、源内は二畳ほどしかない狭い桟敷に座した。隣との仕切りの壁は腰高しかないので、目に付きにくいように、できるだけ体を縮こまらせて姿勢を低くする。左右とも桟敷にいるのは客だから見咎《みとが》められる恐れはないが、それでも落ち着かない。

桟敷席からそっと土間の枡席や追込場の立ち見席の方に目をやると、やはりというか、留番と思しき連中が客たちの整理をしながら、不自然なくらいに頻《しき》りと周りを見回している。

だが、この東上桟敷席の辺りは、小屋の中でも、もっとも値の張る特上の席だ。留番たちも、いくらなんでもひと部屋ひと部屋、不躾《ぶしつけ》に引き戸を開けて中にいる客の顔を検めて回るような真似はしないだろう。とりあえず人心地はついた。

「さすがに今日は客入りが悪いな」

土間を見下ろしながらお廉が呟く。まだ三立目が始まったばかりだからかもしれないが、客入りは七割といったところだった。

市村座では、先月から顔見世の『四海浪和太平記《しかいなみやわらぎたいへいき》』が演目に掛かっていた。

その年の役者の顔ぶれを披露する顔見世にはいくつか儀式めいた決まりがあり、三立目には必ず「暫《しばらく》」の出が組み込まれる。登場人物が悪人に襲われる危機一髪の場面で、「しばらく」の掛け声とともに英雄が現れて救う趣向だ。

「おかしいな」

お廉が呟く。それは源内も感じていた。いつまで経っても、その「暫」の場面に辿り着かない。

「演目を変えたのかな」

舞台上では、まったく違う筋立ての芝居が演じられていた。

お廉は、つい先頃まで留番として市村座に詰めていた。この顔見世の芝居も、何度か舞台袖で観ていた筈だから、妙に感じたのだろう。

二立目までなら、しょっちゅう台本や役者の入替はあるが、本編に入る三立目からは、細かい見せ方や趣向の変更はあっても、突然に大幅に内容や役者が変わることはない。

舞台で演じられているのは、どうやら義経《よしつね》もののようで、若き日の源《みなもと》義経である牛若が、背中に翼の生えた鞍馬僧正坊……鞍馬天狗に、剣術の手解きを受けている場面だった。

「それに、見たことのない役者がたくさん出ている」

お廉が不安げに呟く。

一方の源内の方は、妙な既視感を覚えていた。初めて観る芝居だったが、そんな気がしない。

その時、先ほど楽屋で、鏡越しに水虎が、鯉のように口をぱくぱくと動かしていた光景が思い浮かんだ。

ああ、そうか。

やっと源内は気がついた。おそらく羽左衛門に、『根南志具佐』の作者が来ていると告げ口したのも水虎だ。源内たちを市村座の外に追い出すつもりだったのが、裏目に出たのに違いない。

水虎は口の形だけで「に、げ、ろ」と源内に向かって訴えていたのだ。けんもほろろな態度を取っていたのも、もう市村座に来るなと言っていたのも、そのためだろう。

自分はいったい何を観せられているのだ。

そんな疑念が浮かんだが、桟敷席前に吊るされている提灯の紋が目に入り、源内の背中に冷たいものが走った。

丸に寶。山村座だ。

思わず源内は立ち上がる。いつだ。いつ自分は、こちら側に迷い込んだ。

「あっ」

舞台の方を見ていたお廉が、不意に声を上げる。

そちらに目をやると、いつの間にか芝居は別の場面になっており、先ほど鞍馬僧正坊を演じていた役者が別の役に衣替えし、舞台中央で大見得を切っているところだった。

袖から駆け込んでくる人影。その手に握られている短刀。

大見得を切っている役者に、人影が体ごとぶつかり、脇腹に深々と刃が突き刺さる。

これは初代團十郎が刺殺された日の光景だ。

さすがの源内も頭が混乱してくる。

だが、初代團十郎が刺殺されたことなど知らないお廉は、実際に騒ぎが起こったと思い違いしたのか、留番として詰めていた時の気持ちが働いたか、手摺りを乗り越えて土間の枡席に飛び降りようとした。

「ま、待て」

慌てて源内は手を伸ばし、お廉の腕を摑もうとしたが、遅かった。

すでにお廉は手摺りを乗り越えており、その腕を何とか摑んだ源内も、勢い余って桟敷の外に一緒に転げ落ちた。

お廉が、「きゃあっ」とらしくもない悲鳴を上げる。

そのまま二間ほど下の土間に打ち付けられるかと思ったが、お廉と源内は、手を繫ぐような形のまま、暗闇の中を落下し続ける。

ああ、これはもしかすると、袋叩きの方がずっとましだったかもしれんな。

どこまでも落ち続けながら、妙に達観した気持ちで、源内はそんなことを思っていた。

三章

冥府往来

「而《しか》ル間、大臣、身ニ重キ病ヲ受テ、日来《ひごろ》ヲ経テ死給《しにたまひ》ケリ。即《すなはち》、閻魔王ノ使ノ為ニ被搦《からめられ》テ、閻魔王宮ニ至テ、罪ヲ被定《さだめら》ルルニ、閻魔王宮ノ臣共ノ居並《いなみ》タル中ニ、小野篁居タリ。大臣、此ヲ見テ、『此ハ何《いか》ナル事ニカ有ラム』ト恠《あやしび》思《おもひ》テ居タル程ニ、篁、笏ヲ取テ、王ニ申サク、『此ノ日本ノ大臣ハ心直《うるはし》クシテ、人ノ為ニ吉キ者也。今度ノ罪、己レニ免《ゆる》シ給ラム』ト。王、此ヲ聞テ宣《のたま》ハク、『此レ極《きはめ》テ難キ事也ト云ヘドモ、申請《まうしこ》フニ依テ、免シ給フ』ト。」

（『今昔物語集』巻二十第四十五）

一

「父に別れしみなし子の、九界九蔵の二代目を、ここに市川三升《さんしょう》と、五升《ごしょう》を願うお引き立て……」

――この名跡は呪われることになるかもしれねえなあ。

宝永《ほうえい》元年（一七〇四）七月、山村座。

役者仲間の宮崎伝吉《みやざきでんきち》が流暢に申し述べる口上を聞きながら、二代目團十郎を襲名する市川九蔵と並んで御披露目の舞台に連座した生島新五郎は、ぼんやりとそんなことを思っていた。

先代の團十郎は嫌な野郎だった。舞台で刺されて死んだのは、いかにもあいつらしい最期だと、舞台裏の薄暗がりでほくそ笑んでいた者は五人や十人ではないだろう。

その証拠に、遺児となった九蔵の後見を名乗り出たのは、生島新五郎と宮崎伝吉の、わずか二人だけだった。

新五郎の場合は、行きがかり上の責というものがあった。初代團十郎を刺殺したのは、弟子筋である生島半六という男だったからだ。これで親を失った九蔵を助けてやらねば、新五郎は薄情な男だと、あらぬ悪評が立つ。

だが、と新五郎は思う。襲名披露のために、裃姿で中央に座している九蔵……いや、今からは二代目團十郎と呼ぶべきだが、その團十郎は、冷めた面をして半眼を開き、暗い土間の枡席を見下ろしていた。その口元には、微かに笑みすら浮かんでいる。

「親のない子とお目をかけくださらば、さらばさらばと冥途へ旅立ち、歌舞の菩提の蓮の上、父才牛《さいぎゅう》もありがたく、成仏往生口上を、頼まれ甲斐はなけれども……」

やがて伝吉の口上が終わると、二代目團十郎は指先を床に付け、深々と頭を下げた。

芝居小屋のあちこちから声が掛かる。初代團十郎は、仲間内での評判はお世辞にも良いとはいえなかったが、芝居通の客たちにとっては、その荒事芸で一代で名を築き上げた、押しも押されもせぬ人気役者であった。

顔を伏せていた團十郎が顔を上げ、ちらりと新五郎の方を見る。

――兄さん、私は何もかもお見通しですよ。

まるでそんなことを囁かれたような気がした。やはり九蔵の後見などはせず、見捨てておくべきだったかと、新五郎は、その時、初めて後悔した。

新五郎の人生を狂わせる事件は、それから十年ほど後、同じ山村座で起こった。

――あともう少ししたら、あの人に会える。

芝増上寺の本堂では、僧侶たちが声を揃えて阿弥陀経を誦《ず》している。

月光院の代参として数十人の御殿女中らを従え、大人しく座して読経の声に耳を傾けている江島の心は、しかしここにあらずだった。

正徳《しょうとく》四年（一七一四）正月十二日――。

十四日は前将軍家宣《いえのぶ》の月命日である。本来、大奥女中の代参は命日二日後と決まっているが、この日は五代綱吉《つなよし》の命日である正月十日の二日後ともなっており、それに合わせた形だった。綱吉の菩提寺である寛永寺《かんえいじ》には、同じ大奥御年寄である宮路《みやじ》が代参に向かっている。

焼香が済み、法会が終わると、別当に場所を移して饗応となったが、江島はこれを早々に切り上げた。一室を借り、持参してきた風流小袖に着替える。

増上寺を後にし、駕籠に乗って向かった先は山村座だった。

江島が芝居見物に興じるのはこれが三度目である。昨年十一月には中村座の顔見世を、その前の四月には山村座で『花屋形愛護櫻《はなやかたあいごのさくら》』を見物している。

その舞台で、あの愛しい人は花川戸助六《すけろく》なる男伊達を演じていた。柑子色の鉢巻をきりりと締め、尺八を振り上げて喧嘩相手に追われながら花道に姿を現した時、杏葉牡丹《ぎょうようぼたん》の紋が入った衣装が目に入り、江島の胸は殊の外高鳴った。それは江島が贈ったものだったからだ。

汐留橋《しおどめばし》で早々と駕籠を下りると、江島たち一行は、そこから木挽町四丁目にある山村座まで練り歩いた。吐く息は白く、身震いするほど寒かったが、楽しみにしていた芝居見物とあって、供として付いてきた者たちも、一様に弾んだ声を上げている。

初めてその人と会ったのは、大奥の呉服御用である後藤縫殿助や材木商の栂屋《つがや》善蔵《ぜんぞう》らの接待で船遊山《ふなゆさん》に出掛け、そこで引き合わされた時だった。

その人の名は、市川團十郎といった。江島より七つも若く、まだ二十代も半ばで、落ち着いた佇まいとは裏腹に、どこか幼さの残る面立ちをしていた。

他にも、山村座の座元である山村長太夫や、生島新五郎という江戸で人気の役者もいた。いずれも大奥で権勢を誇っている江島に取り入りたいという気持ちが丸見えで、江島は少々退屈していたが、そこで團十郎はちょっとした粗相を犯した。

江島の着ている服の胸元に、酒を零したのである。

今思えば、あれはわざとだったのかもしれない。酒席にいた商人たちや山村座の者たちが慌てる中、團十郎は平然と懐から手拭いを取り出し、それで酒の染みを拭った。その手が布越しに江島の豊かな胸に触れた時、思わず江島は声が出そうになり、内股を強く閉じて尻の穴をきゅっとすぼめた。そのまま團十郎は動きを止め、じっと江島の目を見つめてくる。それまで意識していなかったが、團十郎は驚くほど顔の整った美男子だった。

江島は、家宣の甲府時代から、当時はお喜世《きよ》の方と呼ばれていた月光院に仕えている。家宣が六代将軍として江戸城入りした際に、二十代も半ばを過ぎてから大奥に入ったので、家宣からは手付けのないまま御褥御免《おしとねごめん》となった。将軍職を継いだ家継は、まだほんの数歳の子供である。

恋とは無縁のまま年を取り、大奥暮らしですっかり忘れていた、女としての何かしらの感情か本能のようなものが、胸の奥に滲み出してくるのが己でもわかった。

暫しの間、江島は放心していたが、やがて深く息をし、青ざめた顔で謝罪の言葉を述べている山村長太夫らに、苦しゅうなきことを伝えた。

安堵の空気が流れ、再び酒宴が始まったが、江島は、この團十郎という若い役者のことが気になって仕方がない。だが團十郎は、わざと江島を無視しているのか、その後は目も合わせようとしなかった。大奥に戻り、長局向の自分の部屋で横になっても、團十郎に触れられた時の感触が思い出され、切なさが込み上げてくる。

あの者が立つ舞台を見てみたい。そう思い詰めるようになり、寺社参詣を理由に月光院の許しを得て足を運んだのが、團十郎の助六の舞台だった。

江島が初めて團十郎と結ばれたのは、それから暫く後、宿下がりの際のことである。

本来であれば、江島は兄である白井平右衛門《しらいへいえもん》宅に止宿するべきだったが、大年寄である江島が大っぴらに役者買いをするのは、さすがに憚られる。そこで懇意であった御奥医師奥山交竹院《おくやまこうちくいん》の私宅を借りて、こっそりと團十郎を呼び出す念の入れようだった。

「私は長局向の部屋で猫を飼っています」

男と二人きりになるのは初めてだった江島は、世間のこともよく知らず、何を話したら良いかもわからなくて、困った末にそんな話を始めた。

「白黒斑の子猫で、名は鞠《まり》です。とても可愛いのです」

これから始まる情交を思い浮かべると、とても落ち着いてはいられなかった。照れ隠しに江島は、子猫の毛並みの柔らかさや、猫じゃらしの玩具を追う仕種の愛らしさなどについて、息もつかずに喋り続けた。もう三十路《みそじ》も過ぎた大年増で、表の老中らも軽くは扱えぬ、大奥で権勢を振るう大年寄が、まるで十四、五の小娘のような心持ちだ。

そんな江島の様子に、七つも年下の團十郎は、酒の盃に口をつけながら、にやにやとした笑いを浮かべて、時折相槌などを打っている。

そして不意に、その手を握って自分の方へと引き寄せた――。

江島がそんなことを思い出しながら歩いているうちに、一行は山村座に辿り着いた。

後藤縫殿助の手代を通じ、山村座の上桟敷五十間を借り切っており、間仕切りは取り払われていて、毛氈《もうせん》が敷き詰められていた。

本来、代参や宿下がりなどで江戸城の外に出た際、御殿女中たちが芝居見物や舟遊びに興じるのは禁じられている。だがそれは建前で、窮屈な大奥暮らしの息抜きに、多少のことであればお目こぼしがあった。それも家宣が没し、幼少の家継が将軍職を継いでからは、徐々に度を越すようになっていた。今日のように形だけでも代参を行うのは良い方で、空の駕籠が寺に到着するようなこともある。このように大っぴらに芝居小屋の桟敷を買い、大人数での酒宴に興じるのも、公然の秘密のようなものだった。

そう、この日までは。

紋付き袴で出迎えにきた山村長太夫や戯作者の中村清五郎の案内で桟敷席に入ると、早速、酒宴が始まった。連れてきた奥女中たちは、酒も入ったせいで、だいぶ羽目を外して騒ぎ出した。この日、山村座に掛かっていた芝居は『東海道大名曾我《とうかいどうだいみょうそが》』という演目だったが、巷間での評判は今ひとつで、それも芝居より酒宴の方が盛り上がる一因となった。

剽軽者《ひょうきんもの》の若い御半下《おはした》が、酔った勢いで役者の科白回しや振り付けを滑稽な様子で真似、それを見て他の女中たちが手を叩いて笑い転げる。人気役者の生島新五郎が舞台に現れれば、手摺りから乗り出して競い合うように黄色い声を上げ、その声がうるさくて科白が聞こえないくらいだった。土間の枡席に座っている客たちは、皆、鼻白んだような顔をしているが、それが御殿女中の一行だとわかっているから、文句を言う者もいない。中には足取りが怪しくなって派手に転び、酒や料理をひっくり返したりする者も出る始末である。

あまり派手に遊ぶと良くない評判が立つが、この一行を引き連れているのは、今や将軍生母となった月光院の信頼厚い、大年寄の江島である。誰にも咎《とが》められるわけがない。そんな奢りが、さらに女中らの大胆さを増長させた。

「江島様、江島様」

大騒ぎする女中らの中にあって、静かに盃を傾けていた江島の元に、警固としてこの一行に付いてきた徒目付《かちめつけ》が、耳打ちするように声を掛けてくる。

「下桟敷に薩摩《さつま》藩の谷口《たにぐち》様が芝居見物に来ておられます。この騒ぎに、だいぶご立腹のご様子。そろそろ切り上げて、ご帰城されては？」

「でも……」

お目当ての團十郎は、まだ舞台に現れていない。会わずに帰るなど考えられない。

「先方に詫びを入れて内済《ないさい》にしてください」

その答えに徒目付が眉根を寄せ、渋々という様子で桟敷から出て行った。

入れ替わるように、先ほどまで舞台に出ていた生島新五郎が、上桟敷に姿を現した。それに気づいた女中たちが、また一斉に騒ぎ出す。江島が指先を唇に当てて静かにするよう促すと、慌てたように女中たちは声を潜めたが、すぐ目の前にいる人気の立役者に、そわそわとした様子を隠さない。新五郎は化粧を落とし、羽織袴の正装に着替えていた。

「團十郎様の出番は、これからですか」

酒を勧めてくる新五郎に、我慢できず江島は問うた。その場には山村長太夫らもいたが、團十郎はいつ出てくるのかなどと急くように問うのはみっともない気がして黙っていたのだ。

江島の問いに、困ったような顔をして新五郎と長太夫が顔を見合わせる。

「実を言いますと、只今、團十郎のやつめは、当座と公事《くじ》を構えておりまして……」

長太夫の話によると、昨年十一月の顔見世に出たきり、金のことで少々行き違いがあり、團十郎は臍《へそ》を曲げて初日からずっと休場しているということだった。話し合いがつけば再び出演となるようだが、今のところは小屋に顔も出していないらしい。今回の演目の評判が今ひとつなのも、團十郎の出番がないのが一因となっているようだ。

そうなると、途端に江島も芝居見物の興が醒めてきた。そろそろ大奥の門限を気にしなければならぬ時刻だ。切り上げた方がいいかとも考えたが、どうにも後ろ髪を引かれる。

がっかりしている江島の様子をいち早く察したのか、新五郎が江島に耳打ちしてきた。

「場所を変えて飲み直しましょう。少々待っていただければ、團十郎のやつは、この生島新五郎が必ず連れてきます」

江島は驚いて新五郎を見る。どうやら團十郎は、江島との間にあったことを話しているらしい。

「山村座と公事を構えているのでは」

傍らにいる長太夫を気にして、江島もひそひそ声を返す。

「そうですが、それとこれとは話が別。折角、芝居見物に足を運ばれた江島様につまらない思いをさせて帰してしまっては、山村座も面目丸潰れ。座元も文句は言わぬでしょう」

これは山村座だけでなく、呉服御用や材木商、その他、大奥から受けられる恩恵を狙って集まっている者らによる接待の場でもあるのだ。江島が気分を害してしまえば、座元である長太夫が、四方八方から責められる。

團十郎に会えるかもしれぬという希望が再び湧き、江島は上桟敷を辞して芝居茶屋に宴席を移すことにした。下桟敷からの苦情もあったことだし、頃合いだろう。團十郎の出番がないのなら、芝居を最後まで観て行く義理もなかった。

すでに合流していた宮路らの一行と合わせ、百人余りに人数が膨らんでいた江島ら御殿女中たちは、ぞろぞろと芝居茶屋へと通じる廊下を歩き、そちらへと座を移した。

改めて酒宴が始まっても、江島は落ち着かず、尻の据わりの悪い思いをしていた。

長太夫は席を外し、新五郎もまだ出番が残っていたか、それともこの場に團十郎を呼ぶための説得に赴いたのか、姿を消していた。御殿女中らは相変わらず、お構いなしに騒いでいる。

代参の場合、帰城の時刻は昼八つ（午後二時頃）に定められているが、とうに過ぎていた。

八つ半（午後三時頃）になろうかという頃、やっと新五郎が戻ってきて、酒席から江島を連れ出した。

新五郎に手を引かれ、顔を赤らめながら茶屋の二階の座敷から出て行こうとする江島の姿を見て、若い女中が笑いながら何か囁き合っているのが見えた。これはもしかすると、新五郎に誘われているのだと誤解されているかもしれない。

ここが長局向の部屋なら叱りつけているところだが、大奥の門限を考えると、團十郎に会っていられる時間をそんな無駄なことに使うのすらもどかしい。

「長太夫と二人で團十郎のところを訪ねましたが、あの野郎、ごねてなかなか聞き入れず、連れて来るのに手間取りました。だいぶ待たせてしまいましたな」

大茶屋の一階に下り、歩きながら新五郎が言う。公事の内容は知らないが、おそらく長太夫の方がだいぶ折れて、話をつけてきたのだろう。

「二階に残っている者らには、江島様は長太夫の私邸で、私や團十郎と飲み直しているとでも伝えておきましょう。満足いくまでお過ごしになられたら、また戻ってくるのがよろしいかと」

「あれこれ気遣いさせてしまい、すみません」

引き連れてきた御殿女中らが酒宴を開いているその建物の階下で、役者買いをして淫靡《いんび》な時間を過ごしているとは、さすがに思われたくはない。新五郎なりに気を利かせてくれたのだろう。

「では、私はこの辺で。ごゆるりと」

奥の一室の前で新五郎はそう言うと、二階へ向かうのとは別の方向に去って行った。

一人になった江島は、高鳴る胸を抑えながら、案内された一室の襖を横に開いた。

目に入ってきたのは、部屋の四方に廻された金屏風である。

表はまだ日が高いが、この部屋には明かり取りになるような小窓もなく、ぼんやりとした雪洞《ぼんぼり》の明かりで照らされていて、まるで夜半のような雰囲気になっていた。

金屛風の向こう側に、人の気配があった。

襖を閉め、畳の上に膝を突くと、江島はそちらに躙《にじ》り寄って行く。

刺繡の入った絹布団が敷かれているのが見えた。

そして、煙管を手に胡座を搔いて座り、こちらに背を向けている浴衣を着た團十郎の姿。

ああ、と思わず江島の口から声が漏れる。

江島の姿に気がつくと、團十郎は莨盆に灰を落として煙管を置き、振り向いた。

「我儘《わがまま》な女は、私は嫌いなんですよ」

團十郎は不機嫌そうだった。家でくつろいでいたところを押し掛けられ、公事で揉めている相手の面子《めんつ》を立てるために連れて来られたのだから、面白い気分のわけがない。

「私はけして、無理に團十郎様をここに呼べと申したわけでは……」

言い訳めいた、おろおろとした口調で江島は返す。下賤な役者風情が、本来なら江島にこのような口を利くことが許されるわけもなく、團十郎は「様」など付けて呼ぶような相手でもない。

だが、二人きりになってしまえば、ただの男と女だ。江島は途端に弱くなってしまう。

「なあんてね。冗談ですよ」

不意に團十郎が相好を崩し、舌を出して戯《おど》けた表情を浮かべてみせた。

あまりのことに呆気に取られ、気がつくと江島の両の眼からは涙が溢れ出した。

「私は……嫌われてしまったとばかり……」

「これはちょいとやり過ぎた」

團十郎が慌てた様子を見せ、江島の手を取り、己の方へと引き寄せた。

素直にそれに従った江島を、團十郎は優しく胸の中に抱き締めた。

「可愛い人だ」

自分のことを、そんなふうに言ってくれるのは、この男だけだ。江島は満たされた気持ちで身を委ねる。

「大奥はあれこれと気苦労が多くて、さぞやお疲れでしょう。ここは一つ、この團十郎が自ら灸で癒して進ぜましょう」

「あら……團十郎様は、いつから本当のもぐさ売りになったのかしら」

心から可笑しく感じ、うふふ、と江島は小さく笑って團十郎の顔を見上げる。

「しめじが原のさしもぐさ、われ世の中の習いとて、移ればかわる革財布……」

すぐさま團十郎は口をへの字に曲げて表情を作り、もぐさ売りの口上の科白を口ずさんでみせた。五年ほど前に山村座で上演された『傾城雲雀山《けいせいひばりやま》』で、團十郎が演じて大当たりを取った役だ。江島は江戸城の外を歩き回る機会は殆どないが、江戸中の子供たちがこれを真似て、ごっこ遊びに興じたというのは聞いていた。

「勿体ないわ」

人気役者の團十郎が、自分のためだけに当たり役の科白を吐いてくれたことに、江島は胸が熱くなる。

「箱根屋庄兵衛《はこねやしょうべえ》なる男から、勝手にこちらの名を使って商売した詫びとお礼だといって、山ほど切艾《きりもぐさ》をもらったのですよ」

聞けば、神田鍛冶町にある箱根屋というもぐさ屋が、さっそくこの人気に便乗して箱根温泉晒の團十郎艾と称して売り出し、一儲けしたということだった。

「それで私も少しばかり灸治に凝りましてね。楽屋であれこれと若い連中相手に試して、今じゃいっぱしの腕前です」

そんな話をしながら、團十郎は莨盆の引き出しを開き、中から線香の束と切艾の入った紙包みを取り出す。

「背中を出して、そこにうつ伏せに寝てくださいな」

火入の中で赤く燃えている炭に線香の先を付けて点し、炎をふっと吹き消しながら團十郎が言った。線香の細い煙が天井に向かって昇り、椨《たぶ》の木の皮の香りが漂う。

江島は帯を解いて着ているものを脱ぎ、肌襦袢と裾よけだけの姿となって夜具の上にうつ伏せになった。これは飽くまで背中に灸治を受けるために脱いでいるのであって、情を交わすためではない。そう思えば、あまり後ろめたさも恥ずかしさもなく、流れるように、気がつけば薄着になっていた。

やはり團十郎は、こういうことに慣れている。江島は、もう身を任せることにした。

「先に少し擦《さす》りましょうか」

そう言って團十郎が襦袢越しに江島の背中に触れる。手の平の温かい感触があり、首の付け根から尻の辺りにかけて、背骨に沿って何度も團十郎の手が往復する。声が漏れそうになり、江島は布団に強く顔を押し付けた。

いつの間にか肌襦袢の紐が解かれており、引き剝がすようにそれを脱がされた。裾よけ一枚になった江島の背中に、團十郎の指先が触れる。

「痛っ」

思わず江島は声を上げた。團十郎の手は、胛《かいがらぼね》（肩甲骨）と背骨の間辺りを強く押している。

「ここは膏肓《こうこう》のツボといいましてね、よく『病膏肓に入る』なんて言いますが、疲れや凝りが根深いと、ここが痛くなってくるんですよ」

覚えたばかりのような蘊蓄《うんちく》を垂れ、團十郎は江島の背中に切艾を立てて線香で火を点けた。

「熱いのかしら。少し怖いわ」

「火傷にならぬように加減するのが難しくてね。まあ任せておいてください」

團十郎は、器用に二壮目三壮目と灸を重ねていく。

やがて背中の強張りや、自分でも気づいていなかった凝りのようなものが散っていく感触があった。灸を据えられたツボの辺りがほんのりと温かくなり、体全体にじっとりと汗が滲んでくる。

「今日は増上寺に御代参の後、汐留橋で駕籠を下りて歩いてきたとか。足の方もお疲れでしょう。そちらにも据えましょうか」

飄々とそんなことを言いながら、團十郎が裾よけに手を掛けてくる。

確かに、大奥で暮らしていると体を動かすことも少なく、たまに長く歩くとすぐに疲れてしまう。だが、裾よけを脱がされたら後は腰巻一枚だ。

膝裏に触れる團十郎の手に、江島の息も荒くなってくる。

その時、不意に江島は、己の股の間に妙な感触を覚えた。

慌てて体を表に返し、手を伸ばす。そこに生えている、女である自分には本来ある筈のないものに触れ、己が江島を演じている菊之丞であったことを思い出し、悲鳴を上げた。

二

「……追い詰められた神野悪五郎、やおら兜を脱ぎ捨てると、その場で野見宿禰《のみのすくね》の如く、四股を踏む体勢となった。まず右脚を高く掲げ、それを地面に踏みつけると、地の底からどおんどおんと大音が鳴り響き、地面が高波の如く揺れる。そこでこの山本五郎左衛門、崩れ落ちる伏見城を尻目に、ひと声咆哮し、ひらりと宙を舞って黒犬の姿に変化した。波打つ地面から地面へと八艘《はっそう》飛びし、二足目を踏もうとしていた悪五郎の毛臑に、そうはさせじとかぶりつく。悪五郎、たまらず大鯰の本性を現し、ぬめる体をくねらせて、巨椋池《おぐらいけ》に飛び込んで逃げようとした。それを許さず、この五郎左衛門は手下の妖怪どもに向かって号令一下……」

「……お主、そんなにお喋りだったのか」

半ば呆れた気分で、黒犬の背に乗った稲生武太夫はそう言った。

山本五郎左衛門は、先ほどからずっとこの調子だった。武太夫は、お主はいったい何者なのかと問うただけなのだが、もう半刻以上は自分の生い立ちについて喋り続けている。

「許せ。長らく人と話していなかったから、話したくて話したくて仕方ないのだ」

武太夫を背に乗せて歩きながら、あまり済まなさそうな様子でもなく黒犬が答える。

「ええと、どこまでだったか……。そうそう！　池に飛び込んで逃げようとした悪五郎、あと少しというところで卑怯にも……」

また続きが始まった。年寄りに若き日の武勇伝を聞かされているような気分だ。

五郎左衛門はかつて京周辺の化け物どもを束ねていたが、伏見城の南に広がっていた巨椋池の主の大鯰であった悪五郎との間に争いが生じ、分が悪くなって身を隠して休むことにした。その身の置き所を探していたところ、比熊山に度胸試しに来た武太夫に目を付けた。そして三十日に亘って配下の化け物を差し向けて試し、この男なら悪五郎の手下に襲われても怖じ気づくことはないだろうと踏んで、小槌に姿を変えていたのだという。

雑魚のような物の怪が、小槌を一振りしただけで退散していたのは、その小槌に五郎左衛門の気配を感じていたからだろう。

土手八丁で百鬼夜行に行き合い、一悶着あった後、悪五郎の乗っていた馬の尾っぽを必死で摑んだ武太夫だったが、いつの間にか気を失っていた。目を覚ますとそこは黒犬の背で、うつ伏せになっていた武太夫を乗せ、どこかに向かっている様子だった。

「拙者は死んだのか？」

まだあれこれと悪五郎との因縁を語っていた五郎左衛門の話を遮り、武太夫は問う。

「どちらとも言えぬ。だが生身の体で長くこちらにいると、やがて戻れなくなるだろうな」

「大殿は……それに直右衛門も」

結局は守り切ることもできず、あの場に残してきてしまった。

「今は己の身の方を案ずることだな」

五郎左衛門が答える。周囲には暗い荒野が広がっていた。殺伐とした風景だった。

「ここは地獄なのか？」

先ほどから抱いていた疑問を武太夫は問うた。五郎左衛門が己のことばかり喋るので、聞きそびれていたのだ。現世でないのは間違いないが、武太夫が思い描いていたあの世とも違う。責め苦を受ける亡者の姿も見かけない。

「冥府ではあるが地獄ではない。正しくは、現世との狭間にある場所だ」

歩く速度を徐々に上げながら、五郎左衛門が言う。

「戯場國《けじょうこく》……山村座だけではない。例えば、戦場に生きた者には戦場が、遊郭に生きた者には遊郭が、大奥に生きた者には大奥の如き場所が冥府にはある。いずれも未練のあった者たちが、それを洗い流すために堕ちる場所だ」

五郎左衛門が、ふと足を止めて鼻先を地面に付け、匂いを嗅ぎながら唸り声を上げ始めた。

「小槌の姿をしていた時に、お主らの話は全部聞いている。真っ直ぐに山村座に向かうつもりでいたが、少し寄り道をした方が良さそうだ」

「どうした？」

「お主の仲間がこの近くにいる」

「仙吉か」

そもそも武太夫が、悪五郎の乗った馬の尾っぽを摑んだのは、仙吉の名を耳にしたからだ。

「いや、違う。市村座の楽屋にいた小娘だ」

するとお廉か。何故にここにいるのかはわからなかったが、仙吉や武太夫と同様、その身に何か起こったのかもしれぬ。

「まずいな」

暫くの間、うろうろと周囲の地面を嗅ぎ回っていた五郎左衛門は、そう呟くと、方向を定めて一気に走り出した。

「どこに向かっているのだ」

武太夫は声を張り上げる。

「閻魔庁だ。あの小娘、裁きを受けようとしている」

武太夫は体を伏せてしがみつき、黒い毛並みをしっかりと摑んだ。そうしなければ振り落とされそうになるほどだった。

「双王から裁きを言い渡されたら、あの娘、現世に戻れなくなるぞ」

走る速度を上げながら、五郎左衛門はそう言ったが、轟々《ごうごう》と風が唸る音に掻き消され、武太夫は声を上げるどころか、口を開くこともできなかった。


「私はねえ、ずっとあなたに嫉妬していたんですよ、路考姐さん」

暗がりの向こうから、恨みがましい声が聞こえてくる。

「先代に手を引かれて、あなたが姿を現した日のことは、よく覚えていますよ。先代は、あなたのことを宝の子だと言った。あなたはまだ五つでしたっけね」

どうやらそれは、菊之丞が兄……いや、姉のように慕っていた荻野八重桐の声のようだった。

菊之丞も、その日のことはよく覚えていた。

むしろそれ以前の自分が、どのような生活を送っていたかを思い出せない。王子路考の呼び名の通り、武州王子の農家の子だったというが、当時のことは頭の中には残っていなかった。

あれはどこの芝居小屋の楽屋だったのか。わけもわからぬまま通された部屋には、八重桐がいた。八重桐は十五も年上だったから、その時すでに二十で、見目麗しい立派な若女形だった。少し後になってから、先代の菊之丞も八重桐も男だと知り、妙な気分になったのを覚えている。

「先代があなたをどこで見つけてきたか、私は知らない。だけどそんなこたあ、私はどうでもいいんだ。とにかくあなたが来てから、私の立場ってものは、がらりと変わっちまったんだ」

菊之丞は朦朧《もうろう》としていた。熱でも出ているのか、体じゅうが火照っており、体の節々が痛い。

八重桐のこんな冷たく粘ついた声色を耳にするのは初めてだった。菊之丞が眠っていると思って話し続けているのかもしれない。

「あなたが来るまではねえ、二代目瀬川菊之丞の名跡を継ぐのは私だと思っていた。いつ襲名しようかなんて話までしていたんだ。ところがあなたが来て何年もしないうちに、先代は言うことがすっかり変わっちまった」

そして八重桐は、先代の菊之丞の声音や口調を真似て、芝居の科白のように言葉を発する。

「本当はお前に菊之丞を継がせたいと思っていたが、よくよく考えると、それじゃあ荻野の名跡が途絶えて先祖を弔う者が誰もいなくなってしまう。ここはお前が二代目荻野八重桐の名を継いで、後々には二代目菊之丞を盛り立てておくれ……ってね。今思い出しても口惜しいったらありゃしない」

八重桐は、この先代の物真似が上手で、菊之丞が芸事などでひどく叱られて落ち込んでいる時などに、よく笑わせてくれたり慰めてくれたりしたものだった。それが今は、その口調を真似て恨み言を並べ立てている。

「ええ、ええ。先代にはもちろん返しきれぬ恩がありますよ。だから先代が亡くなった後も、大嫌いだったあなたのことを姐さんなんて呼んで、ずっと立ててきたんだ。役者なんてものは、舞台にさえ上がっちまえば、後は各々の力量がものを言う。値打ちを決めるのは客だ。そう信じてきたけれど、路考さん、あなたはそれすらも私を……いや、先代をも追い越しちまった」

今度は涙声になってくる。菊之丞の額や頬の辺りに、ぽたりぽたりと熱い雫が落ちてくる。そのうちの一滴が唇に落ち、ほんの少しだけしょっぱさを感じた。

「あなたがいる限り、私はずっと報われないままだ。私はね、ずっとあなたの足を引っ張る機会を探っていたんだ。それが間抜けにも私の方が道連れにされて、こうして冥府に来てみれば、またあなたが立女形を張っている。これじゃ口惜しくて口惜しくて、どうにもなりゃしませんよ」

首筋に冷たい指先の感触が伝わってくる。八重桐は菊之丞の首を絞めようとしているらしい。

「ああ、江島の役が欲しい……もうお前の引き立て役は御免だ……」

指先に、徐々に力が籠もってくる。

やめて、やめて、八重桐さん――。

菊之丞が目を覚ましたのは、その時だった。

自分は床の上に敷かれた布団の上に横になっている。

心配そうな顔をして上から覗き込んでいるのは、夢の中に出て来た八重桐だった。

堅く絞った手拭いで、菊之丞の首筋に浮き出た汗を拭おうとしている。

「路考姐さん、気がついたのね」

八重桐が、いつもの優しい声を出す。怖くなり、思わず菊之丞は顔を逸らした。

「私は……」

「芝居の真っ最中に声を上げて、舞台で気を失ってしまったんですよ」

菊之丞が体を起こすのを手伝いながら、八重桐が言う。

「大茶屋の一階で、江島が二代目團十郎様と情を交わす場面です」

「ああ……」

自分はまた、江島に乗り移ってしまっていた。己が女形であり、体は男であることも忘れていたところに、己の股に男のものが生えていることに動転し、気を失ったのだ。

あれが舞台の上での出来事だったとはとても思えないが、八重桐がそう言うからにはそうだったのだろう。菊之丞の気づかぬ暗がりの向こうで、あの濡れ場を何百何千もの客たちが息を殺してじっと観ていたのかもしれないと思うと、顔から火が吹きそうになった。

「八重桐さん、あの……」

ふと、先ほどまで微睡《まどろ》みの中で耳に届いてきた恨み言のようなものについて八重桐に問おうとして、菊之丞は思い止まった。

あれはきっと、熱に浮かされて見た悪夢に違いない。こんなに優しい八重桐が、心の裏側であんなことを考えているわけがない。そう思うことにした。

山村座の身上書に爪印を押したのだって、八重桐に説得されたからだ。とにかく今は大人しく、あの篁という男の言うことを聞いておいた方がいい、そうしなければ、ここは冥府だからどんな裁きを受けることになるかわからない。いずれ現世に戻れるように、何とか私がお願いしてみるからと八重桐に言われて渋々応じたのだ。幼い頃から、ずっと慕っていた八重桐の言葉でなければ、菊之丞は頑として身上書を交わすことは拒否していた筈だ。

「ああ、そうだ。路考姐さんが喜ぶ人がこちらに来ましたよ。ちょっと呼んできますから、横になって待っていてくださいな」

八重桐はそう言うと、立ち上がった。よくわからなかったが、菊之丞は言われた通り、再び布団の上に横になった。まだ少し、気分がすぐれない。

この江島生島事件を、山村座で世話物として演じる理由は何なのだろうとぼんやりと考える。実際には、こんな芝居を江戸三座で打つことはできない。大奥の御年寄だった江島が起こした事件だから、御公儀が起こした不祥事も同然だ。それを面白おかしく芝居になどしたら、たちまちお上から待ったが掛かる。御公儀を揶揄するような振る舞いは許されない。

ただでさえ芝居小屋は悪所として目を付けられている。戯作者なり座元なりの手が後ろに回るだけならいいが、場合によっては山村座が廃座になった時と同じような大掛かりな粛正が起こらないとも限らない。

市井で起こった事件を扱うのとは違い、これは芝居のネタとしては禁じ手なのだ。

おそらく、二代目團十郎にしても生島新五郎にしても、生前には口にできなかったことがあるのだろう。その無念が、冥府でこのような夢か現かも曖昧な気味の悪い芝居を演じることに駆り立てているのではないか。

この芝居が実際にあったことになぞらえられたものなのかは菊之丞にはわからなかったが、巷間では江島と密通していたのは生島新五郎だったと言われている。それが実は團十郎だったとなれば、だいぶ事情が変わってくる。

その時、襖の開く音がした。菊之丞はそちらに目を向け、思わずまた上半身を起こした。

そこに立っていたのは、市村座で髪結いをしていた仙吉だった。

背後には例の小野篁という男と、それから名前は知らないが、いつも篁の供として付き従っている、妙に頭が大きくて鯰髭を生やした、滑稽な面立ちの男がいた。

「路考さん」

青ざめた表情で辺りをきょろきょろと窺っていた仙吉が、寝床にいる菊之丞の姿に気づく。

八重桐が、三人を楽屋の中に通す。

仙吉は戸惑った様子を見せていたが、八重桐に促されて寝床の傍らに膝を突いた。

「どうして仙吉さんが……」

「おいらにもわかりません。土手八丁を吉原に向かって歩いていたら……」

仙吉はそう言って、背後に立っている篁の方をちらりと見た。

八重桐が気を利かせて持ってきた座布団に、篁と鯰髭の男が座る。

「髪結いの仙吉がいないと、どうにも髪が決まらなくて困ると言っていただろう」

「まさか、たったそれだけのことで……」

菊之丞は愕然とする。確かに、篁の前でそんな愚痴を零した覚えはあった。

「この子を戻してやってください。私はそんなことをお願いした覚えはありません」

勇気を振り絞り、菊之丞は篁を睨みつける。篁が返事をする前に、鯰髭が大きな口を開いた。

「いなければ困ると言い、いざ連れて来れば戻せと言う。宰相自らが現世に赴いてまで拐かしてきたというのに、何と我儘な……」

「黙っていろ、悪五郎」

やや苛ついたような口調で鯰髭の男を制し、篁が続ける。

「気には召さなかったか」

「ええ、それはもう」

毅然として菊之丞は言い返した。

「それならば余計なことをした。許してくれ。その……」

この篁という男は表情に乏しかったが、少しばかり戸惑う様子を見せた。

「路考殿、お主は宰相の妹君にそっくりなのだ」

指先で鯰髭を弄《もてあそ》びながら、再び悪五郎と呼ばれた男が口を挟む。

「それで宰相はあれこれと心を砕いておられるのに、お主といえば……」

「余計なことを……黙っていろと言っただろう」

篁が眉間に皺を寄せて睨みつけたが、悪五郎の方は何故に篁が不愉快そうにしているのかわからないのか、表情も変えず髭をいじりつづけている。

「私が妹君に……？」

胸元で手を組み、菊之丞は篁を見つめる。篁は視線を逸らし、軽く咳払いをした。

「妹の名は白鷺というが、遠い昔に命を落としている」

どうせ悪五郎が暴いてしまったからと観念したのか、篁はそう口を開いた。

「だが宰相は、お主が市村座で演じた鷺娘をひと目見て、これは妹君である白鷺様の生まれ変わりだろうと……」

黙っていろと言われたのをもう忘れたのか、またぺらぺらと悪五郎が喋り出す。

篁が振り向きもせずに手を伸ばし、悪五郎の口元の髭を力任せに摑んだ。

「あ痛たたた……やめてくだされ、宰相」

そこにいた悪五郎の姿が、ふっと消えたかのように見えた。続けてびちびちと魚の跳ねる音。

畳の上に目を向けると、体長三尺ばかりの鯰が、ぬめる体をくねらせ、のたうっている。

「これだから畜生は……。元が鯰だから、何百年生きても知恵がつかぬ」

八重桐が慌てて枕元に置いてあった手拭いの入った桶を手にし、つるつると滑るのを何とか摑んで鯰をその中に入れ、体の半分以上が桶からはみ出たまま楽屋の外に運び出す。

仙吉は驚いたような表情を浮かべてそれを見ている。

「先ほどのお話は……」

襖がぴたりと閉じられたところで、菊之丞は改めて篁に問うた。

「あの間抜けが言っていた通りだ。もう何百年も冥府で妹の魂を捜しているが、見つからぬ。これは生まれ変わったものかと思っていたが、お主の鷺娘を見て、これこそが妹の生まれ変わりだと考えた」

「でも、私は……」

篁が頷く。菊之丞が言わんとしているところを察しているのだろう。

「お主の体は確かに男だろうが、心は紛うことなき女であろう。白鷺の魂が隠れているとするなら、その居場所はお主の体ではなく心の奥底だ」

まるで篁自身が己に言い聞かせているかのようだ。

すっかり己のことを江島だと思い込んでいた菊之丞が、股の間に生えているものに驚いて気を失ったのと同様、篁も菊之丞が男であることに躊躇があるのだろう。

江島を演じているうちに心が乗り移ってしまったように、いずれ白鷺という娘の魂が心に乗り移り、己を白鷺と思い込む日が来るのだろうか。その時、本来の菊之丞の心はどこに行ってしまうのだろう。消えてしまうのだろうか。そんな不安に菊之丞は駆られた。

役にのめり込むあまり戻って来られなくなるようなことが、この山村座の舞台では起こりそうな気がしてならない。

「ところで仙吉とやら、お主が携えていた尊勝陀羅尼を書き付けた札だが……」

黙り込んでしまった菊之丞はそのままにして、篁が仙吉に声を掛ける。

「あんなものを何故、持っていた」

「あれは、お守りにって、知り合いから……」

「知り合いとは誰だ。はっきりと言え」

「お廉さんという人です」

菊之丞の知らない相手だ。

「何者だ」

「何者というか……浅草寺に小屋を建てて講釈を垂れている、深井志道軒さんという人の娘です。お札はその人から預かったと……」

深井志道軒なら、菊之丞も名前だけは聞いたことがあった。

「そうだ。その志道軒さんからいろいろと聞いています。あなた、隠岐に島流しになっていたことがありますよね？」

探るような口調だった。問うている仙吉も、あまり確信が持てていないことが伝わってくる。

一方の篁の方は、あからさまに表情を変えた。

一瞬、広い楽屋の空気が張り詰め、肌寒さを感じるほどに冷えたような気がした。

「お主、他に何を知っている」

「おいらが聞いているのは、志道軒さんが昔、その隠岐の島後で漁師をしていた事と、阿古那という女の人の話だけです」

「あやつ、まだ現世をうろついていたか……」

眉間に皺を寄せ、篁が独り言《ひとご》つ。

「志道軒さんは、こちらにいるんじゃないんですか。路考さん同様、行方知れずになって、みんなで心配していたところなんです」

必死に訴えかける仙吉の問いには答えず、篁は立ち上がった。

「髪を結ってやれ。路考の頼みなら、お主はいずれ現世に戻してやるが、今すぐは無理だ」

そう言い捨てると、篁は菊之丞らに背を向け、楽屋から出て行った。

三

小野篁が、病気を理由に参議と兼任していた左大弁の官職を辞したのは、嘉祥《かしょう》二年（八四九）のことだった。

確かに己の体に異変を感じてはいたが、それは病気とは様子の違うものだった。

この年、篁は四十八歳である。衰えが出始めてもおかしくない齢だったが、その姿は十年ほど前、隠岐に遠流《おんる》となった頃から、殆ど変わっていなかった。篁自身だけでなく、周囲の者たちも、その衰えぬ若さに、羨望とは違った一種の怪しさや気味悪さを感じているようだった。

翌、嘉祥三年には、長く仕えていた仁明天皇が崩御した。

この辺りが潮時であろう。篁はそう考えていた。そろそろ現世から去る頃合いだ。

このところ篁は、以前よりも頻繁に冥府との間を行き来している。

十日に一度ほどの割合で洛外へと牛車を出し、愛宕寺に通っていた。

建前は、妹である白鷺の供養である。白鷺は鳥辺野に土葬されていた。公家の出の者は火葬されることが多かったが、小野家はけして裕福ではなく、数日に亘って骸を燃やし続けるだけの薪を買う金はなかった。それに加え、白鷺は見方によっては自死であり、異母兄である篁の子を孕んでいた。その事を両親が恥じ、大っぴらに野送りすることを避けたのである。

白鷺の墓は、鳥辺野の南方二町ほどの場所にある。いや、あったと言うべきか。

供養塔を建てて土饅頭の周囲を築地で囲い、それなりのものを設えたが、今は跡形もない。どの辺りに白鷺の骨が埋まっているかもわからなくなっていた。身分の高い者ほど愛宕寺の近くに墓が作られるが、次から次へと新しい墓が建てられては朽ちていくからだ。

篁が、冥府との間を行き来しているのではないかという噂が立ち始めたのは、この頃からだった。鳥辺野には人目を忍んで通っていたが、牛車に付き従っている者か、それとも寺の者から、篁の鳥辺野通いの話が広がっているのだろう。

無理もない。朝から洛中を出発し、日が暮れる頃に愛宕寺に着くと、供の者たちはそこで一晩待たされる。すぐ近くには、風雨に晒された亡骸がそこかしこに転がり、風向きが悪ければ腐った臭いが届いてくる。このような場所で夜を過ごすのは、気分の良いものではないだろう。

一方の篁は、愛宕寺に辿り着き、形だけ住持に経を上げてもらうと、供の者たちを残して外へと出掛けて行き、そのまま朝まで帰って来ない。その間、篁が何をしているのかを知る者はいない。その篁の行動は、ずいぶんと奇怪に思われるだろう。

鳥辺野の風葬地を、篁は奥へ奥へと歩いて行く。愛宕寺から離れるほど、運んで来られた骸の扱いも雑になっていく。土饅頭に卒塔婆を立てただけのものから、次第に莫蓙の上に寝かされただけのものばかりとなり、やがて放り捨てられたかのような骸が目立ってくる。

月明かりすら出ていないが、篁は妙なものが見えるようになった頃から夜目も利くようになっており、まったく困るようなことはない。同様に、人の気配を感じ取るのも鋭くなっていた。

その日は、洛中からずっと牛車の後を付けてくる者がいた。車副《くるまぞい》の者に命じて、どこの何者なのか改めることもできたが、あえて放っておいた。相手の意を知りたかったからだ。

愛宕寺に着いた辺りで何かあるかと思っていたが、その者は姿を現さず、今は篁の背後を音も立てずに付いてきている。常人なら、ほんの一寸先も見えぬような暗さなのに、迷ったり、こちらを見失いそうになる様子もない。それを差し引いても、腐りかけの骸や野晒《のざら》しの白骨がごろごろしている中を、少しも怖れずにいるところが常軌を逸している。

化け物の類かもしれぬとも勘繰ったが、流れてくる気配から察するに、どうやら人のようだ。

どこかで足を止め、こちらから声を掛けてみるべきか。

そう考え始めた時、一気にその気配が篁のすぐ後ろまで近づいてきた。

「弾正、俺を覚えているか」

篁は足を止め、振り返る。弾正と呼ばれるのは久しぶりだ。すでに篁は弾正の官職にはない。

そう呼ぶからには宮中の者ではなさそうだ。暗がりに立つ男の姿を篁は凝視する。

頭を剃り、乞食坊主のような格好をしているが、まだ若い。見た目には二十歳そこそこといったところだろう。どこか見覚えがある相手のような気がしたが、思い出せなかった。

「悪いがわからぬ。誰だ」

この篁の答えに、男は面白くなさそうに地面に唾を吐いた。

「島後で漁師をしていた彦丸という者だ」

篁が島後に配流《はいる》を受けていたのは、もう十年以上も前だ。

黙っていると、彦丸と名乗った男はさらに近づき、下から見上げるようにして篁を睨《ね》め付けた。

「漸《ようや》くお前と話すことができた」

どういう用件なのかは知らないが、確かにこのような状況でなければ、篁に直接声を掛けることは叶わぬだろう。おそらくは、乞食坊主の姿をして篁の居宅の周りを張っており、牛車が出掛けるのを見て、丸一日かけてここまで付けてきたに違いない。

「用件は何だ」

島後にいた頃に知り合った相手だとするなら、いったい何を目的に京まで出てきて、篁と直接会う機会を狙っていたのか。

篁にとって、島後での二年足らずの生活の記憶は、殆ど薄らいでいる。

「俺のことは覚えていなくてもいい。だが阿古那のことは覚えているだろう」

島後で篁の身の回りの世話をさせていた若い女だ。慰みに何度か抱いたこともあったが、今ここで名前を言われるまで、その存在すら忘れていた。

「ああ……阿古那か……もちろん覚えている。今も母子ともども達者なのか」

そこで急に、この彦丸とかいう男のことを思い出した。島後にいた時に滞在していた光山寺に、時々、獲れた魚などを届けていた若い漁師だ。頭を丸めていたので、すぐにはわからなかった。

だが、そうだとすると、目の前にいるこの男は若すぎるのではないか。

「いつか子と一緒に京に呼び寄せてもらえるかもしれないと、阿古那はずっとそれだけを信じて暮らしていたぜ」

迷惑な話だ。舌打ちしそうになるのを我慢して、篁は答える。

「それは気の毒なことをした」

「お前が島を去った後、阿古那は俺が嫁にもらって、お前の子も俺が育てていた」

このような下賤な輩にお前呼ばわりされて絡まれ、篁は内心不愉快に感じた。とにかく早く追い払いたかったが、様子からすると金品などをせびりに来たわけでもなさそうだ。

「……お前の子は死んだ」

彦丸が絞った声を出す。

「まだ二つだった」

「ほう」

そう言われても、篁の胸の内には何の感情も湧いてこない。

「阿古那はそれを追って身を投げた」

篁の返事を待たず、彦丸が矢継ぎ早に続ける。

「一つ聞きたいことがある」

「何だ」

「お前、自分の子の名を覚えているか」

さて困った。名前どころか、阿古那が産んだ赤子が男だったか女だったかすらも覚えていない。

眉根を寄せて首を捻っている篁に、彦丸が苛ついたように口を開く。

「お前が阿古那や自分の子のことをちゃんと覚えていて、少しでも情が残っているようだったら、許してやるつもりだった」

少しばかり離れて間合いを取り、彦丸が身構える。

どうやらこの男は、恨みを晴らすために自分を殺しに来たようだということに気づき、そのあまりの愚かさに篁は呆れ果てた。

本来なら、このような輩は、篁と口を利くことすら許されぬ。もっとも、島後のような田舎育ちで、京での篁の地位も知らないのでは、思い違いをしても仕方がない。

彦丸は、手に何か光るものを握っていた。どうやら小刀を携えてきたらしい。一方の篁は、得物になるようなものは何一つ持っていなかった。だが篁は、文章生となるべく学問に打ち込む前は、弓馬を得意として鍛錬にのめり込み、岑守の子ともあろうものがと周囲を嘆かせるほどだった。彦丸は自分よりも小柄で、素手でも組み伏せようと思えばできなくもなさそうだ。

だが篁は、直接、彦丸の相手をすることは避けた。鳥辺野の荒野で、篁ほどの者が、このような下賤の輩と、取っ組み合いの喧嘩など馬鹿馬鹿しいにもほどがある。

篁は後退ると、ヤマから授けられていた真言を口の中で唱え始めた。そこらじゅうに転がっている白骨や腐りかけの骸の周りに、ぼんやりとした青白い光が浮かび、再び命を得たかのように起き上がる。口や喉が残っている者は呻き声を漏らし、骨しか残っていない者は顎を鳴らした。

彦丸の相手はそれらの骸たちに任せ、篁は閻魔庁に登庁するため、鳥辺野のどこかに開いている筈の冥府への空井戸を探すことにした。

「待て」

背を向けた途端、いきなり後ろから肩を摑まれた。

驚いて篁は振り向く。そこには彦丸の顔があった。

「俺はお前と同じなんだよ」

その口調は落ち着いていた。

「年も取らず、気持ちとしては生きているとも死んでいるとも言い難い。それから、こんなものは見慣れている」

周りをうろうろと歩き回っている骸や白骨たちのことだろう。

「俺やお前がこいつらに襲われないのは、生身の人だとは思われていないからだ」

「彦丸、お前もあの肉を食らったのか」

「光山寺にあれを届けたのは俺じゃないか。それも忘れていたのか?」

まさか自分の他にも、冥府の肉を口にしている者がいるとは篁は思っていなかった。

いや、ヤマとヤミを始めとして、篁ら冥府で獄吏として働いている者たちは皆、元々は人であり、多くは冥府の肉を食った者たちである。ただ、自分が現世で会っていた人の中に、同様の境遇を得ている者がいるとは思っていなかった。彦丸が島後にいた時と変わらず若い姿のままなのも、それで納得がいく。

「それならばお前も、私と一緒に冥府に来い」

阿古那や、あの女が産んだ我が子の末路を聞いても何も感じなかった篁だが、彦丸が自分と同じだと知り、俄然、親しみが湧いてきた。冥府に連れて帰れば、獄卒くらいは務まるだろう。

「お断りだ」

だが、彦丸はそれを拒否した。

「さっきも言ったが、俺はお前を許しちゃいない。冥府でお前の下働きなぞ、真っ平御免だ」

その言い口には引っ掛かるものがあった。

「冥府に行ったことがあるな？」

そうでなければ、下働きなどという言葉が出てくるわけがない。篁が判官として、冥府で双王に次ぐ地位にあることを知っているということだ。

「冥府の肉を口にした者は、必ず一度は呼ばれるのさ。俺は阿古那の亡霊に呼ばれた」

己も最初は、白鷺の声に誘われて冥府に足を踏み入れたのを篁は思い出した。

「双王にも会ったのか」

「あの双子の兄妹か？　何やら小難しいことばかり並べ立てるから、言っていることの半分もわからなかった。ありゃ何なんだ」

教養もなく、まだ若く、京から遠く離れた島で生まれ育った漁師では、あれが閻魔羅闍であったことにも気づかなかったらしい。それでよく現世に戻って来られたものだ。

彦丸が、手の内に握っていた小刀を逆手に持ち、篁に襲い掛かってくる。

素早く篁は後退り、刃は空を切った。

冥府の肉を口にすることによって、不老長寿が得られることは知っていたが、例えばそれが、人の手によって命を奪われたり、不慮の出来事によって命を落とすようなことがあった時にも同様なのかはわからない。もちろん、試したこともなかった。最悪の場合、手足や体の大部分を失った後も、その姿のまま永遠に近い時を生き続けるような事態もあり得る。

生きて動く骸たちに、何を目当てにするべきかはっきりと示すため、篁は彦丸を指差して再び真言を唱えた。それまでぼんやりと動き回っていた骸や白骨たちが、今やっと目が覚めたかのように彦丸の方に向き直り、群がり始める。

その動きは緩慢で遅かったが、とにかく数が多かった。たちまち、篁と彦丸との間に人垣のようなものが出来、お互いの姿が見えなくなる。

「逃げるなっ！　絶対に追い付いてやるぞ」

骸たちの向こう側から、彦丸の上げる怒号が聞こえてきた。

今度こそ篁はそちらに背を向け、足早にその場から立ち去った。

少し先に、幅三尺ほどの黒い穴が地面に開いているのが見えた。井戸のような形をしたそれに、篁は逃げるように飛び込んだ。

——まさかあの髪結いの男から、彦丸の消息を聞くことになるとはな。

菊之丞の楽屋を出て、山村座の廊下を歩きながら、そんな遥か昔の出来事を思い出していた篁は、低く唸り声を上げた。

四

——ねえ、おっ母《かあ》。私、どうやら好きな人ができたみたいなんだよね。

朧気《おぼろげ》だった目の前の光景が、だんだんとはっきりしてくる。

——こんなことになって、やっと気がついたよ。すごく優しい人なんだ。それに真面目で、将来は髪結いとして一本立ちするために、芝居小屋の床山部屋で修業したり、父親を手伝ったりし

て一所懸命に腕を磨いている。おっ母の周りにいつもいたような、腕っぷしだけが自慢の馬鹿や、

働きもせず酒を飲んでごろごろしているだけのような破落戸とは全然違うんだ……。

そこは、どこかの武家屋敷の中間部屋のようで、賭場が開かれていた。

お廉は九つか十か、まだそのくらいの子供の姿で、膝を抱えて部屋の隅に座っている。あまり柄の良くない連中が、目の前を行ったり来たりしているが、お廉に話し掛けてくる者はいない。

お廉の母親は、こちらに背を向けて、盆の胴元を張っている。片肌を脱いでいて、そこにはお廉の肩に彫られているのとそっくりの、手本引きの張り札を柄にした刺青があった。

——私はさあ、あんたのことが大嫌いだったんだ。私にまで、こんなみっともない刺青を彫りやがって……。

どういうわけか、お廉の目から涙が零れ始めた。悔し涙なのか、それとも死んだ母親の姿を目の当たりにしているからなのかは、自分でもわからなかった。

——なあ、おっ母。私が志道軒の爺いの娘だなんて、あれは嘘だろう？　私だってわかっている。爺いはいつも悪態ばかりついているけど、こんな私を相手にしてくれた。

ふと、背中を見せていたお廉の母親が振り向いた。顔のところは、何だか靄がかかったようにぼやけている。まだ死んでから一年ほどしか経っていないのに、もうお廉の頭からは、母親がどんな顔をしていたかの記憶も薄らいできている。

——何だか薄っぺらい人生だったなあ。

そんなふうにお廉は思った。志道軒の娘として暮らし始め、講釈小屋の木戸を手伝ったり、自分なりに考えて堅気相手に訴事解決のしのぎをしたり、仙吉のような人とも知り合って、これからいろいろと上向いてきそうな矢先だったってのに。

——おっ母、どうせあんた、今は地獄で責め苦を受けているんだろ？　私もたぶん、すぐにそ

っちに行くことになるわ。私はろくな育ちをしていないから、きっとそうに決まっている。

「この子は何も悪いことはしていないから、極楽浄土に送ってやりましょう」

そこで急に声が聞こえ、お廉は我に返った。

目の前には大きな丸鏡を抱えた女が座っていた。見慣れない仕立ての服を着ており、頭には冠らしきものを戴いている。奇妙なのは、その肌が墨を擦り込んだかの如く黒いことだった。

傍らには、笏のようなものを手にした男が座っている。こちらも同様の格好をしており、肌は墨色をしていた。二人とも顔つきは似ていて、ひと目で兄妹か双子だとわかる容姿をしている。

そこは床も天井も壁も冷たい石造りの建物で、だだっ広いその部屋の中央に、お廉はちょこんと膝を揃えて座っていた。

左右を見ると、他にも十数人、同じように検《あらた》めを受けている者がいた。裁きを言い渡されるたびに引っ立てられて行き、減った分、次から次へと新たに人が連れられてくる。女の持っている丸鏡が生前の様子を映し出すので、お白洲での裁きとは違い、裁かれる方は何ら申し開きなどは許されていない様子だった。

公事場《くじば》となっているその場所には、まるで舞台のように高くなった壇があり、手摺りが廻されている。墨色の肌を持った兄妹は、天蓋付きの玉座に並んで座っていた。その左右にも席があり、筆を手に証文らしきものを書き付けている者や、引っ切りなしに出入りする獄吏らしき者たちに何か指示を出している者もいた。いずれも役人風の格好をしており、お廉が想像していたような、角のある鬼の如き姿をした者は、少なくともここにはいなかった。

「ちょいと待っとくれ」

極楽浄土を言い渡されて、ぽかんとしていたお廉だったが、慌てて声を上げる。

「私と一緒に、平賀源内っていうお侍さん……というか何というか、何しているのかよくわからない人がいた筈なんだけど、その人は……」

市村座の東上桟敷五番から、お廉が飛び出した時、確かに源内の声がして、腕を摑まれた。その後は、源内のことは見かけていない。気がつけばお廉は、この場所に引っ立てられていた。

だが、壇上にいる者たちは、いずれもお廉の訴えなど聞いておらず、お互いにひそひそと何か話している。どうやらこの場で裁きを決める立場なのは、墨色の肌をした二人の片割れの男の方らしく、極楽浄土を促した女に、何か異議のありそうな様子の者が傍らに行き、小声で意見しているようだった。

「私は……その、地獄行きでもいいんだ。おっ母にもう一度会ってみたい気もするし、一人で責め苦を受け続けるのも可哀そうだし」

自分でも思っていなかったような言葉が口を衝いて出てくる。

「その代わり、源内がこちらに来ているなら、許してやってくれないか。嫌がるのを、私が無理やり誘って連れてきたんだ。あいつの分も罪を被れって言うなら、腹を括るからさ」

どう考えても己に不利なことばかり言っているが、昔から損得勘定ができないたちなのだ。

だが、壇上の者たちは、相変わらずお廉を無視して、何か話し合っている。

「ていうか、人が喋ってるんだから返事くらいしろよ！　私はそういうのが一番、腹が立つんだ」

そう言って立ち上がり、壇上に向かって歩いて行こうとしたが、集まってきた獄吏らしき者たちに、瞬く間に取り押さえられた。お廉がじたばたと暴れて喚いても、やはり壇上の者たちは一瞥もくれようとしない。

そこに今一人、烏帽子を戴いた判官らしき者が入ってきた。

傍らには、体に比して妙に頭のでかい、滑稽な顔立ちをした鯰髭の男を供に従えている。

判官らしき男は、墨色の肌をした二人に向かって拱手《きょうしゅ》すると、壇上に上がって帳面のようなものを捲り始めた。そして、眉根を微かに動かし、床に取り押さえられているお廉の方を見る。

「裁きを言い渡される前だったか。間一髪だったたな」

「誰だてめえ」

体の自由を奪われて興奮していたお廉は、そちらに向かって罵声を浴びせる。

「親に似て品のないことだ。彦丸……いや、志道軒の娘だな?」

「えーと、本当の娘かどうかは……」

言い返そうとして、思わずお廉は口籠もる。

「ヤミ様」

判官らしき男が、丸鏡を抱えている女に向かって促す。ヤミと呼ばれた墨色の肌の女は、丸鏡を自分の方に向け、鏡面をなぞるように指先を動かすと、判官らしき男に向かって頷いた。

「本当に娘のようだぞ」

「えっ、そうなの」

「とにかくお前の身柄は私が預かる。悪五郎……」

判官らしき男が、控えていた鯰髭に向かって何か言い付けようとした時だった。

建物の外が、俄《にわか》に騒がしくなる。そして轟《とどろ》くような犬の吠え声らしきものが届いてきた。

墨色の肌をした二人が、あまり慌てた様子もなく立ち上がり、壇上から去ろうとする。

にわかに、石造りの建物の中に反響するように、声が鳴り響いた。

「しばらく!」

それは、聞き慣れた深井志道軒の声だった。

床に取り押さえられたまま、お廉は声がした方に顔を向ける。

石造りの建物の入口に、願人坊主のような汚いなりをした志道軒が立っていた。

「久しぶりだなあ、弾正。いや、今は宰相とか呼ばれているのか」

そしていつもの講釈の時のような、よく通る声を上げた。

「彦丸か。老いぼれたな」

壇上にいた判官らしき男が、志道軒を見て吐き捨てるような口調で言った。

「その名前はもう捨てた。今は深井志道軒と呼んでもらおうか」

手にしている夫木を、もう片方の手で握って上下にしごきながら、志道軒が答える。手の中でしごくうちに、本物の魔羅が怒張するかのように夫木はどんどん大きくなり、血管のような筋が浮かんで赤黒く色合いを変えた。お廉は何やら恥ずかしくなって目を逸らす。

「この夫木の先っぽを、貴様の口か、けつの穴に突っ込んでやろうか、篁」

志道軒はそう言うと、棍棒のように太く長く変化した夫木の、亀頭の如く膨らんだ先端を、真っ直ぐに壇上にいる男へと向けた。

「相変わらず品のない」

篁と呼ばれた男が、不愉快そうに鼻を鳴らす。

壇上にいた者たちが、ぞろぞろと建物の奥へ引っ込んで行く。それと同時に、お廉を押さえつけていた者たちも離れて行った。

外からは、相変わらず犬の吠え声のようなものや、何か争い事が起こっていると思しき騒然とした物音が聞こえてくる。

「爺い、てめえ、どこをほっつき歩いていやがった。心配したんだぞ」

体の埃を払って立ち上がり、お廉は悪態をついたが、思いがけず目から涙が溢れ出てきた。

「おい、娘。あの仙吉とかいう髪結いの男に会いたければ、付いて来い」

「えっ」

それだけ言うと篁は背を向け、他の者たちと一緒にその場から去ろうとした。

仙吉の名を出され、お廉がどうしたら良いかわからず躊躇っている時、志道軒が床を蹴って走り出し、壇上に駆け上がろうとした。

その動きは俊敏だったが、立ちふさがるように悪五郎と呼ばれていた鯰髭の男が動いた。

邪魔だとばかりに志道軒は夫木を打ち下ろしたが、悪五郎はそれを軽々と前膊《ぜんはく》で受けた。

「宰相、どうされます」

「捻り潰せ」

足も止めようとせず、ほんの少しだけ振り向いて篁が声を発した。

その声を聞いた途端、悪五郎の頭が一瞬で大きく膨らみ、顔が上下に割れたのかと思うほどの大口を開けて、志道軒に向かって鯨波《げいは》のようなものを吐いた。

まともにそれを食らった志道軒の体が宙に浮き、お廉の目の前まで吹き飛ばされてきて、床に打ち付けられて毬のように何回か弾む。少し遅れて、志道軒が手にしていた夫木が、からんからんと音を立ててお廉の足元に転がってきた。

悪五郎が、腰の大刀を抜きながら近づいてくる。咄嗟にお廉は夫木を拾い、受け太刀するつもりでそれを構えた。志道軒を守るために立ち塞がったお廉に、悪五郎の刀が振り下ろされようとした時、建物の入口から咆哮が聞こえてきた。

振り向くと、そこには巨大な黒犬の姿があった。縦横に三間はあろうかと思われる入口を殆ど塞ぐような大きさで、口には表で争っていた獄吏と思われる者を咥えている。

頭を一振りしてそれを放り投げると、黒犬は勢いで入口の一部を壊しながら、体を低くして建物の中に侵入してきた。

「武太夫さん！」

背中に乗っている者の姿を見て、お廉は叫ぶ。

不思議と、その黒犬の化け物から怖さは感じなかった。

「お廉！　それに志道軒殿」

武太夫が黒犬の背中から飛び降り、お廉と、床に倒れたままの志道軒の元に駆け寄る。武太夫も行方が知れなくなっていると源内から聞いていたが、やはりこちらに来ていたのか。

志道軒は、姿を現した時の勢いだけは良かったが、悪五郎に吹き飛ばされて床で強《したた》かに体を打ち、完全に気を失っている。

「山本五郎左衛門ではないか。嬉しいぞ。ここまで追いかけてきたか」

悪五郎の方は、志道軒を捻り潰せと篁から命じられたのにも拘わらず、もうそのことを忘れているようだった。眼差しは、まっすぐに五郎左衛門と呼ばれた黒犬の方に向けられており、こちらは眼中にもない。

「ひと先ずここを出よう」

武太夫はそう促すと、志道軒を軽々と肩に担ぎ上げた。

お廉は迷った。付いてくれれば仙吉に会わせてやると言われたが、肝心の篁の姿はもう見当たらない。

「あれはいったい何なんだ」

じりじりと悪五郎との間合いを詰めている黒犬を指して、お廉は問うた。

「後で教える。とにかく今は……」

武太夫が言いかけた時、突如、建物全体が地震に見舞われたように大きく揺れた。

それはお廉が経験したことのないような揺れだった。地面が波打つように上下に動いている。

志道軒を担いでいた武太夫は、その揺れで足を縺《もつ》れさせたが、何とか踏ん張った。

激しい揺れのせいで、石造りの建物の柱や壁に、音を立てていくつもの大きな亀裂が走る。

お廉が目を向けると、悪五郎は大きく足を開いて、まるで相撲取りが四股を踏む時のような体勢で、袴穿きの足を大きく振り上げているところだった。

その足の裏が力強く地面に叩きつけられると同時に、再び大きな揺れが建物を襲った。悪五郎がいる場所を中心に地面に波紋が生じ、揺れを大きくしながら建物全体に広がっていく。

黒犬の方は、床に伏せるような低い姿勢を保って、揺れに抗っていた。

砕けた石の破片が天井から降ってくる。建物に残っていた獄吏たちが、慌てて逃げ始めた。

「まずい。屋根が落ちてくるぞ」

揺れの余韻に翻弄されながら、何とか外へと飛び出す。

お廉はこの建物までどうやって連れて来られたか覚えていなかったが、表には見渡す限り曠野《こうや》が広がっていた。

少しでも遠ざかろうと必死に走っている最中、がらがらと崩れ落ちる大きな音がして、お廉はつい今しがた出てきた建物の方を振り向いた。

屋根を突き破り、鯨の如き大きさの鯰が、もんどりうって姿を現したところだった。粘液でぬめった体をくねらせ、そのまま上空へと泳ぐように昇り始める。

続けて崩れた屋根の一角から、先ほどの黒犬が飛び出してきた。体の大きさは変わっていないようだが、今はこちらの方が小さく見える。

建物の上空を旋回しながら泳いでいる大鯰に向かって、黒犬は崩れた屋根の一角を蹴って飛び掛かろうと何度か試みていたが、もうちょっとというところで届かない。

何度目かに着地に失敗し、黒犬が均衡を崩したところを狙って、大鯰が餌の小魚にでも食らいつくかのように大口を開けて襲い掛かる。素早く黒犬がそれを避け、空振った大鯰が建物に激突する度に、また音を立てて崩れた。

何回か攻防を繰り返すうちに、とうとう黒犬が、その大きな口に捕らえられた。

「あの黒犬は、小槌に姿を変えていた山本五郎左衛門殿だ」

武太夫が何を言っているのか、一瞬、お廉はわからなかったが、すぐに思い出した。以前に武太夫が市村座の奈落で、水虎を取り押さえる時に使っていた退魔の小槌のことだろう。

黒犬は、すでに体の半分ほどを大鯰に呑み込まれていた。前脚に生えた鋭く長い爪で、必死に大鯰の顔を引っ掻いているが、粘液で滑るのか、まったく傷つけることができない様子だった。

咥えている黒犬を弱らせるためか、大鯰が何度も大きく頭を振る。そして一気に地上まで落ちてくると、体をくねらせて、黒犬の頭を地面に打ち付けながら転がりまわる。黒犬はそれで目を回したのか、次第に動きが鈍くなってきた。

やがて、まだ残っていた黒犬の頭と前脚が、閉じられた大鯰の口から吸い込まれると、やっと大鯰は大人しくなった。地面に仰向けになったまま白い腹を上下し、鰓を開閉して荒く息をしている。

その時、低い呻き声を上げながら、武太夫に担がれたままの志道軒が目を覚ました。

「爺い、大丈夫か」

「おのれ、またも不覚を取った」

お廉の問いかけに、志道軒が掠れた声で返事をする。

武太夫が下ろしてやると、志道軒は足をふらつかせながら、お廉に向かって手を差し出した。

「それを寄越せ」

お廉は、自分がずっと夫木を握りしめたままだったことに気が付いた。いつの間にか、魔羅が萎えるかのように元の大きさに戻っている。

お廉が夫木を渡すと、また形を変え、ちょうど杖のような長さになった。それを両手で摑んで頼りにしながら、志道軒が横たわったままの大鯰の方へと歩いて行く。

武太夫が、腰に差した刀の柄を握り、それに続いた。

お廉もおっかなびっくり、一番後ろから付いて行く。

近づくと、大鯰は先ほどより体が縮んできているようだった。空中を泳いでいた時は、十間はありそうだった体軀が、今はその半分以下になっている。

「は……腹が痛い……」

苦しげなその声音から察するに、先ほど悪五郎と呼ばれていた男が姿を変えたものらしい。

悪五郎は仰向けになったまま、今や陸に引っ張りあげられた瀕死の魚のようになっていた。少なくとも、いきなり起き上がって襲い掛かってきそうには思えない。

よく見ると、白い腹の胃袋があると思しき場所が、激しく蠢いている。

「後先考えずに飲み込んだのか」

武太夫が呆れたような声を上げる。

「何だ、この大鯰は」

志道軒が訝しげな表情を浮かべて武太夫に問う。

「拙者には縁のない相手だが、拙者の持っていた小槌に因縁のある化け物だ」

言いながら、武太夫は腰の刀を抜いた。

「五郎左衛門殿、今、こやつの腹を切り裂いて助けてやるぞ」

その言葉を聞き、大鯰が頭の側面についた小さな眼を見開いて、再び動き出した。長い尾鰭を激しく振って、武太夫の手に握られている刀を、必死に弾き飛ばそうとする。

その時、悪五郎が苦しげに何度も音を立てて噯気《げっぷ》を漏らした。

生温かく、そして生臭い息が、ふわっとお廉のところにまで届いてくる。

続けて粘液にまみれた毛むくじゃらの獣の前脚がその口から覗いた。力ずくでこじ開けるように大鯰の口を開き、続けてずるりと黒犬の頭が出てくる。息ができず我慢していたのか、顔を出した途端に黒犬は大きく口を開けて何度も空気を吸い、ひと声大きく吠えた。

飲み込んだ時よりも体が縮んでいたため、悪五郎の方は、殆ど顎が外れんばかりである。いや、黒犬が肩を抜き、腰の辺りまで出てくると、実際に口が裂けて血が流れ始めた。悪五郎は苦しさに堪えるためか体をくねらせ、びちびちと尾鰭で地面を叩いている。

見ているうちに、お廉もつられて吐き気を催してきたが、やがて黒犬は全身を出し、体を震わせて粘液を飛び散らせ、払おうとした。こちらもだいぶ弱っており、頻りに浅く息をしている。

武太夫が、悪五郎に止めを刺すべく刀を振り上げる。

その時、不意に大鯰が、口の中から大量の蚯蚓《みみず》を吐いた。

「きゃあああああっ」

まるで娘のような甲高い悲鳴を武太夫が上げた。

お廉はその声に驚いて飛び上がりそうになる。

この隙を突き、大鯰が大きく跳ね上がり、刀を構えていた武太夫に大口を開いて襲い掛かった。

武太夫は恐慌をきたしており、飛びかかってくる大鯰に向かって出鱈目に刀を振り回す。

止めを刺そうとしていた刃は、大鯰の口に対になって生えている髭の、片側の二本を切り落とすに止まった。

髭を失ったからか、大鯰は、まるで酔ったかのように体の均衡を失い、大きく蛇行したり地面にぶつかったりしながら、宙を泳いで逃げて行く。

そのまま武太夫は、ばったりと仰向けに倒れ、口から泡を吹いて気を失ってしまった。

「いったいどうしたんだ、こいつは」

それを覗き込み、志道軒が言う。

「さあ……」

まさかとは思うが、大鯰の胃の中に収まっていた蚯蚓のせいか。

そして、傍らに同じように倒れている黒犬の体が、みるみる縮みながら形を変え、やがて一本の小槌となった。

五

「さあ、源内さん、あなたにはここでひと働きしてもらいますよ」

わけもわからぬままに源内が連れて来られたのは、芝居小屋の作者部屋らしき場所だった。

市村座の東上桟敷から、お廉の腕を摑んで一緒に転げ落ちた後、気づけば源内はこの山村座に連れて来られていた。色の黒い、兄妹と思しき二人に何やら言い渡されたような気もするが、記憶が覚束ない。お廉とは完全にはぐれてしまった。

「さて、山村座では今、江島生島事件を元にした世話物をやっていましてね」

この山村座が廃座になるきっかけとなった、大奥を巻き込んだ大事件だ。それをこの冥府の山村座で演じようとは、何という諧謔であろう。

「いや、しかし拙者は……」

「まさか断りゃしませんよね」

ぐっと顔を突き出し、鋭く見つめてくる眼差しに、源内の背筋が粟立った。

本物だ。間違いない。この男は二代目市川團十郎だ。ひと睨みしただけで飛んでいる鳥を落とすほどの、この射貫くような眼光は、かつて源内が舞台を観た時にも感じたものだ。

だが、源内が実際に自分の目で見た團十郎の役者姿は晩年のものだ。今、目の前にいるこの男は、どう見てもまだ二十代の若さだが、確かに團十郎の面影がある。そして身に纏っている存在感は、芸を成熟させた晩年のものだった。若さと技、その両方が漲っている。

「実を言うと、これは志道軒さんの発案なんですよ」

ふっと表情を緩めて團十郎が言う。

「私は生前に一度だけこっそりと、志道軒さんの講釈小屋を訪ねて行ったことがあります」

團十郎ほどの人気者が、あの小さい講釈小屋にお忍びで出かけていたのは意外だったが、まあ驚くほどのことではない。かつて二代目團十郎と深井志道軒は、江戸で人気を二分するとまで言われていたことがあるのだ。

「志道軒さんの方は、すぐに私に気が付きましてね。演台に夫木を叩きつけると、この戯場國の山村座について語り出した」

志道軒の講釈は自由自在で、その日の客層に合わせて猥談や世相の噂のような下世話な話から、怪談奇談、古事や軍談、果ては説法のようなものまで多岐に亘る。見物客の中に團十郎の姿を見つけたからこそ、そんな話題に変えたのだろう。

「江戸で人気の二代目團十郎も、お不動様の加護もなく、いずれ戯場國に堕ちるであろう。その時はこの志道軒が、あの世まで草履をつっかけて訪ねていくから待っていろ。そんな風に語っていましたねえ」

志道軒の講釈の口調を真似、ふざけた様子で團十郎が言う。

「客のうちの何人かは、絡まれているのが私だってことに気づいていました。私も役者の端くれですからね。言われれっ放しですっこんでいるわけにはいかない。だからこう切り返しました。私が戯場國に堕ちるなら、是非とも舞台で刺されて死んだ父の仇を討ちたいものだ。ひとつその時は知恵を貸してくれ。そう口にしたら、客は大喜びですよ。壇上の志道軒さんは、苦虫を嚙み潰したような顔をしていましたがね」

團十郎は肩を竦める。

「その時は、話に聞いていた志道軒の客いじりにあったと思っただけでしたが、まさか本当に訪ねてくるとは思っていませんでしたよ」

「この山村座に志道軒殿が……？」

正直、源内は以前に志道軒が語った島後での篁との因縁話も半信半疑だった。水虎の姿を見ていなければ、頭から絵空事だと捉えていた筈だ。

「冥府に足を踏み入れるのは数百年ぶりだと言ってましたよ。あの人は、どうやら宰相とは犬猿の仲のようですね。冥府ではいろいろと分が悪いから、現世に留まっていたようだが……」

團十郎は身を乗り出し、源内の目と鼻の先まで顔を近づける。

「あれはどうやら宰相と同じ類の人らしい。空井戸が開く場所を自ら察し、現世と冥府との間を行き来することができる。最初はただの化け物騒ぎだろうと志道軒さんは思っていたようだが、市村座の菊之丞の楽屋で水虎の話を聞くうちに、この一件に宰相が絡んでいることを確信した」

そういえば、志道軒が島後でのことを語り出したのは、その席でのことだった。

志道軒が姿を消したのはその直後だと、お廉からは聞いていた。

「先ほど、江島生島事件を芝居にしようというのは志道軒殿の発案だと言っていたが……」

「そうです。宰相は今や、冥府判官として双王に次ぐ地位を得ている。現世にはいつ現れるかもわからない。これでは真正面からやり合うのは難しい。そしてここには、幸いにというか不幸にというか、あの事件に絡んだ者たちが揃っている。似たような筋書きや境遇の持ち主を絡めて新しい話を作り上げるのは芝居の常套手段だが、江島の恋路の話は、宰相にそれと知られずに、白鷺との物語を織り込む隠れ蓑には、ちょうどいいんですよ。……まあ、これは志道軒さんの受け売りですがね」

この世話物の芝居には、どうやら何か企みがあるらしい。

「芝居の方は、私と江島様が、大茶屋の一階で情を交わすところまで進んでいる。江島は路考さんが演じているが、清五郎さんの台本の出来がまずくて、途中、何度も路考さんは役に入り込めず、いいところで我に返ってしまう」

「清五郎とは、中村清五郎のことか？」

だとすると、江島生島事件に連座して島流しになった戯作者だ。

「ええ。だがもう首にしました。私は仕事のできないやつが嫌いでしてね」

「路考は……やはりここにいるのか」

「すでに身上書も交わしてしまっています。いずれ宰相が、路考さんの体を女に変える方法を見つけたら……いや、そんなものがあるのかどうかは知りませんがね、それを見つけるなり宰相が諦めるなり何らかの形で済めば、水虎は冥府に呼び戻され、路考さんは亡者となって現世には戻れなくなるでしょう」

源内は唸る。これは思っていた以上に差し迫った状況かもしれない。

「ところで私は、もうこの山村座からはおさらばしたいと思っているんですよ」

「どういうことだ」

「新五郎の兄さんは、若い頃に遠島の裁きを受けて役者を廃業することになったから芝居にも未練があるんでしょうが、私の方は、もう懲り懲りなんですよ。何で自分がここに堕ちたのかもよくわからない。だからこれは、芝居とは別の未練によるものだと考えた」

「別の未練？」

「父の仇ですよ。初代團十郎を殺したのは新五郎のやつだ。私はその仇を討つために心を殺して新五郎の弟子となり、仇を果たす機会を窺っていた」

「江島生島事件は、お主が新五郎を嵌めたということか？」

「新五郎はそう思っているでしょうね。だがあれは偶然だ。私が仇を討つ前に、新五郎は三宅島に流されてしまった。私に芝居への未練があるとすれば、それだけが唯一の未練だった」

宰相に一矢報いたい志道軒、山村座を去りたい團十郎。その利害が一致したということか。

「だが、さっきも言ったように路考さんは、今ひとつ江島の役に入りきれぬ様子。それを八重桐が、虎視眈々と江島の役を狙っているというような按配で……。もし平賀源内という男がこちらに来たら、戯作を任せてみてもいいと言っていたのも志道軒さんです」

ずいぶんと買い被られたものだ。『風流志道軒伝』を書いた時は、すっかり怒らせたかもしれぬと思っていたが。

源内は部屋を見回す。どうやら清五郎は、一人部屋としてこの広い作者部屋を与えられていたらしい。

文机《ふづくえ》の上には硯と何本かの細筆が置いてあり、部屋の壁は一面が棚になっていて、大量の書物が重ねて置いてあった。源内がよく出入りしていた貸本屋の岡本利兵衛の住まいも、たいがい書物だらけだったが、ここにはその何倍もありそうだ。

「清五郎さんの台本は、江島が伝馬牢で責め苦を受けるところまで仕上がっています。源内さんには、高遠配流の場面からお願いしましょうか。ここには戯作のために必要なあらゆる書物が揃っています。それから源内さん、あなたに一つお願いがある」

立ち上がって壁際にある棚まで歩いて行くと、團十郎は書物を手にして捲り始めた。

「志道軒さんには内緒だが、私は宰相もこの芝居で救ってやりたいと思っているんですよ。宰相は、あまりにも長く妹君の姿を求めて生き続けている」

そして團十郎は口ずさむように唱えた。

「『消え果てて身こそは灰になり果てめ夢の魂君にあひ添へ』……。哀しい歌じゃありませんか。私の考えるところ、その歌の通り、宰相の妹君の魂は灰のように消え果て、現世にも冥府にも残っていない。冥府判官として閻魔羅闍に仕えているあの人が行方を知れないのだから間違いないでしょう。だからこそ転生を信じ、路考さんの『鷺娘』を観て、これこそ妹の生まれ変わりなどと思い込もうとする。あの人は、周りの者や本人が思っているよりも、ずっと俗な人ですよ。だからこそ憐れだ」

團十郎は頭を左右に振る。

「宰相が、路考さんを妹君の生まれ変わりと思っているのなら、それを利用して路考さんにひと芝居打ってもらおうと思っています。清五郎さんでは筆も遅いし才気も足りなくて重荷だったが、源内さん、あなたならできそうだ」

團十郎が何を企んでいるのかはわからないが、何やら大役を与えられたような気がして、思わず源内は背筋を伸ばした。

「あなたたちは路考さんを連れ戻しに来たんでしょう？　身上書を取り戻すのは難しいが、それを握っている宰相が諦めてしまえば、そこに書かれた取り交わしなど無効です」

源内は、一つだけ気になっていたことを口にする。

「どうしてお主はこの山村座……戯場國から去りたいと思っているのだ」

それが不思議だった。ここを去れば地獄の業火に焼かれることになるかもしれない。役者ならずっと芝居を続けたいと思わないのだろうか。たとえ未来永劫、それが続くのだとしても。

だが、團十郎は書物を閉じて振り向くと、笑顔を浮かべ、源内に向かってこう言った。

「決まっているじゃないですか。私は芝居が嫌いなんですよ」

六

私は今、江島を演じている。

眠気に抗えず、うつらうつらと体を前後に揺らしながら、菊之丞はそんなことを考えていた。

江島の境遇をなぞらえつつも、己が菊之丞であることを自覚している。

正月十二日に御代参の後、山村座に芝居見物に出かけた江島以下数十人の奥女中らが、早朝から大奥の御広敷に集められたのは、それから半月ほどが経った、正徳四年（一七一四）二月二日のことであった。言い渡されたのは永の暇《いとま》、要するに大奥からの追放である。

「遊山所へまかり越し、役目を怠ること不届《ふとどき》」というのが、その理由だった。

山村座の下桟敷にいた薩摩藩士と揉めた一件が、巡り巡って老中の耳に入ったのである。そこから門限破りが明らかになり、供についていた御徒目付が、大茶屋での江島の密通の疑いを告げた。但し、相手が誰だったのかまではわからず、おそらくは生島新五郎であろうと誤解された。

江島らは罪人の如く手に縄を打たれて引っ立てられ、江戸城平川門から退去させられた。

平川門は、通称不浄門とも呼ばれ、城内に溜まった糞尿の搬出のほか、罪人や死人を外に出す際に使われる門である。外に出る前に手縄こそ外されたが、定法により江島ら奥女中たちは、白無垢一枚に素足という姿で放り出された。

まだ寒いみぎりである。門の外には数日前に降った雪が溶け残っており、そのような薄着では、立っているだけで体中に鳥肌が立った。

周囲を見渡せば、一緒に門を出た若い奥女中らが、ある者は表情を失って呆然と立ち尽くし、ある者は地面に座り込んで涙を流し、また別の者はお互いにしがみつき合って泣き叫び、惨憺たる様相を呈していた。

その中に、江島は見知った顔を見つけた。

同じ大奥御年寄で、あの日は江島とは別に寛永寺に代参していた宮路という奥女中である。

ああ、八重桐さんは宮路の役なのね。

芝居がかった様子で大袈裟に泣き叫んでいる宮路を見ながら、冷めた気持ちで江島を演じる菊之丞はそう思った。

御半下らの若い女中たちは、このまま歩いて生家などに戻るのであろうが、江島には門前に駕籠が用意されていた。それは大奥で権勢を振るっていた江島への配慮というよりは、堀に飛び込んで自死したり、万が一にも逃げたりしないようにという用心であろう。

待ち構えていた六尺《ろくしゃく》らに両脇を抱えられ、素足のまま木橋を渡ると、江島は駕籠に放り込まれた。行く先は兄である白井平右衛門の居宅である。江島はそこで一時お預かりとなり、改めて取り調べが行われると言い渡されていた。

駕籠に揺られ、長らく暮らした江戸城から離れながらも江島がその心に浮かべていたのは、長局向の部屋で飼っていた、鞠と名付けた白黒斑の子猫の世話を、誰かが代わりにやってくれるであろうかという心配だった。

すぐに取り調べがあるかと思っていたが、実際に江島が牢屋敷に引っ立てられたのは、それから二十日も過ぎた二月二十二日のことだった。

ずっと座敷に押し込められていたので、江島は外で何が起こっていたのかはわからない。ただ、兄の平右衛門も取り調べに連れて行かれ、そのことからも事態は大事になっていることが感じられた。気に掛かっていたのは、大茶屋で逢瀬を交わした團十郎のことである。

不思議な心持ちだった。あの時、自分は己の股の間に男の物が生えていることに驚き、気を失ってしまったが、その記憶と、江島の持っている記憶のようなものがないまぜになっている。

譬えるならば、器になった気分だった。二代目瀬川菊之丞という器があり、そこに江島の心と記憶が水のように注がれているというような感じだろうか。

ぼんやりとそんなことを思い浮かべながらも、江島はまた、眠気でうつらうつらとなる。寝かさぬようにと、すぐさま肩や背中に容赦なく笞《むち》が打たれ、頭から冷水が浴びせられる。

江島はもう三日三晩に亘って、うつつ責めを受けていた。不寝問である。最初のうちは笞の痛さに呻き、凍るような冷水に震えて歯を鳴らしていたが、丸一日を過ぎる頃には、もう体の方は何も感じなくなっていた。眠らせてもらえないことの方が、遥かにつらい。

一方で、菊之丞の魂は、どこか冷静に己の置かれている状況を見つめている。

水に濡れて張り付いた浅葱色《あさぎいろ》の麻の単衣は、客の目に艶っぽく映っているだろうか。乱れた髪の様子は。口から洩れる嗚咽《おえつ》と呻き声は。白い肌に浮かんだ笞打ちの痣の色合いは。凄惨であればあるほど、その哀しみは色濃くなる。

生島新五郎も、この伝馬牢の別の場所で詮議を受けているらしい。新五郎はそれに堪えかね、すでに口を割って江島との密通を認めたと牢役人は言った。それが本当なのかどうかはわからない。江島に白状させるための方便かもしれないし、これだけの責め苦を受ければ、楽になるために身に覚えのないことも認めてしまうかもしれない。

だが江島は、牢役人たちの責めに、一切口を開かずに堪え続けていた。

團十郎が何かしらの取り調べを受けているかどうかはわからないが、本当のことを言うわけにはいかなかった。そして、実際には何もなかった男との情事を認めることは、どれだけ責められても江島の心が許さなかった。

再び激しい眠気に襲われ、江島の体が前へ後ろへと揺れる。

大きな音を立てて笞が振り下ろされ、桶で冷水が浴びせられる。

その時、江島は、いや、菊之丞は誰かが啜り泣く声を聞いた。

薄目を開いて周りを見回しても、そこは薄暗い伝馬牢の責め部屋である。だが、確かにたくさんの人の気配が感じられた。

ああ、この芝居を見物している客たちが、私に同情して泣いている。

そう思った途端、怒濤のような快楽が湧き上がってくる。

また笞が打たれ、啜り泣く声が、さらに大きく増した。

冷水が浴びせられ、江島は石床に倒れる。

さあ、もっと私を憐れに見せておくれ。

泣き声にまじって、牢役人を非難する客の野次が聞こえてくる。

床に横たわって痙攣するように震えながら、江島を演じる菊之丞は、誰にも見えぬように口元に薄ら笑いを浮かべた。

菊之丞がもらっている台本は書き抜きだけだから、この先の物語がどうなっているのかはわからない。だが次は、おそらく高遠配流の場面だろう。

仙吉さんに、乱れたこの鬘を、見違えるように綺麗に結ってもらわなければ。

ふと菊之丞は、戯場國に堕ちるとは、このようなことなのだろうかと思った。

七

深井志道軒が仏道に入ったのは、信心からではない。

不老長寿の身に於いて、僧形は何かと都合が良かったからだ。

隠岐の島後を出て京に至り、まず第一に志道軒は頭を剃って乞食坊主のような風体になった。その頃の京には、同様の姿の者が多かったからだ。

贅を尽くして暮らす貴族どもの生活に較べ、庶民の暮らしはあまりにも貧しく、飢えたる者、持たざる者は食い扶持《くぶち》を求めてさらに京へと集まってくる。

篁の居所を摑むまでには、一年も要さなかった。

すでに篁は官職を辞しており、頻繁に京郊外にある愛宕寺に赴いているという。

志道軒はすぐに思い当たった。おそらく篁も、あの世とこの世を行き来しているのだ。現世と冥府との距離は、人が思っているよりも、存外に近い。

志道軒が初めて冥府に誘い出されたのは、まだ島後に住んでいた時だった。

嵐の夜で、舟小屋の中まで風雨や砕けた波飛沫が吹き込んできており、とても寝ていられるような様相ではなかった。ずぶ濡れのまま筵《むしろ》にくるまり、寒さで歯の根も合わぬまま、一睡もできずに夜が明けようかという頃だった。

まだ彦丸を名乗っていた志道軒は、急激な睡魔に襲われた。そのまま目を閉じれば、おそらく体が冷え切って死んでしまう。そう直感したが、眠気には抗えなかった。

うつらうつらとした微睡みの中で、彦丸は暗闇に立つ阿古那の姿を見た。胸元には、阿古那が産んだ篁の子が抱かれている。

ああ、これは死んだなと彦丸は思った。阿古那が、あの世から迎えに来たのだと思ったが、不思議と安らいだ気分だった。

阿古那は無表情だったが、その胸の中にいる、まだ二歳ばかりの篁の子が、くすくすと笑いながら手招きをしている。背を向けて歩き出す阿古那の後を、彦丸は付いて行く。

そこで目が覚めた。

途端に激しい雨に晒され、風に押されて体がぐらついた。一瞬、彦丸は自分がどこに立っているのかわからなかった。

辺りは真っ暗で、轟々とうねる風の音の他は、木々の枝が擦れ合う音しかしない。

だがどうやら、そこは舟小屋からほど近い、屋那の松原だと気付いた。八百比丘尼が一晩で植えたと言われている松林だ。

自分は阿古那に誘われるままに舟小屋を出て、こんなところまで眠りながら歩いてきたのか。

途方に暮れる思いで辺りを見回した彦丸の目に、奇妙なものが飛び込んできた。

井戸だ。

辺りは全き闇の筈なのに、その井戸だけが松の木の根元に青白く浮かび上がっている。

そんなところに井戸などなかった筈だ。いや、井戸に似た何か違うものなのだろうか。

強風に体を持っていかれそうになるのを堪えながら、彦丸はそちらに向かって歩いて行く。

そして井戸を覗き込んだ時、髪の毛を摑まれて一気に中に引き摺り込まれた。

「阿古那」

思わず彦丸は呟く。落ちていく時、確かに彦丸は阿古那の姿を間近で見た。顔は白く膨らんでおり、髪の毛はごっそりと抜け落ちていて、眼窩は虚ろだった。それは水死した骸を思わせた。

ああ、そういえばお前は海に身を投げて死んだんだっけ。

不思議と恐ろしさは感じず、彦丸は自分の髪の毛を摑んでいる阿古那の体を引き寄せた。その胸元には、やはり死んでしまった篁の子の骸があった。彦丸は二人をいっぺんに抱き締める。自分は何もしてやれなかった。

「冥府の物を口にした者は、冥府の時に支配されます」

不意にまた、時が飛んだかのように彦丸は感じた。

彦丸は、島後では見たことのない立派な御殿の広間の中にいた。

目の前には、御簾の掛かった一段高くなっている一角があり、道服に似たものを身に纏い、頭に幞頭を戴いた、黒い肌をした若い男女が座っていた。

「不老不死というわけではないが、あなたは常の人の十倍も百倍も生きることになるでしょう」

彦丸は、うわの空で女の話に耳を傾けた。話していることの半分も理解できなかったが、何となく、己は死んだわけではないこと、現世と冥府との間を行き来できること、そして気の遠くなるような長い年月を生きなければならないらしいということはわかった。

「死んだ阿古那に会わせてくれないか」

話にひと区切りがついた時、彦丸の口から出たのはそんな言葉だった。

だが黒い肌をした兄妹と思しきその男女は、彦丸の問いに答えようとする素振りも見せない。

次に声を発したのは、笏のようなものを手にしている男の方だった。

多くの場合、冥府の生き物の肉を口にした者は、そのあまりに長い命が重荷となり、やがては生きていくのがつらくなって、現世を捨てて冥府で獄吏などとして働くようになるらしい。

思っていたよりも、彦丸と同じような境遇の者は多いようだった。

彦丸は迷った。現世にはさほど未練はない。生きていても、あまり良いことはなさそうだ。ならばいっそ、冥府に移り住んだ方が、阿古那や死んだ子の近くにいられるのではないか。

そう思った時、不意に彦丸は思い出した。

「あの怪魚の肉を、一緒に食った男がいる」

弾正のことだ。

あの男も同様に冥府に誘われているかもしれない。

「篁のことを言っているのなら、今は冥府判官として、現世との間を行き来している」

「じゃあ、俺がここに留まるとしたら、あの野郎の下で働くことになるのか」

男が頷いた。それで彦丸の心は決まった。

「ふざけるな。だったらお断りだ。俺は帰る」

そう啖呵を切って立ち上がったものの、どうやってここに来たのかも思い出せず、彦丸は辺りを見回す。

「どっちへ行ったら現世なんだ」

困った末に、肌の黒い男女にそう問うたが、二人はひそひそと何か相談事らしきことをしていて彦丸には見向きもしない。それが無性に腹が立った。先ほどから伝えたいことだけを一方的に伝えてくるだけで、彦丸からの問いには殆ど答えようとしない。

憤りを感じながらも彦丸は御殿の外に飛び出したが、そこでまた不意に気を失った。次に目覚めた時、彦丸は屋那の松原に倒れており、嵐はすっかり過ぎ去っていて、雨過天晴《うかてんせい》の澄み切った青空が広がっていた。

それから暫くの間、志道軒の生きる目的は、阿古那と死んだ子の無念を晴らすため、篁の命を奪うことに定められた。

やがて、小野篁という人物は、現世では没したということになった。京の洛中から愛宕寺まで付けて行き、実際に襲い掛かったこともある。

無論、それは偽りで、現世を捨て、冥府に居所を移したのだろうということは察せられた。

そうなると、現世を生きる足場にしている志道軒とは、顔を合わせる機会は殆どなくなる。数十年に一度は、冥府に誘うように、例の空井戸の如きものに引き寄せられることはあったが、志道軒は足を踏み入れることを拒み続けた。

それから百年二百年と生きながらえるうちに、自分も少しずつではあるが年を取っているということに志道軒は気付いた。常人よりも遥かに遅くではあるが、長寿ではあっても不老ではなく、そのことに志道軒は安堵していた。篁がまだ若い姿のままなのは、冥府で過ごす時間の方が長かったからだろう。

恨み辛みや怒りというものは、時を経てもなかなかすり減らないものだが、さすがに何百年も生きているうちに、弾正に抱いていた感情も、いつの間にか薄らいでいた。

達観し始めると不思議なもので、一年がまるでひと月のように、十年がまるで一年のように短く感じられるようになる。

人々が不毛な戦を繰り返し、天災や飢饉が幾度となく襲い掛かり、命がたやすく消えては生まれてくる。そんな光景が、志道軒の眼前を目まぐるしく通り過ぎていく。それはまるで、夏の夜市で見かけた回り灯籠によく似ていた。

ある時期から、志道軒は宗派を構わず繰り返し仏門に帰依するようになった。出家しては破戒破門を繰り返し、ほとぼりが冷めたころに、また別の場所で別の名を使い、出家する。

一つところに長居したり誰かと長く付き合うことができなかったからだ。島後の漁師だった志道軒も、長く生きているうちに嫌でも知恵が付き、読み書きを覚え、有り余る時間を持て余して多くの書に目を通した。浅草寺での狂講で、志道軒の話題が尽きないのはそのためだ。

最も近いところでは、志道軒は神田橋外にあった護持院《ごじいん》で納所《なっしょ》を務めていた。将軍綱吉に大いに庇護を受けた隆光《りゅうこう》僧正が、神田橋外に開山した寺である。

信心のなかった志道軒も、同じことを繰り返しているうちに、人の信頼を得る術にも長けるようになっていた。

納所とは寺の金の出納《すいとう》や雑務などを引き受ける役職である。綱吉の治世の頃の護持院は、飛ぶ鳥も落とす勢いの羽振りの良さだった。付け届けなども多く、志道軒はこれを要領良く懐に入れたり、こっそりと経典や諸道具を売り払ったりして財を貯め込み、女色に耽《ふけ》るなどの爛《ただ》れた生活を送っていた。

だが、五代綱吉が没すると、その威光を大いに受けていた隆光僧正も次第に力を失い、寛永寺と並ぶほどの規模を誇っていた大伽藍が焼失すると、やがて名も廃れた。

この享保《きょうほう》二年（一七一七）にあった火災の時に焼け死んだふりをし、新たに生まれ変わったつもりでそれまで使っていた名を改め、志道軒と名乗り始めた。

豊島町《としまちょう》に居を構え、願人坊主に身をやつしたが、護持院からちょろまかした金をだいぶ隠し持っていたので、当面の間は生きるのに困ることはなかった。

それから暫くの間、志道軒は宮地を巡って辻講釈し、投げ銭を得る生活を送っていた。今の狂講の先駆けである。

その日、志道軒はかつて護持院があった場所に足を向けた。焼け跡は火除明地《ひよけあきち》となっており、護持院ヶ原と呼ばれていた。

昼日中は人気《ひとけ》もないこの野っ原には、日が傾き始めると人が集まってくる。

かつて大伽藍が建っていたこの場所は、今となっては、浪銭《なみせん》六孔ばかりの安値で体を売る夜鷹《よたか》たちが客待ちをする悪所となっていた。それを目当てにした男たちの他にも、蕎麦を売りに来る担い屋台や、志道軒のような辻講釈の芸人、人形回しや太鼓叩き、果ては施しを求めて乞食までがやってきて、夜はちょっとした賑わいとなる。

志道軒は持参してきた踏み台の上に立ち、いつものように辻講釈を始めた。ひやかしの客などがちらほらと足を止めては短い間、講釈を聞き、飽きたら銭を投げて去って行く。調子良く喋っていた志道軒だったが、そんな客たちの中に、阿古那そっくりの女の姿を見つけ、流れるように口から出ていた言葉が思わず止まった。

齢二十三、四ばかりの年増女で、阿古那がもう少し長く生きていればそのような姿をしていたであろうという風采だった。地味な臙脂色《えんじいろ》の単衣を着て帯を締めており、志道軒が何かを言う度に、やたらにけらけらと声を上げて笑う。あまりに阿古那に似ているので、最初はまた冥府から誘いでも来たのかと思ったくらいだった。

だが女の隣には、唐傘を手にした、いかつい顔をした男が立っていた。おそらくは、その女の妓夫《ぎゅう》であろう。

護持院ヶ原のような場所で体を売る夜鷹には、必ずこういう男が付いている。客引きが主な仕事だが、揚げ代を払わずに逃げようとしたり、女に手を上げようとする、たちの悪い客相手にけじめを取る、用心棒のような役割も担う。

女に声を掛けようか志道軒は迷ったが、突然、講釈をやめて黙り込んでしまった志道軒に、女は不思議そうに首を傾げ、妓夫に手を引かれてどこかに行ってしまった。

それがお廉の母親である、お弦との出会いだった。

その日から、志道軒の護持院ヶ原通いが始まった。お弦も志道軒の辻講釈が気に入ったのか、割合によく聞きに来るようになった。

お弦は、ありがたい説法や教訓話などが意外にも好きで、怪談奇談の類いにも、目を輝かせて聞き入っていた。志道軒が客に合わせて講釈の内容を巧みに変えるようになったのは、この頃からだった。

「よう、あんた。儲かってるかい」

お弦の妓夫に声を掛けられたのは、志道軒が護持院ヶ原に通い始めてから、ひと月ほど経った頃だった。夜も更け、夜鷹を買いに来る男たちの姿もちらほらとなり、集まっていた芸人や蕎麦売りなども、そろそろ店仕舞いかという時分だった。

踏み台を片付け、集まった投げ銭の勘定をしていたところだったので、思わず身構えた。あの女に特別な感情を抱いているのを見透かされ、何か難癖でもつけられるのかと思ったからだ。

「良かったら、うちのを買っちゃくれねえか。今日はしけた客ばかりで、ちっとも稼げなかったんだ」

だが、妓夫はそんなことを言い出した。

「うちのは若いから、いつもはもっと高く取っているんだが、今日に限っちゃあ、あんたは特別にこれでいいぜ」

妓夫は手にしていた唐傘を脇に抱え、両手の平を広げた。十本、つまり浪銭十孔の四十文でいいという意味だろう。それでもこの辺りの相場からは高い方だったが、せいぜい蕎麦二、三杯の値段である。

志道軒は迷った。今日の稼ぎを掻き集めれば、そのくらいの金はある。阿古那によく似たあの女と話してみたいという思いはあったが、どうも気が乗らなかった。

「実を言うと、うちのやつに、あの辻講釈の坊さんに声を掛けてみてくれって頼まれたんだよ」

困ったような顔をして妓夫が肩を竦める。それで志道軒も気が変わった。妓夫に向かって頷き、その後を付いて行くことにした。

護持院ヶ原の火除明地は、いくつかに区切られており、それぞれ片面を江戸城の堀に面し、境目には風除けに木々が植えられている。暗い中を歩いて行くと、それらの木々の根元に、茣蓙を敷いて座っている女たちの姿が見えた。中には竹などを簡単に組んで、申し訳程度に目隠しの小屋を作っている者もいるが、殆どは、ただ地べたに座っているだけだ。暗くてよく見えないが、茣蓙の上で絡み合い蠢いている男女の姿や、木の幹にしがみついて尻を突き出し、立ったまま後ろから男を相手にしている者もいる。闇の向こうのそこかしこから喘ぎ声が聞こえてくるが、客を取っていない女たちは、一様に無関心に見えた。

志道軒を案内していく妓夫の男も同様で、見慣れた光景なのか、歩いて行く先のすぐ傍らの暗がりでまぐわい合っている者がいても、目を向けようともしない。

いつもは離れた場所で辻講釈をしているから、夜鷹らが実際に商売をしている辺りを歩くのは、志道軒も初めてだった。志道軒自身は、護持院ヶ原で女を買ったことはない。このような場所だから、通常の岡場所では働けなくなった四十路五十路過ぎの女が主で、器量の悪い女や病気持ちも多かったからだ。

やがて妓夫は、最も奥まったところにある一角に辿り着いた。大きな銀杏の木が生えており、その根元に寄り添うように三つばかり茣蓙が敷いてある。そのうちの一つに、あの女が足を投げ出して座っていた。

「連れてきたぞ。もう話はついている」

妓夫はそう言うと、手にしていた唐傘を開いて地面に置き、歩き去ってしまった。どうやらその唐傘が、申し訳程度の目隠しであるらしい。

「お坊さんだから断られるかと思ったら、とんだ生臭坊主だったんだね」

唐傘の陰に隠れるように志道軒が茣蓙の上に座ると、早速、女が体を擦り寄せてくる。憎まれ口というわけではなく、軽口を利くような明るい調子だった。

「儂は女犯《にょぼん》で坊主落ちしたのだ」

「ここに昔、建っていた、護持院とかいうお寺にいたんだっけ？　あんなのどうせ法螺話《ほら》でしょう」

女はけらけら笑う。

「いや、本当のことだ」

自分は元は護持院の納所だったと、辻講釈の枕話に何度か語ったことがあった。

「あはは。嘘ばっかり」

この女は見た目は阿古那に似ているが、様子にあまり似たところはないなと志道軒は思い始めた。阿古那がこんなふうに屈託なく笑うところを見た覚えがない。弾正が島を去ってからは尚更だった。

「お主、名前は」

「弦だけど」

答えながら、お弦が志道軒の股間に手を伸ばしてくる。

趣など構わずに、すぐに始めてさっさと終わらせるのが、ここでの常道なのであろう。

志道軒の薄汚れた下帯の脇から、お弦の白い指先が潜りこんでくる。

「あらあら。ちっとも勃《た》ちそうにないね」

元よりそんな気分ではなかった。

「お主は何で、こんな場所で商売をしているんだ」

お弦の器量と若さなら、夜鷹などやる必要はない。もう少しましな岡場所にでも引き取り手がある筈だ。

「私はあいつの女房なんだよ」

お弦は少し離れた場所でこちらに背を向けて座っている、先ほどの妓夫の男の方をちらりと見て、志道軒の股間をまさぐりながら耳打ちしてくる。

「賭場で山ほど借金を作ってきやがってさ。博徒のくせに博才がないんだ」

すると、あの妓夫の男のために働かされているということか。岡場所などに売ろうとしないのは、この女を手放したくないからだろう。身勝手な話だ。

「勃たないねえ。口で吸ってやろうか」

「いや、いい」

「ああ、だったらこれを使って遊んでみるかい？」

そう言うと、お弦は何やらごそごそと、莫蓙の上に置かれた風呂敷包みの中を探る。

「何だ、それは」

お弦が取り出したのは、長さ一尺、太さ二寸ほどの、男根の形をした木の棒だった。

「私は夫木って呼んでいるけどね」

おそらく張形であろう。手渡されたそれはずしりと重く、堅かった。

「こんなものが入るのか？」

当惑して志道軒は言う。

「年を食っていて勃たない人の中には、これを使うのが面白いって、わざわざ贔屓にしてくれる人もいるんだよ」

話しているうちに、どんどん暗い気持ちになって萎えてくる。

「あんた、辻講釈をしながら、ずっと私の方をちらちら見ていたじゃないか」

気がついていたのか。

「いいんだよ。折角なんだから楽しんでくれよ」

お弦はそう言うと、志道軒に向かって股を開いた。単衣の下には腰巻すら着けていない。

「儂がお主を見ていたのは……」

夫木を強く握りしめながら、志道軒は呻く。

「……死んだ女房によく似ていたからだ」

「ああ、それは……悪いことをしたね」

絞り出すように発せられた志道軒の言葉に、お弦が慌てて脚を閉じ、それまでの媚びたような口調とは打って変わった声を出した。

「だとすると、がっかりさせちまったね。何ていう名前だったんだい」

「阿古那だ」

「あこな……変わっているね。何だか神様の名前みたい」

何気なく口にしたのであろう、お弦のその言葉に、堪らず志道軒の目からは涙が溢れ出した。どうしてなのかはわからない。泣くのはいつ以来だろうか。何十年か、それとも何百年ぶりか。

「本当にごめんな。あんたのおかみさん、私みたいなあばずれじゃなかったんだろう？」

それは何とも言えなかった。京から島に流されてきた貴人の妾に、自ら望んでなったような女だ。だが、好きだった。幼い頃からずっと。他の男の子供を産んでからも。どんなに嫌われていたとしても。

「何て呼ばれていたんだい」

「彦丸と」

「おいで、彦丸」

まるで阿古那に呼び掛けられたような気がして、志道軒はお弦の胸元に顔を埋める。志道軒のすっかり禿《は》げ上がった頭をお弦が優しく撫でる。

「参ったねえ……こんなのは初めてだよ」

戸惑いながらも、それでいてどこか可笑しそうに、お弦が呟いた。

客を相手にしている夜鷹たちの喘ぎ声が耳に届いてくる中、地面に置かれた唐傘の陰で、志道軒とお弦は、暫しの間、静かに抱き合っていた。


「どうだ、いい話だろう」

そこまで一気に語り尽くし、志道軒が手にしていた夫木を、もう片方の手の平に、ぱんと音を立てて打ち付ける。

「いつか時が来たら話さなければと思っていたのだ。何を隠そう、この夫木こそ、お前の母の姪水をたっぷりと吸い込んだ、まさに形見」

志道軒はそう言って、お廉に夫木を手渡してきた。

これを母の形見と言われても……。

「大事に使うんだぞ」

「何に使えっていうんだよ！」

怒りに任せ、お廉は思い切り夫木を志道軒の頭に打ち下ろそうとした。

志道軒が素早くそれを避け、夫木が風を切って空振りする。

「恐ろしいやつだ。加減なしか。当たっていたら死んでいるぞ」

「冥府で死んだら、今度はどこに堕ちるんだ」

「まあまあまあ」

歩きながら喧嘩を始めたお廉と志道軒の間に、少し遅れて歩いていた武太夫が割って入る。例の小槌は、もう隠すこともなく腰にたばさんでいた。

蚯蚓を見て気を失っていた件は、何だかいじるのは悪いような気がして、お廉は黙っていた。

志道軒が、後で悪戯でもしようとしたのか、こっそりと懐に蚯蚓を一匹、忍ばせようとしているのを見て、蹴ってやめさせたくらいだ。

公事場の如き石造りの建物でのひと騒動があってから、もう半日は歩き続けている気がする。現世と違って夜明けも日暮れもないので、実際にはどのくらいの時が経ったのかもわからない。

景色は荒野のような寂寞《せきばく》としたものから、徐々に江戸の町並みに近い風景となってきていた。ところどころ水路のようなものもあり、橋も架かっている。

三人の周囲では、掠れた黒い影のようなものがうろうろと歩き回っている。最初は気味悪く思っていたが、もう慣れてしまった。おそらくそれは人の魂の成れの果てか何かなのだろう。お廉たちも本当に死んでしまえば、それらの黒い影の真の姿が見えるようになるのかもしれない。いや、むしろ自分たちも気づかぬうちに、同じ黒い影になっているのではないかと思い浮かべると、その方が恐ろしく感じられた。

どういうわけか、不案内な筈のこの場所を、少しも迷うことなく志道軒は歩いて行く。志道軒自身が言っていたように、冥府の肉を口にした者は、お廉たちとはまた別のものが見えているのかもしれない。

「それにしたって、今の話じゃ、お前が私の本当の父親だなんて信じられねえよ」

「あの黒い肌をした女が、丸鏡を使って儂の娘だと頷いたんだろう？　だったらもう間違いなく儂の種だ。前に来た時は儂も浅学で気付かなかったが、あの黒い肌をした兄妹は、おそらく閻魔羅闍の双王だ。使っていたのは浄玻璃鏡であろう」

「あれが閻魔様？」

そうなのではないかとお廉も薄々感じてはいたが、思っていた姿とあまりにかけ離れていたので、確信が持てないでいた。

「閻魔は元々は婆羅門《ばらもん》の神で、仏陀が目覚める以前からいる古い神だ。兄妹であったと古い経典にも書かれている。そんなことよりも、お前、もうちょっとで極楽浄土を言い渡されるところだったようじゃないか。危なかったな」

そう言われ、思わずお廉は身震いした。

「あれから儂は、護持院ヶ原に通って、お弦の贔屓になった。お弦の方が、本当にお前の父親が儂だと思っていたかどうかはわからんが、儂の方は身に覚えがあるということだ。妓夫をしていたお弦の夫が刺されて死んでからは、夜鷹は辞めたようだったが、浅草寺で講釈を始めた儂のところに、よく無心に来ていた。お弦に乞われて花川戸の儂の長屋に連れ込み、抱いて金を渡した。お弦にとっては物分かりが良くて都合のいい客のうちの一人だったんだろうが、儂はそれで良かった。やがて姿を見せないようになり、子を産んだとか、博徒の大親分の妾になったとかの噂だけが耳に入ってくるようになった」

周囲を漂っている黒い影の数が、徐々に増えてきている。

武太夫は二人の会話を聞いているのかいないのか、無言ですぐ後ろから付いてくる。

「お廉、お前は母親を嫌っているようだが、強い男を次々と乗り換えたり金に汚かったりしたのも、お前が自分と同じような境遇に落ちないように必死だったんだろうよ。そこは汲んでやれ」

お廉に自分と同じ刺青を彫らせて喜んでいた、あの馬鹿な女のはしゃいだ顔が思い出された。

そういえば、自分が死んだら志道軒のところへ行けと言ったのも、あの女だった。

「私が訪ねて行った時、お前の母親など知らんって言ったよな、爺い」

「ああ」

「どうしてだ」

「その方がいいと思ったからさ」

だが志道軒は、足を洗ったお廉を、結局は花川戸の自分の長屋に住まわせ、講釈小屋の木戸を任せて、堅気として生きていく手助けをしてくれた。

このような状況にならなければ、ずっと黙っているつもりだったのではなかろうか。

「さあ、着いたぞ。山村座だ」

不意に志道軒が声を発した。見ると、道の先には幅の広い堀があり、それを跨いで大きな橋が架かっている。その向こう側に、見たこともないような大きさの芝居小屋が立っていた。

市村座など比べ物にもならない。水の湛えられた堀の対岸にある小屋の間口は、何十間あるのかもわからないほど広く、酒樽や米俵、蒸籠などの積物が、うずたかく積み上げられていた。屋根はそれよりもさらに高く、外壁も、そして軒の瓦も、金色に輝いている。どこからか櫓太鼓を打ち鳴らす音が聞こえてくる。

志道軒と並び、武太夫と三人で正面の橋を渡ると、表木戸の前は、例の黒い影がひしめき合っていた。見上げれば、城の物見櫓のような巨大な櫓に「丸に寶」の山村座の紋。櫓下の看板には、確かに「瀬川菊之丞」の名が見える。

大名題看板には『驚《おどろかし》　江島生島』と演目が独特の書体で書き込まれており、見渡すような絵看板には、裾を乱した男と女の情交の様子が描かれていた。現世の芝居小屋でこんな名題や絵看板を掲げたら、大変なことになる。

女の方は、おそらく江島。絵柄には、どことなく二代目菊之丞の姿を思わせるところがあった。

一方の男は、着物に三升《みます》の紋が描かれており、それが團十郎であることを仄《ほの》めかしている。

その山村座の様子は、市村座の菊之丞の楽屋で水虎の口から聞いたそのままだった。いや、あの時、頭に思い描いていた光景を、すべてに於いて絶している。

「ここに路考さんや仙吉さんがいるかもしれないんだね」

お廉は呟く。

「或いは源内もいるかもしれんぞ」

「源内殿も、こちらに迷い込んできているのか」

志道軒の言葉に、無言を貫いていた武太夫が口を開く。

「心配か？」

志道軒がからかうように言うと、武太夫は困った様子で咳払いをした。

そのやり取りを、お廉は少し妙に思ったが、それを問う前に志道軒が気を引き締めるような口調で言った。

「さて、お主らは舞台に上がり込む覚悟はあるか？　芝居小屋では、頭に血の昇った見物客が、舞台に上がり込んで憎まれ役の胸倉を摑んだりするのなど日常茶飯事」

「なるほど」

志道軒の意を汲んだかのように武太夫が頷く。

「羅漢台という席もある」

付け加えるように志道軒が言った。それは舞台上に設えられた席で、役者の背中ばかり観ることになるので値は安いが、通には好まれる席だった。

この二人、隙あらば芝居に乱入するつもりだ。

その企みを感じ取り、思わずお廉は、手にしている夫木を強く握りしめた。

八

遠い昔、自分は誰か別の人であったかのような記憶が朧気にある。

文机に向かって法華経の経文を開き、口の中で静かにそれを唱えていた江島は、ふとそんなことを考えた。

元文《げんぶん》五年（一七四〇）十月、信濃、高遠城――。

その城下の南側に、江島の住む「囲み屋敷」はあった。

江島がこの地に来てから、もう二十六年ほどが経つ。本来は死罪であったが、江島が仕えていた月光院の嘆願により罪を減じられ、この高遠への配流となったのである。

ふと江島は顔を上げ、屋敷の外を眺める。気持ちの良い小春日和だったが、庭に面した縁側には格子が嵌め殺しにされていた。暖かい日射しが、畳の上に格子の影を落としている。

ごく狭い庭の向こう側には、高さ七尺ほどの板塀があり、その上には忍び返しが設えてあった。人が入り込めぬよう鋭く先端が削られた角材の先を、一羽の鵯《ひよどり》が、器用にぴょんぴょんと行き来しながら、頻りに囀り声を上げている。たったそれだけのことでも、江島の口元は緩んだ。

酒や莨は言うに及ばず、菓子も禁じられ、手紙を書いたり何か書きつけたりすることも許されていない。与えられた自由は少なく、読経はそのうちの一つだった。

江島が起居する八畳間から見える景色は板塀に遮られており、季節の移ろいを感じることもなかなかできない。だからこうして小鳥や虫などが訪ねてきたり、雪が降ったりすると、まだ己が生きていることを実感することができる。

それにしても――。

この違和感の正体は何であろうか。二十六年の日々が、自分に何か重大なことを忘れさせている気がした。一方で、その長い年月が、まるで一瞬のように感じられる時もあった。

譬えるならば芝居の如く、幕間を挟んで数十年数百年の年月を一気に飛び越えるように。

「江島様」

不意に若い娘の声がして、忍び返しの先を渡りながら遊んでいた鶫は飛び去ってしまった。

板戸を開き、箱膳を手に下女が入ってくる。この八畳間への出入り口は、隣り合わせにある下女部屋へと繋がるその板戸しかなく、そこを通らなければ、屋敷の外には出られない構造になっていた。

さらに言えば屋敷の中には番人詰所もあり、常に江島の監視と警固を兼ねた高遠藩の藩士が当番で詰めている。つまりこの屋敷は、江島のためだけに建てられた座敷牢であった。

「あなたは……？」

箱膳を運んできた娘は、何やら落ち着かない様子でそわそわと部屋の中を見回している。

見覚えのない娘だった。何年かに一度、身の回りの世話をする下女の交代はあり、ある日突然、見知らぬ者に替わっていたこともある。

だが、不思議と江島は、昨日までいた下女の顔や名前を思い出せなかった。それは妙なことだった。江島にとって、食事が供されてから下げられるまでの間、下女とたわいもないお喋りをするのは、一日の中でもこの上ない楽しみな時間だったからだ。

「今日から江島様の身の回りのお世話をさせていただきます、廉と申します」

たどたどしい口調で娘が言い、慣れない様子で畳の上でお辞儀をする。

相手が大奥で御年寄も務めた江島だから緊張しているのかもしれないが、まるで素人芝居のような所作と科白回しだった。

可笑しくなって思わず江島は口元に笑みを浮かべる。お廉と名乗ったその娘も、困った表情を浮かべて愛想笑いを返してくる。

江島は箸を取り、白米に蕪《かぶ》の味噌汁、それに漬物と梅干しが添えられただけの質素な食事に手を付けた。

「お茶を」

普段は江島が食事を終える頃を見計らって下女が煎じ茶を用意し、最後は飯茶碗に茶を注いで飲むのを習慣としていたが、お廉という下女は、傍らに端座したまま動き出そうともしない。

「江島様、暫しお待ちを……」

眉間に皺を寄せ、お廉は下唇を嚙んで苦し気に呻いている。

「どうしたの」

「足が痺れて動けません」

どうやらこの娘は、じっと足を揃えて座っていることが堪え難かったらしい。

「あらあら」

ここが大奥であったなら厳しく叱るところだが、今の江島にとっては、こんな出来事も可笑しく楽しい。

「それなら無理せず足を崩しなさいな」

「申し訳ございません……」

痺れが回らぬようにするためか、お廉は低く呻きながら、緩慢な動きで足を伸ばした。

どうもこのお廉という娘は、あまり育ちが良くなさそうだと江島は感じた。少なくとも、躾の行き届いた武家の娘などではあるまい。

「今すぐお持ちを」

まだ痺れが残っているらしく、這うような情けない動きでお廉は下女部屋へと下がって行く。

そんなに急がなくても良いのにと思いながらも、江島はこの娘の滑稽なさまを見て笑いを堪えるのに必死だった。

少し待っていると、お廉が注ぎ口から湯気の立つ土瓶を手に戻ってきた。足取りはまだ覚束なく危なっかしい。

「……江島様は、どうしてこの高遠に参られたのですか」

お廉がそう問うてきたのは、江島が注がれた茶をゆっくりと啜っている時だった。

半ば呆れた思いで江島はお廉を見る。不躾な問いだったが、もしかすると本当にこの娘は何も知らないのかもしれない。江島が山村座に出ていた役者と情を交わし、それが元で遠流となったのは、遥か昔のことだ。この娘が生まれるずっと前だろう。

江島の脳裏に、懐かしい二代目市川團十郎の顔が思い出された。

風の噂では、今や江戸では押しも押されもせぬ人気役者に出世したと聞いていた。その晴れ姿を見るのは、もう叶わぬ夢であろう。

江島は、うつつ責めで厳しく問い質されても、最後まで牢役人の問いには一切答えなかった。無論、團十郎の身を案じてのことである。

当然だが、誰が捕縛され、誰が江島と同様に詮議を受けているのかなどは教えてもらえず、生島新五郎が江島との密通を疑われて三宅島に遠島になったのも、山村長太夫が伊豆大島に遠島となり山村座が廃座になったのも、團十郎が咎を受けずに役者を続けていることも、ずいぶんと後になってから知った。

團十郎は、時々は自分のことを思い出すこともあるだろうかと、江島は考えることがある。

——あの野郎はね、親の仇なんですよ。

そういえば、團十郎がそんなことを呟いていたことがあった。

團十郎と褥《しとね》を交わしたのは、ほんの数えるほどだが、情事が終わった後、仰向けに天井を見上げながら、團十郎が呟いた。

「あの野郎って？」

「新五郎兄さんのことですよ」

傍らに寝そべる江島の髪を撫でながら、團十郎は苦笑いを浮かべる。

初代市川團十郎が、生島新五郎の弟子だった生島半六に舞台上で刺殺されたことは江島も知っていた。あまりにも有名な事件だったからだ。

だが、当時はまだ九蔵と呼ばれていた若き日の二代目團十郎を引き取って、親代わりとなって後見したのも新五郎だった筈だ。

「誤解しちゃいけない。芸事の仇ということですよ。いつかは、この二代目團十郎が、初代と芸を争った新五郎兄さんを抜かなけりゃならないということです」

取り繕うように團十郎はそう言ったが、何かを誤魔化しているような印象だった。うっかり口を滑らせたのかもしれないが、親の仇と言ったその口ぶりには、もっと真に迫るものがあった。

「どうして私が高遠に来たかでしたっけ」

ふと我に返り、江島は傍らにいるお廉の方を見た。

お廉が頷く。

「……恋に破れたのですよ」

答える必要もなかったが、どういうわけか、そんな言葉が唇の間から漏れた。

「今日はお天気も良いですし、外に出られますか？」

そのまま江島が黙り込んでしまったからか、話題を変えるように、お廉が言う。

江島が帰依する蓮華寺《れんげじ》への参詣に赴く他は、かつては一歩もこの部屋から出られなかったが、享保七年（一七二二）に高遠藩主であった内藤頼卿《ないとうよりのり》が御公儀に赦免を願い出てからは、番人の監視の下ではあるが、喫茶や屋敷周辺の散策程度なら許されるようになっていた。

「そうね。出ようかしら」

「では、お支度を……」

お廉はそう言うと、食事の済んだ箱膳を手に八畳間から出て行った。

支度をと言われても、江島は白粉などを塗って化粧をすることも、着飾ることも許されていない。部屋には鏡もなく、久しく己の姿も見ていなかった。

暫くして、下女部屋へと続く板戸が開かれた。

「お支度がよろしいようなら表へ」

腰を屈めるようにして顔を出した男の顔を見て、再び江島は違和感を覚えた。

番人詰所にいた高遠藩士だろうが、お廉と同じくやはり見覚えのない相手だった。口調にも表情にも愛想がなく、どういうわけか腰には小槌のようなものをたばさんでいる。男は必要なことだけを告げると、さっさと先に行ってしまった。

江島は腰を上げ、板戸をくぐると、下女部屋を通って屋敷の玄関へと出た。そこにはすでに、先ほどのお廉という娘が待っており、どうやら一緒に外へと出掛けるつもりのようだった。

通常、江島が表に散策に出掛ける時は、付き添うのは番人だけのことが多く、下女は屋敷に残ることが殆どだった。訝しく感じたが、それ以上は特に気に掛けることもなく、江島は、お廉と、番人の男の三人で囲み屋敷の外に出た。

大抵は三峰川《みぶがわ》の近くまで歩いて行き、疲れたら少し休んでから戻ることが多かったが、今日は二人が江島の左右にぴったりと寄り添って付いてくる。

いつも休憩場所に使っている一本杉の辺りまで来たところで、不意に番人の男が口を開いた。

「もうそろそろ良かろう」

そして警戒するように刀の柄を握り、周囲を見回す。どうも不穏な様子だった。

「路考さん、目を覚ましてください」

傍らにいたお廉が、そんなことを言って江島の手を握ってきた。

何が何やらわからず、江島は狼狽える。

「あなた方はいったい……」

「気を確かに。お主は江島様ではない」

今度は番人の男の方が口を開いた。

いや、そもそもこの男は本当に、囲み屋敷に当番に来ていた高遠藩の藩士なのであろうか。

「……役に入り込むあまり、お主は本当の自分が誰だったのかを忘れてしまっている。高遠に配流を受けて二十数年が経ったと感じているのかもしれないが、それも思い過ごしだ」

「何を馬鹿なことを……」

受け答えしながら、江島はこの二人が怖くなってきた。

「私をどうするつもりです」

「私たちは、路考さんを助けに来たんです」

先ほどからずっと手を握っているお廉が、必死の口ぶりでそう言った。

何故、この娘は自分を路考などと呼ぶのか。

そんな名前に覚えはなかったが、心に引っ掛かるものがある。

だがやはり、この二人の得体の知れなさに対する不安の方が勝った。

「誰か、誰か！」

叫びながら、江島は走り出した。

二人が自分を連れ去ろうとしているのなら、それはあの囲み屋敷から逃すためなのだろうが、長い年月が、江島に囚われの身のままでいることを選ばせた。

「待て」

男が追ってくる。齢六十の老女の足では逃げ切れず、あっという間に腕を摑まれてしまった。

「離してください！」

「よく見ておけ」

そう言うと、男はもう片方の手で腰の刀を抜いた。

斬り付けられるのではないかと、思わず江島は身構える。

だが、男は振り向きざま、刀で空を切り裂いた。

「あっ」

一瞬、何が起こったのかわからなかった。

江島の目の前に広がっていた高遠の風景が二つに割れ、その向こう側に別の景色が広がる。

遅れて走ってきたお廉が、男と交代するように江島の手首を握って引っ張る。

「さあ、書き割りの向こうへ！」

お廉がそう叫び、江島とともに切り裂かれた景色の先へと飛び込んだ。

途端に、轟くような人の声が耳に入ってきた。

見たこともないような広い舞台の前面に、等間隔に蠟燭が灯っている。天井を見上げれば、丸に寶の紋が入った巨大な提灯が並び、舞台を照らしていた。

だが、闇があまりに濃いせいなのか、その先に広がっている土間席の様子はよく見渡せなかった。それでも、ひしめき合うように黒い影が蠢いているのがわかる。

土間席を囲うように上下二段に桟敷席が連なっており、こちらにも提灯が吊るされていたが、その明かりは舞台の上にある巨大な提灯に較べると、頼りないくらいに暗かった。座っている者たちの顔を判別することもできなかったが、確かにそこには澱んだ熱気のようなものが渦巻いているのがわかった。

「武太夫さん！」

お廉が声を上げる。振り向くと、先ほどの番人の男が舞台に転がり込んでくるところだった。

「お廉、逃げるぞ」

舞台には見上げるばかりの大きさの書き割りがあり、遠くには高遠城も描かれている。囲み屋敷の屋台も組まれていた。さっきまで、実際に江島はその風景の中にいた筈なのだが、突然に引き戻されたような気分だった。

あれは仮初《かりそ》めだったのか。だとするなら己は何なのだ。

そんなことを考える暇もなく、お廉が武太夫と呼んだ男が、上手の袖に向かって駆け出す。ところがそちらからは、手に手に刺股《さすまた》や突棒《つくぼう》、袖搦《そでがらみ》などの捕具を持った十数人もの捕り方が現れた。いずれも顔に化粧を施している。

武太夫と呼ばれた男は、ぐっと足を止め、今度は反対の下手側に回ろうとした。だがそちらからも同様に捕り方たちが押し出てくる。

「稲荷町どもめ」

吐き捨てるように、武太夫と呼ばれた男が悪態をつく。

続けて、暗い海のように広がっている土間席の方から、大波が打ち寄せる如く歓声が湧き上がった。その中には怒号のようなものも混ざっている。

それはおそらく、芝居の筋書きを台無しにし、舞台から主役の立女形を連れ去ろうとしている、この正体のわからぬ二人へと向けられた悪意だった。見物客たちは、二人が捕り方に取り押さえられ、袋叩き……いや、もしかすると血祭りに上げられる修羅場が始まるのを期待している。

そこまで考えてから、ふと江島は慄《おのの》いた。

筋書きとは何だ。それに立女形、見物客とは。そんな言葉がすらすらと頭に思い浮かんでくる自分は、これが芝居であると、どこか心の奥で気付いていたというのか。

「花道へ」

武太夫が鋭く言い放つ。そして江島とお廉の先に立って走り出した。

舞台の前面に等間隔に灯されている蠟燭の炎が、客席に向かって直角に折れているところがあった。一間ほどの幅で、暗い土間席の奥に向かって、点々とした明かりが続いている。

先がどうなっているかは見通せなかったが、確かにそちらに行くしかなさそうだった。

先頭に武太夫、真ん中に江島、そして殿《しんがり》にお廉という順番で、花道に走り込む。

その時、前方に見える花道のスッポンから、何者かが飛び出してきた。

「逃がさんぞ、五郎左衛門」

空中でくるりと後ろ向きにとんぼを切ると、花道の真ん中に立ちはだかるように着地する。鎌倉武者のような大鎧を着ているが兜は被っておらず、頭が大きくて目が離れ、滑稽な面構えだった。鼻の下に伸ばしている鯰髭は、どういうわけか片側だけ剃り落とされたようになっている。

「路考を現世に連れ去られては、宰相への面目が立たぬ」

またその路考という名前を耳にし、頭の中が痺れるような感覚に陥った。

傍らにいるお廉という娘に、改めて江島は問う。

「私の名を……いま一度……」

「王子路考……二代目瀬川菊之丞さんです」

それで一気に、江島の……いや、菊之丞の中で何かが弾けた。

虚しく過ぎ去った二十六年の月日の重みに崩れ落ちそうになるのを必死に堪え、江島を演じていた菊之丞はお廉に寄り掛かる。

鯰髭の男が、殆ど顔が上下に割れんばかりの大口を開け、何かを吐き出そうとする素振りをする。それを見て、武太夫が慌てたように声を上げる。

「ま、待て待て！　お前の相手はこっちだ！」

武太夫は腰にたばさんでいる小槌を手に取り、思い切り暗い土間席の方へと放り投げた。

「おおっ」

鯰髭の男が、それを追うように土間席に飛び込む。つい今さっき、路考を連れ去られては面目が立たぬとかどうとか言って行く手を遮ろうとしていたが、もう忘れてしまったのだろうか。

「お廉、お主は路考殿を連れて逃げろ」

振り向いた武太夫は、どういうわけか顔じゅうにびっしょりと汗を掻いていた。

そしてすれ違いに駆けて行き、花道を追ってくる捕り方たちの方へと向かって行く。すぐに捕具と刀を交える音が聞こえてきた。そちらを見ると、武太夫は次から次へと捕り方を斬り付けては土間席に蹴り落としている。

「行こう、路考さん」

お廉がそう言って菊之丞の手を引き、がら空きとなった花道の先へと走り始めた。

どしんばたんと大きな音がして、思わず菊之丞は振り返る。

土間席の真ん中では、黒い人影が逃げ惑う中、体長三、四間はありそうな巨大な黒犬が、同じくらいの体の大きさをした鯰の尾っぽに嚙みついて、激しく首を左右に振って土間の床に叩きつけているところだった。

「さて、ここまでは段取り通りですね」

作者部屋に姿を現した團十郎が、飄々と言ってのける。

志道軒の仲間と思しき男女の乱入があり、舞台から菊之丞が連れ去られたと知らされた。

うんうん唸りながら芝居の台本を書き続けていた源内は、手にしていた細筆を文机の上に放り投げる。

「菊之丞が戻ってくるまでは代役を立てるのか？」

「そうなりますね。八重桐さんにお願いしますかね。本人は路考さんに嫉妬心を抱いているようですから、役を奪えるとあれば、すぐに承知するでしょう」

「代役であれが務まるものか」

吐き捨てるように源内は言ったが、それ以上に不安に駆られることがあった。

「本当に菊之丞は戻ってくるのか？　このまま現世に逃げ去ってしまうのではないか」

そうなった時のことを思い描くと、源内の背筋に冷たいものが走った。志道軒と團十郎が考えた筋書きに沿って進まなければ、下手をすると源内を含め、誰一人として現世に戻れなくなるかもしれぬ。

「いや、そんなことは絶対にありません。自分の役を放っぽり出していなくなるなどあり得ない」

「何でそんなことが確信できるのだ」

團十郎が少しもそのことを気に掛けていないのが不思議だった。この筋書きは、ある意味では菊之丞の気持ち次第なのだ。

「役者だからですよ。路考さんがね。それ以外の説明が必要ですかい？」

当たり前のように言ってのける團十郎に、源内の方が絶句した。

「心配事があるとしたら、出とちりくらいですかね。冥府で食うとちり蕎麦はまずそうだ」

文机の上に置いてある、まだ墨も乾いていない、新しい部分の書き抜きを團十郎は手にする。

「志道軒さんの方も、少しばかり段取り違いがあったようだ。飛び入りの役者がちと多すぎる」

團十郎はおそらく、お廉や武太夫、仙吉のことを言っているのだろう。

「まあ、仕方ありませんんや。宰相が山村座に現れたら、特別な趣向があるから羅漢台に通せと、仕切り場の手代には、もう伝えてしまっている」

羅漢台に座った客は、役者と同じように、他の客たちの目に晒されることになる。

本来なら宰相こと篁のような、芝居小屋にとって大事な客が座るような席ではないが、何としてでも篁を芝居の中に引き摺り込む必要があった。

「とにかく八重桐には時間だけでも稼いでもらいましょう。私は衣装蔵に、路考さんの楽屋に衣装を届けるよう伝えにいかないと」

そう言うと、團十郎は作者部屋から出て行った。

源内は再び文机に向かい、まっさらな紙の束を前にして頭を抱える。路考がいないのであれば、ひと先ず江島の囲み屋敷の場面は置いておくしかあるまい。

そうなると、一番肝心なのは、生島半六と生島新五郎、そして二代目團十郎の一件だ。

生島新五郎は事件の後、三宅島に遠島となっている。その後は赦免されて江戸に戻って死んだとも、三宅島で没したとも言われているが、少なくともその消息が曖昧なほどには、人気役者だった生島新五郎という者は、世間から忘れ去られてしまったということだ。

源内は、文机の上に転がっている細筆を拾い上げた。

九

頭に浮かんでくるのは、老境に入った今となっても、役者として舞台に立っていた頃の華やかな思い出ばかりだった。

享保十八年（一七三三）、三宅島――。

生島新五郎は、すでに齢六十三を数えていた。

島の西側、海から程近い伊ヶ谷村にある流人小屋で、瞼を閉じて静かに座禅を組みながら、新五郎は考える。

あれはまさに戯場國であった。舞台の上に立てば、己は己でなくなる。芝居小屋の内と外は異なる世界だった。役者ばかりではない。裏方、囃子方、それに土間や追込場や桟敷で見守っている見物客に至るまでが、その戯場國の住人であった。脚光を浴びる者、陰からそれを支える者、ただその場に居合わせて、笑ったり怒ったり野次を飛ばしているだけの名も知れぬ者たち、それはまったく世間の様相と同じではないか。

「おい、新五郎」

不意に声が聞こえ、新五郎は瞼を開いた。

「沖に流人船の帆が見えた。間もなく上陸してくるから用意しろ」

声を掛けてきたのは、新五郎と一緒にこの流人小屋で起居している男だった。まだ流されてきて七、八年といったところで、新五郎よりも二回りほど若いが、最近は年老いてきた新五郎を呼び捨てにし、まるで手下であるかの如く扱うようになった。

とうの昔に、新五郎は人としての誇りのようなものは捨てていた。そんなものは、この江戸から遠く離れた絶海の島では何の役にも立たない。むしろ命を縮める要因となる。

表に出ると、すぐ近くにある陣屋から、ちょうど地役人らが出てくるのが見えた。こちらも浜へ向かうところだろう。新五郎たちはその列の後ろに付いて行く。足元は裸足だった。

春と秋の年に二度、流人船はこの三宅島にやってくる。新たに遠島となった者が引き渡され、ごく稀には赦免を言い渡された者が乗せられて江戸に戻ることになるが、新五郎が覚えている限りでは、ここ数年、赦免となった者はいない。

浜に辿り着くと、島に住む代官の手代や地役人、名主や神官らが集まっていた。流人を含む、島の住民たちも集まってきている。ざっと見ても、五、六十人はいるだろう。

新五郎と同じように、流人船の積み荷を陣屋に運び込む荷役の作業のためにやってきた者もいれば、単に新たに島にやってきた罪人の顔を見物しに来た野次馬もいる。どちらにせよ、年に二度の流人船の来訪は、島に住む者たちにとっては、大きな関心事の一つだ。

己が島に流されてきた時のことを新五郎は思い出す。

押しも押されもせぬ、江戸で人気の立役者。その生島新五郎が、大奥御年寄であった江島と密通したという咎で流されてきたのだから、島民らの興味を引かないわけがない。

他の罪人たちと一緒に新五郎が沖合いで流人船から小舟に乗せ換えられ、この伊ヶ谷の浜から陣屋に連れて行かれるまでの、ほんの一刻ばかりの間に島内に噂が駆け巡った。表に出た時には、新五郎の姿をひと目見ようと集まった島民たちが、二重三重に陣屋を囲んでいた。

だが、江戸の人気役者だった新五郎のはったりが利いたのは、その時までだった。

勝手次第の島での生活は、大工や医者のように手に職のある者でなければ生きていくことは難しい。役者稼業で培った所作や踊りなど、島では何の役にも立たぬ。今は荷役などの仕事がない時は、焚場で年貢として納めるための塩の釜を茹でることが多くなった。海水を桶に汲んで運び、夏場は暑さで倒れそうになりながら竈に薪をくべ続ける。この年になっての力仕事荒仕事は応えたが、その仕打ちこそ新五郎の負った罪の証だった。

沖の方から近づいてくる、新しい流人たちを乗せた小舟を眺めながら、新五郎は思いを馳せる。

新五郎の脳裏に、かつて我が子同然に面倒を見てやった九蔵……二代目市川團十郎の姿が思い出される。江戸では名を知らぬ者はいないほどの人気役者になったと、島にやってくる流人たちから噂だけは聞いていた。

あやつはどこまで知っていたのだろう。

己との間にできた、この埋めようのない境遇の差は、どこまで仕組まれたものだったのか。

あの日、團十郎が山村座と公事を構えていたのは、御公儀からの詮議があった時に、自分は江島が見物した芝居には出ていなかったし芝居小屋にもいなかったと白を切るためだったのではなかろうか。考え始めると、あれこれと疑いが芽生えてくる。

江島と團十郎の関係を知っていた筈の長太夫が、牢役人に問い質されてどう答えたのかは新五郎は知らない。だが結局、己に引導を渡してしまったのは新五郎自身だった。死を選びたくなるほどの厳しい責め苦に堪えられず、身に覚えのない江島との密通を、自ら認めてしまったのだ。

一方の江島は、最後まで詮議に対して何も答えなかったと聞いた。大奥の事情はよく知らないが、もしかすると御公儀は、大奥の風紀を正すために江島を配流する口実が欲しかっただけなのかもしれない。そのためには、大奥七つ口の門限を破ったというだけではいかにも弱い。下賤の身である役者との密通の事実さえあれば、相手は新五郎でも團十郎でも、他の誰でも良かった。この場合、最もそれらしい立場にいたのが新五郎だったというだけのことだ。

團十郎が新五郎らの説得になかなか応じず、大茶屋に姿を現さなかったのは、江島が大奥の門限に間に合わなくなるよう、わざとそうしたのかもしれぬ。

團十郎は常に、新五郎にとって事が都合の悪い方へと傾くように振る舞っており、それがたまたま江島の一件で大奥にまで飛び火し、大炎上した。そういうことなのではなかろうか。

そんな疑心暗鬼に駆られるだけの理由が、新五郎にはあった。

生島半六が、初代團十郎を刺殺するように仕向けたのは、新五郎だったからだ。

当時、九蔵と呼ばれていた二代目團十郎の、実の父であった初代團十郎は、死後に息子である九蔵の後見を名乗り出る者がなかなか現れなかったというほど嫌われていた。

　確かに冷徹なところのある男で、芸事にも厳しく、稽古の後の駄目出しで、気に入らなければ若手のみならず古参の役者まで吊るし上げるようなこともしょっちゅうだった。だが多くの者が初代團十郎に抱く気持ちの半分ほどは、その役者としての飛び抜けた人気や力量への嫉妬だった。新五郎も同様で、総部屋での稽古がお開きになり、初代團十郎が帰った後は、毎晩のように酒盛りをしながら、役者仲間とその陰口で盛り上がった。

　そんな態度を弟子であった生島半六に窘《たしな》められ、新五郎は酔いも手伝って思わず悪戯心が働き、余計な嘘をついてしまった。お前のところの倅は、團十郎がお前の女房に手を付けて生ませた子だと、生島半六に吹き込んだのだ。

　半六の子は、初代團十郎のところに弟子として養子に出ていた。あの気難しがりやの團十郎が、お前のような半端な役者の子を預かったのも、血を分けた我が子だからだと言って、その場にいる連中で笑い者にしたが、当の本人である半六が、それを真に受けてしまった。

　半六は女房を殴りつけて問い詰め、納得のいく答えが返ってこないと、今度は直接、初代團十郎のところに話をつけに行った。

　無論、初代團十郎には身に覚えがなく、相手にもされない。それどころか、半六は普段から女や金のことで初代團十郎に迷惑を掛けていたから、逆に説教を食らう始末となった。それが半六の恨みにますます火を付けた。間男に説き伏せられ、恥を掻かされたと受け取ったのだ。しかも相手は、どう逆立ちしても敵うわけのない、役者としては遥かに格上の團十郎である。

　その後に起こったことは、誰もが周知のところだ。

　初代團十郎が舞台で刺されたと聞き、運び込まれた楽屋に集まってきた面々の殆どが、心配そうな顔をしていても実はただの興味本位で、内心では、ざまをみろと舌を出していた者もいたに違いない。本当に團十郎の身を案じていたのは、おそらく九蔵だけだったのではないか。

初代團十郎の死後も、新五郎は本当は九蔵の後見として名乗り出るつもりはなかった。ところが情に厚い宮崎伝吉が、それでは九蔵が不憫だと後見に声を上げ、新五郎も渋々それに賛同した。何しろ團十郎を刺したのは、新五郎の弟子だった半六である。誰も名乗り出なかったのならいいが、伝吉が九蔵を後見するというなら、新五郎がそれを無視するのは、いかにも体裁が悪い。

九蔵が二代目團十郎を襲名する御披露目の時、やはり見捨てるべきだったかと後悔した時のことを新五郎は思い出した。あの時の嫌な予感は的中した。

「何でえ、野郎ばかりじゃねえか」

そう言って舌打ちする声が聞こえ、新五郎は我に返る。

沖合から浜へと辿り着いた小舟から降りてきた流人は、男ばかりだった。

新しい流人の顔を見物しに来た野次馬たちは、殆どがそれで興味を失い、立ち去り始めた。

稀に女が流されてくることがある。吉原や岡場所の遊女であることが多かったが、女が島に流されてきたら、最初にできる商売は体を売ることくらいだ。それも要領を得ないうちは、空腹を満たすために干物の二、三枚で簡単に股を開く。器量のいい女は、少しすると地役人や名主が抱えてしまうから、そんな安値で女を抱けるのは、島に来たばかりの一時だけだ。集まっていた野次馬の殆どは、女が流されてくることを期待し、品定めするつもりで冷やかしにくるのだ。

小舟から降りてきた流人は五人だった。それが一列に連なり、溶岩質で茶色く染まった、粒の荒い砂に覆われた浜に素足を下ろし、歩いてくる。

流人を引き渡すための手続きは、すべてこの浜で行われるが、その間に小舟が何度か沖の流人船との間を行き来し、見届け物として積まれた米俵などを浜に下ろし、代わりに陣屋から運び出された塩を積む。浜に残った者たちが三、四人ずつに別れ、流人たちを乗せてきた小舟と、島の方で用意した数艘の小舟に分乗し、荷下ろしのために沖の流人船に向かおうとした。

一人一人、証文を改め、爪印を押している新たな流人たちの前を通る時、新五郎はその中にいる男と目が合った。

見たところは、まだ二十代半ばほどの若い男だ。ずっと船牢に閉じ込められていたからか、顔の下半分はまばらに髭で覆われている。

まるで捜していたかのように、真っ直ぐに新五郎を見ており、そのせいで目が合った。

それが、彦丸という名の、その男との出会いだった。


こりゃいったい、どっちに行ったらいいんだ。

必死の思いで花道を駆け抜け、お廉はどん詰まりにある鳥屋《とや》に駆け込んだが、その先に本来あるべき仕切り場や木戸の類は見当たらなかった。

とにかく足を止めては捕まると考え、菊之丞の手を引いて何度か廊下を曲がって走っていくうちに、すっかり迷ってしまった。まるで建物自体が生きているかのようで、前後左右どころか上下まで出鱈目に繋がっているような錯覚を起こし、お廉は頭がくらくらした。武太夫とも完全にはぐれてしまったようだ。

お廉と武太夫、それに志道軒の三人で山村座の木戸を潜り、追込場に足を踏み入れた時、舞台上には菊之丞がいて、どうやら老女となった江島を演じている最中だった。

土間席にも、上下二段に分かれた桟敷席にも、例の黒い人影の如きものがひしめいており、ただそこにいるだけで生気を吸い取られそうな歪んだ熱気が、小屋の中には渦巻いていた。

芝居小屋の表で志道軒が言っていたように、真っ先にその舞台に上がり込んだのは武太夫だった。躊躇がなかったのは、このような怪異に慣れていたからだろう。

「お前も行け」

志道軒にそう急かされ、お廉は手に握っていた母の形見の夫木を懐に仕舞い込むと、志道軒に尻を押されて舞台に上がり込んだ。

その瞬間、まるで気絶したかのように一度、目の前が真っ暗になり、気が付けば囲み屋敷の下女になりきって、お廉の体は高遠の地にあった。見物客たちのいる席はどちらを向いても見当たらず、舞台に立って演じているというよりは、実際にその場にいるような妙な感覚に陥った。お廉が己を見失わずに済んだのは、番人詰所に先に舞台に上がった武太夫が控えており、それとなく菊之丞を外に誘い出せと指示してきたからだ。

「待って、ちょっと待ってください。もう息が……」

激しく息を切らせながら、菊之丞がそんな声を出した。

夢中になって走っていたから、お廉にはそちらまで気を配っている余裕がなかった。

「それに、いったいあなたはどこの誰……」

「何を言っているんですか、路考さん。お廉ですよ。市村座でずっと留番を……」

言いかけて、それは水虎が化けていた菊之丞が相手だったのを思い出した。姿形も話しぶりもまったく変わらないので思い違いをしていたが、本物の菊之丞とは、これが初対面なのだ。

菊之丞は胸元に手を添えて、大きく肩を上下させている。ひと先ず追っ手の姿はないが、表に出る場所を探すにしても、少し休ませた方が良さそうだった。

お廉は、手近にある引き戸を横に開く。予想に反して、その先は部屋などには繋がっておらず、同じような廊下が真っ直ぐ奥に向かって続いているだけだった。

引き戸を閉め、お廉はどうしようかと思案する。廊下には先ほどから例の黒い人影が行き来している他、時折、出番を控えた役者らしき者が慌てて走り抜けて行ったり、小道具を手にした裏方のような格好をした者とすれ違ったりする。お廉と菊之丞を気にかける者はいないが、それはたまたまかもしれない。人目から隠れて休むには、この廊下は騒がしすぎた。

「楽屋へ戻りましょう」

菊之丞が、今閉めたばかりの引き戸を横に開く。

「路考さん、そっちは……」

廊下に繋がっているだけだと言おうとして、お廉は言葉を失った。引き戸の向こう側には、先ほどにはなかった部屋が広がっていた。やはりこの山村座の建物は生きていて、臓腑が蠢くように、その中身を動かしているのか。

無駄に広いその畳敷きの部屋の真ん中には鏡台があり、その近くに、手持無沙汰な様子でちょこんと座り、欠伸をしている男の姿があった。傍らには見覚えのある道具箱。

「仙吉さん！」

思わず叫び声を上げ、泣きそうな気持ちになりながらお廉は駆け出したが、慌てたせいで足袋の爪先が畳の縁に引っ掛かり、前のめりに派手にこけてしまった。

その拍子に、懐に仕舞っていた夫木が畳の上に転がり出る。

「お廉さん、どうしてここに……」

驚いた様子でそう言いながら、仙吉は足元に転がってきた夫木を拾い上げる。

「それに、この夫木は志道軒さん……」

「無事で良かった、仙吉さん」

お廉は起き上がり、仙吉が手にしている夫木を一緒に握る。

「あなたたち、知り合いなの？」

この様子を見ていた菊之丞が訝しげな声を上げる。

「はい」

仙吉が頷く。

「それに、それは張形でしょう？　名前をお付けになっているの」

「いえ、違うんです。志道軒っていうのは、この夫木の持ち主の名前で、これは私の母の形見というか……」

それはそれで余計に事情を伝えるのは難しそうだったので、お廉は途中で話を切り替え、仙吉の方に向き直った。

「志道軒の爺いだけじゃなく、武太夫さんも来ているんだ。みんなで何とかここから逃げよう」

あともう一人、誰かいたような気がしたが、とりあえず恥ずかしさの方が先に立ち、お廉は仙吉の手から夫木を奪うと、また懐に仕舞い込んだ。

十

「俺は元々、隠岐の島後で漁師をしていた」

新しく三宅島に流されてきた、その彦丸という男は、声を潜めてそう言った。

「舟の扱いなら慣れたものだ。必ず本土までお主を送り届ける」

夜も更けた流人小屋の片隅で、じっと新五郎を見据えながら彦丸は訴えかけてくる。

「晴らしたい無念があるのではないか」

新五郎の胸の内を見透かすような口ぶりだった。彦丸が島に流されてきてから、まだ半年も経たない。まるで最初から、島抜けを画策してやってきたかのような様子だった。

三宅島は、流刑地とされている伊豆七島の中でも、特に島抜けが多いことで知られている。

だが、その殆どは悲惨な末路を辿ることになる。

海に出たはいいが、風に押し戻されて島から離れることができず捕まる者。荒波に揉まれて転覆し溺れ死ぬ者。稀に本土に辿り着く者もいるが、大抵は一年もしないうちに見つけ出され、捕縛される。島抜けを画策した者に対する仕置きは、三宅島の場合は島役人の下知によると定められているが、斬首になることが多かった。

「しかし流人というのも、だいぶ様子が変わったな」

顎に手をやり、首を傾げながら彦丸が言う。

「昔は、流人といえば貴人と相場が決まっていた。俺の知っている流人は、島後の島の連中からは、まるで神様のように崇められていたぜ」

そして彦丸は、ちらちらと辺りを窺うような素振りを見せた。

島抜けの相談をしていることが他人の耳に入っただけでも、密告され咎を受ける恐れがある。周囲が気になるのは当然だったが、彦丸の口調には、新五郎ではない誰かに向けているような、何やら挑発めいた響きがあった。

「さっきも言ったが、俺は素人じゃない。漕ぎ出しさえすれば、間違いなく上手くいく」

大層な自信だ。確かに、島抜けが失敗する理由の一つとして、流人たちの多くが舟の扱いに慣れていないというのもある。成功した者は、たまたま運が味方したというだけだ。

「……江戸で團十郎に会いたいとは思わないか」

矢継ぎ早に彦丸は言葉を続ける。

新五郎の抱えている無念とは、まさにそれだった。

江島と自分、そして團十郎の間にあったことについて問い質さなければ死んでも死にきれぬ。

このままでは、そんな機会も得られぬまま、島で死んでいくことになりそうだった。己の寿命が尽きるのが早いか、それともあるかどうかもわからぬ赦免の知らせを待ち続けるか。

彦丸からの提案を受けるまで、島抜けをするという発想は新五郎にはなかった。

第一に、島抜けは一人や二人では行うことができない。

決行は迅速に行われなければならず、舟を奪う者、水や食い物を盗み出す者などが必要で、実際に沖に出たら昼夜を分かたず交代で漕ぎ続けなければ、すぐに島役人から追っ手が放たれる。少なくとも五、六人、できれば十数名は仲間が必要だった。

声を掛ける仲間は慎重に選ばなければならない。当たり前のことだが、流人たちは何らかの罪を犯して流されてきている。まともなやつもいないことはないが、大概が信用できない相手だ。

実際、島抜けの目論みが実行に移される前に露見し失敗するのは、仲間の誰かが裏切って名主や島役人に密告するか、うっかり口を滑らせ、それが因《もと》で発覚することが殆どだ。

そのため、島に来て日の浅い彦丸のような男を島抜けの仲間にすることは、通常はあり得ない。だが、この彦丸という男には妙な説得力があった。

「人数は少なければ少ないほどいい。上限は五人としよう」

右手の五指を開き、彦丸が言う。

「それ以下では島抜けは難しい。それより増えれば発覚する憂いが増える」

「わかった」

このまま島にいても己の人生は知れている。江戸に辿り着いてもすぐに捕まってしまうかもしれないが、数日のうちに團十郎に会えれば、もう悔いはない。この男に賭けてみる気になった。

「誰に声を掛けるかは、お主に任せる」

新五郎は頷いた。新参者の彦丸が声を掛けても、誰も話には乗って来ないだろう。それに、誰が信頼できる相手かもわからない筈だ。

何やら上手く言いくるめられているような気もしなくはなかったが、すでに新五郎はその気になっていた。

「さて次は、何とかこの山村座から出る方法を探さないと……」

夫木を懐に仕舞い込むと、お廉は広い楽屋の中を見回した。

「源内さんがこっちに来ているらしいんだ」

心配そうな様子で、仙吉が口を開く。

「あっ、忘れてた」

「志道軒さんや武太夫さんなら、放っておいても自分で何とかするかもしれないけど……」

確かに、源内だけを置いて行くわけにはいかない。

今すぐにでも仙吉と菊之丞の二人を連れてここから逃げ出したかったが、市村座の東上桟敷五番から冥府に落ちた後は、源内の姿を見かけていなかった。

「源内のやつはどこに？」

「團十郎さんから聞いた話だと、首になった中村清五郎さんの代わりに作者部屋に籠もっているらしいんだ」

ああ、面倒な。

「仙吉さん、鬘を掛けてくださいな」

お廉が頭を抱えそうになっているところに、ふと鏡台の前に座している菊之丞が、意を決したように口を開いた。

「えっ、路考さん、何を言っているんだい」

驚いて声を上げるお廉に、菊之丞は毅然とした口調で答える。

「私は役者です。これっきりの声が掛かる前に、舞台を投げ出して芝居小屋から立ち去るわけにはいきません」

「折角、舞台から連れ出したのに……」

「付き合わせてしまって御免なさいね。支度が済んだら、後はもう二人だけでお逃げなさいな」

「でも……」

お廉はさらに口を開きかけたが、何を言っても通じなさそうだった。

「先ほどはみっともないところを見せてしまいました。役に入り込むあまり、己を見失うなど役者としてあるまじきこと」

役者の気持ちはお廉にはわからないが、今の菊之丞からは、先ほどまでの老女となった江島を演じていた時のような弱々しさは感じられなかった。

「そういうものなのかい？　入り込んでいた方が、いい芝居ができそうだけど……」

首を傾げながらお廉は言う。

「役に入り込んでいる自分と、それを冷静に見つめる自分、この二人がいなきゃいけません。どのような所作をすれば伝わるか、客の目に美しく映えるか……どれだけ役になりきっていても、そのことを忘れてしまっては、独りよがりになるだけです」

「なるほどねえ……」

だが、こんな状況で舞台に戻ろうとする菊之丞の気持ちは、やっぱりお廉にはわからなかった。

「書き抜きの内容を思い出しました。次に私が演じるのは、江島ではありません」

人気の立女形や立役者が、三役四役をこなすのは、芝居小屋ではよくあることだ。

そして、この芝居の筋書きは江島生島事件を元にしたものだが、主人公に実は別の正体があるなどという展開も、当たり前のように行われる。

それこそ、前に市村座に掛かっていた曾我物の芝居のように、曾我兄弟の仇討の物語に、どういうわけか八百屋お七と吉三郎の恋物語が入り込み、吉三郎の正体が実は禅司坊だったなどという、場所も時代も軽々と飛び越えた混沌とした筋書きが、客を嘲笑うかのように現出するのが芝居小屋という場所、いや、戯場國という世界だ。

お廉が感じているだけでも、今、この山村座で起こっている『鶩江島生島』という芝居には、江島生島事件を柱に、遠き平安の世にあった小野篁と妹白鷺の悲恋物語や、源内の書いた戯作とも異なる深井志道軒の奇怪な生い立ち、それについ最近起こった荻野八重桐の溺死を巡る世話物めいた話まで含まれている。菊之丞が江島を演じていたことを忘れていたように、最早、誰が誰を演じているかも信用ならない。そう考えると、己自身が本当にお廉なのかどうかすらも疑わしく思えてくる。

自分もすでに舞台に上がってしまった。今こうしているこの瞬間も、ともするとまだ芝居の真っ最中で、誰かに覗き見られているのかもしれない。

「次に演じるのは江島じゃない？　じゃあいったい……」

「私が舞台を降りてしまえば、江島の役は八重桐さんが引き継ぐことになるでしょう。あの人は、どうやら私に恨みを抱いていたみたいですから……」

少しだけ菊之丞は寂しそうな表情を浮かべたが、すぐにそれを振り払うように続ける。

「こう言っては悪いけれど、江島の役は八重桐さんには無理です。ましてや、あの役は私にしか演じられない。あの役は私のものです。絶対に誰にも譲れない」

生きて現世に戻れるかどうかの瀬戸際でも、己の役を人に取られるのは我慢ならないらしい。お廉は呆れる思いだった。舞台の上に生きている連中は、どうかしている。

その時、不意に楽屋の引き戸が開かれ、人が入ってくる気配があった。

お廉は身構えたが、それは鬘や衣装を手にした裏方の者たちだった。いずれも現世では芝居に関わっていた亡者であろう。敵意のようなものは感じられない。

舞台に立っている表方の役者たちと同様、この亡者たちも、淡々と自分の仕事をこなしている。おそらくこの連中は、好き好んでここに留まっているのであろう。裁きによって堕ちたのではなく、自らの意志でいつまでも留まっている。客席に蠢く黒い人影もそうだ。

認めたくはないが、舞台に乱入したお廉も、その快楽のようなものに少なからず触れていた。下女のふりをして、江島を囲み屋敷から連れ出した時。武太夫が景色を切り裂いて高遠の地から山村座の舞台に躍り出た時。そして捕具を手にした稲荷町の役者たちと立ち回りを演じていた時。確かに自分は、それを見ている黒い人影の客たちの目を意識していたし、菊之丞を救うために現れた己の役回りに酔い、興奮すらしていた。

お廉のような素人ですらそうなのだから、役者には役者の、裏方には裏方の、そして客には客の快楽があり、それが永遠に続く戯場國は、傍目には地獄だが、当人らにとっては極楽同然なのではないか。

無論、誰にとってもそうだとは限らない。ある種の業のようなものを背負った者だけが、その極楽めいた地獄に浸ることができる。戯場國だけではあるまい。賭場で育ったお廉は、博打狂いが身の破滅になるような大勝負に出て負けるところを何度も見ていた。傍から見ると首を傾げるような振る舞いだが、そういう連中は一様に、やばい勝負であればあるほどに、興奮に目をぎらつかせ、顔を紅潮させ、体から陽炎が立っているかのような異様な雰囲気を漲らせていた。戦狂いや傾城狂い、他にも門外漢には理解が及ばぬ、ただ狂っているだけの情念のようなものが、この戯場國のような場所を形作っているのではないか。

大衣《おおい》桁《こう》に用意された衣装を見て、お廉は息を呑み、その考えをますます確信した。

仙吉は、手早く菊之丞の地毛を整えて羽二重を付けると、床山と思しき相手から鬘の載った台を受け取り、鬘の髪を結い始めた。

仕事に掛かれば、仙吉もいつものおっとりとした様子は引っ込み、近寄り難いような職人の鋭い目つきになる。

鏡台の傍らに置いてあった火鉢で鏝《こて》を温め、仙吉はそれを当ててまず鬘の髪の癖を真っ直ぐにすると、お廉にはどう用途が違うのかもよくわからない数種類の櫛を使い分けて髪を梳き始めた。

「お廉さんとやら、後ろを塗ってもらえませんか」

何もできず、焦れた気持ちで座ったまま、そわそわと体を揺らしていたお廉に、菊之丞が声を掛けてくる。すでに稽古着の上をはだけ、顔から胸元にかけて下地の白粉を塗り終わっていた。

お廉は菊之丞から刷毛《はけ》を受け取り、うなじから背中にかけて白粉を塗り始める。

その間も、菊之丞は筆を使って目元や唇に紅を差しており、傍らの仙吉は、台に載った鬘に手際よく飾りなどを挿している。

楽屋を出入りする者の数も増えてきて、俄に慌ただしさを増している。出番を待つ緊張感が、関係ない筈のお廉にまで伝わってくる。

菊之丞の、溜息が出そうなほどに肌理《きめ》細かくなめらかな肌に、斑《むら》のないよう丁寧に白粉を塗りながら、お廉は考える。

せめて仙吉だけでも現世に連れ戻したいが、仙吉は優しいから、きっと菊之丞や源内も一緒でなければと言い出すに違いない。どうしたらいいんだろう。

やがて化粧が終わると、菊之丞は立ち上がり、颯爽と衣装である白無垢の振袖に腕を通した。黒い帯を腰に巻いてきりりと締める。

そして仕上げに、仙吉が菊之丞の頭に鬘を掛けて整えると、最後に綿帽子を被せた。

「……白鷺を演じてきます」

お廉と仙吉に向かって、意を決したように菊之丞が呟く。

そこに立っているのは、江戸で一世を風靡し、二代目瀬川菊之丞の名を一気に押し上げた、『鷺娘』の姿だった。

十一

羅漢台に通された時から、何か意図がありそうだとは篁も感じていた。

山村座の広い舞台では、三宅島に流された生島新五郎の場面が演じられている。これは芝居だから、新五郎が島抜けを画策していたというのは作り話であろう。

問題はその舞台上に、深井志道軒こと彦丸がいることだった。

すぐ傍らに篁がいることを感じているのか、先ほどから挑発するような科白を吐いている。まるで、お前もこちらに入って来いと誘っているかのようだった。

舞台上に設置された客席である羅漢台に座しているのは、篁ただ一人だった。團十郎による指図ということだったから、他には誰も入れないよう段取りされているのだろう。

ひと足先に山村座に到着している筈の神野悪五郎の姿もない。もっとも、あの男はすぐに言いつけを忘れるから、篁の警固などすっかり忘れて、他のことにでも夢中になっているのだろう。

さてこれは、どこからどこまでが芝居なのであろうかと篁は考える。この山村座に通う度、妙に感じてはいたのだ。

妹である白鷺とともに京伏見の稲荷大社に参詣に赴いた日の思い出。

白鷺の住む部屋に夜毎に出掛けて行った、己がまだ学生だった頃のこと。白鷺との、ただ一夜の契り。

　配流された隠岐島後での出来事。そして彦丸と名乗っていた若い漁師とのいざこざ。怪しげな魚の肉の膾を口にしたあの日。

　それらは果たして、篁の脳裏に去来した記憶の風景であろうか。それとも、今この羅漢台で、客でありながら客の目に晒されているように、誰かに覗き見されるために演じられていたものであろうか。

　江島生島の事件と篁は何の関わり合いもないが、江島という女の一途な思いや苦しみは、何となくではあるが、篁にもわかるような気がした。

　愛や恋などというものは、所詮はまやかしである。

　だが人はそれに縋り、時にはそのために身を滅ぼす。篁もそうだったし、江島もそうだった。ただ一瞬の燃えるような思いのために、篁は妹を失うことになり、江島は大奥を追われた。後悔がないわけではない。しかしその時は確かにそれが真実だった。後々までずっと続く苦しみなど、その一瞬の前では、思い浮かべるべくもなかったのだ。

　そして篁にとっての白鷺がそうであったように、島後にいたあの女……阿古那にとっては篁がそうであり、彦丸にとっては阿古那がそうだったのだろう。

　どの思いも果たされることなく、ただ虚しく一方的に放たれ、そして遠い昔に消え去った。白鷺自身がそう詠んだように、その身は灰となり、夢のような魂だけが心の奥に寄り添っている。

「しかし流人というのも、だいぶ様子が変わったたな」

　舞台で演じている彦丸が、ちらちらと羅漢台にいる篁の様子を窺いながら、そんな科白を吐く。

「昔は、流人といえば貴人と相場が決まっていた。俺の知っている流人は、島後の島の連中からは、まるで神様のように崇められていたぜ」

篁のことを言っているのだろう。

相手をしている新五郎は、すっかり役に入り込んでいるのか、周りは見えていないようだ。

篁は迷っていた。ここで挑発に乗り、今まさに演じている真っ最中の役者に手を出せば、それは同じ芝居の舞台に上がったのと同様である。彦丸がそれを狙っているのは明らかだった。


「畜生っ、彦丸、企てがばれた」

まだ朝靄の煙る中、新五郎は流人小屋に駆け込むと、横になっている彦丸に向かって、小声で鋭くそう言い放った。

「どうした」

筵から体を起こしながら彦丸が答える。

「馬鹿が一人、水汲み女との別れ話をこじらせて、それが名主の耳に入った」

島抜けの決行は今晩の予定だった。

無論、仲間以外には口外無用だったが、そのうちの一人が、情に負けて水汲み女……つまり島での内縁の妻に、別れを告げてしまった。ところが女は別れを嫌がって受け入れず、名主に密告してしまった。島抜けの企ては殆どの場合、死罪だが、密告した者は助命されることが多い。

「すぐに捕り方が放たれる。逃げるぞ」

その間抜けは、すでに捕縛され、陣屋に連行されたと聞いていた。今頃は拷問にかけられているだろうから、島抜けの仲間の名が割れるのは時間の問題だろう。

「逃げる？　どこに」

眉間に皺を寄せ、彦丸が答える。

新五郎は答えに窮した。ひと先ず山の奥にでも入り込み、捕り方から逃れようと考えていたが、確かにそれは時間稼ぎにしかならない。ここは四方を海に囲まれた島だ。いずれ必ず捕まる。

「どこに逃げても無駄だ。捕まれば斬首は免れまい。それならばいっそ村に火を放ち、その混乱に乗じて海に乗り出した方が良かろう」

当たり前のように言う彦丸に、新五郎は言葉を失った。

まるで最初からそうするつもりだったような口ぶりだった。

「だが、それは……」

「他に方法はない。段取り通りなら、もう他の仲間が姉ヶ浜に小舟を運び始めている筈だ。俺はこの伊ヶ谷村と……できれば陣屋に火を放ってからそちらに向かう」

漁師であった彦丸を待たずに浜から沖に漕ぎ出しても、船頭をする者がいなければ、すぐにどうにもならなくなる。それを見越して彦丸は言っているのだ。新五郎の他に何人が集まれるかはわからないが、島抜けするなら彦丸を省くわけにはいかない。

「……わかった」

新五郎は短くそう言うと、姉ヶ浜に先回りすることにした。

そして自分は、やはり彦丸に騙されたのではないかという後悔の念が押し寄せてきた。


「何だか焦げ臭くないかい」

仙吉と手を繋いで山村座の廊下を走りながら、お廉は鼻をひくつかせた。

間違いない。どこからか、煙の臭いが漂ってくる。

「わからない。火事かな」

商売道具の入った箱を手にした仙吉が、不安げに辺りを見回しながら声を上げる。

廊下には例の黒い影が行き交っていたが、心なしかそれらも慌てているような気配がした。

菊之丞と別れ、飛び出すように楽屋を出てきたが、やはりいくら走っても思うような場所に出られない。源内は作者部屋にいるようだと仙吉は言っていたが、どちらに向かえば源内に会えるのかもわからなかった。

そのうち、周囲が煙で白く霞み始めた。お廉たちのいる廊下の床が、壁が、そして天井が、激しく波打ち始める。まるで芝居小屋が熱さに苦しみ、身を捩っているかのようだ。

前後左右に揺さぶられ、転びそうになりながらも、とにかくお廉は仙吉の手を離さないようにし、外へ出る道に繋がるよう願いながら、何度も廊下を曲がり、走り続ける。

やがて、それまでとは様子の違う場所が目に入った。下へと向かう、幅三尺ほどの狭い階段。これと似たものをお廉は市村座で見たことがある。奈落へと続く階段だ。

廊下ではない別の場所に出たいと考え、お廉は階段に足を踏み入れ、一気に駆け下りる。仙吉も素直にそれについてくる。

駆け込んだ場所は、確かに奈落だった。

その上にある筈の山村座の舞台が、どれだけの大きさなのかはわからない。お廉が芝居に乱入するためによじ登った時は、それほどでもないように感じたが、囲み屋敷の下女の役を得ていた時は、まるで本当に高遠の地にいるような気がした。一度、舞台に上がってしまえば、その上にいる者にとっては、広さや高さや大きさなどの概念は消え失せてしまうのかもしれない。そう思われるくらい、舞台を下から支えている奈落は途方もなく広かった。洞穴のように、どこまでも闇が広がっているように見える。

壁がどこにあるのかはわからなかったが、点々と篝《かが》り火が焚かれていた。

天井まで、つまり舞台の真下に当たるところまでは、五、六間ほどの高さがあり、一本の太い柱……おそらくは盆の軸であろうそれが支えている。

軸となる柱からは八方に把手が伸びており、数十人の奈落番と思しき者たちが取り付いていた。

ここから外に繋がる道があるとは思えない。お廉は下りてきた階段を戻ろうとしたが、振り向くとすでに階段自体がなくなっていた。

最悪だ。

お廉が途方に暮れていると、奈落の奥の闇から唸り声が聞こえてきた。

見ると、巨大な黒犬が背中と尾をこちらに向け、後退ってくる。大鯰の尾を口に咥えており、後ろ向きに引き摺っているのがわかった。大鯰はぐったりとしている。生きているのか死んでいるのかもわからない。

「に、逃げよう、お廉さん」

黒犬の姿に怯えた仙吉が、声を震わせる。

だが、お廉の方は救いが現れたような気がしていた。

「五郎左衛門さん！」

お廉が声を張り上げると、黒犬が大鯰の尾から口を離し、お廉と仙吉がいる方を振り向いた。

その眼光の鋭さに、仙吉が短く悲鳴を上げてお廉の背後に隠れようとする。

「志道軒のところの小娘か」

黒犬がお廉に向かって言い放つ。

盆の軸を回している傍らの奈落番たちは、お廉と黒犬のやり取りなど気にも掛けていない。

「お廉さん、知り合いなのかい」

仙吉が驚いたような声を上げる。

「う、うん、まあね」

どう説明したら良いかわからず、ひと先ず仙吉を安心させるためにお廉は頷いた。

「……髪結いの仙吉も一緒か」

今度は自分の名前を呼ばれたことに、仙吉が目を丸くする。仙吉の方に覚えはないかもしれないが、黒犬は小槌の姿をして武太夫の懐にいた時に、何度か仙吉も見かけている筈だ。

「我が宿敵への遺恨は晴らした」

鋭い爪が伸びた前脚を、仰向けになった大鯰の白い腹の上に載せながら黒犬が言う。

「拙者は冥府に残ることにするが、お主らは何とか現世に送り届けてやろう。乗れ」

黒犬は四肢を曲げて伏せの体勢を取り、お廉と仙吉に背に乗るように促した。お廉は迷わず飛び乗り、まだ躊躇している仙吉の手を取って、商売道具の入った箱ごと引っ張り上げる。

「しっかり摑まっていろよ」

ひと声大きく吠えると、黒犬は舞台を下から支えている盆の軸の柱に体当たりを加えた。柱が大きく揺れ、把手を握っていた奈落番たちが逃げ出す。

続けて黒犬は大口を開き、柱に齧り付いた。思っていた以上に顎の力は強いらしく、歯が鑿《のみ》のように柱をごりごりと削る音が、奈落に響き渡った。

支えている舞台の盆の重みに耐えかね、支柱が大きな音を立てて折れ曲がる。

その拍子に、綱と滑車で吊られて固定されていた迫りが、燃え上がりながら落ちてきた。

必死になって黒犬の背中の毛を握りしめながらお廉が上を見ると、どうやら火事で炎に包まれているのは頭上にある山村座の舞台上のようだった。

黒犬が支柱に齧り付いて力任せに首を振る度に火の粉が降り注ぎ、お廉の髪を焦がす嫌な臭いが鼻に入ってくる。だが、振り落とされないようにしがみついているのがやっとで、熱さを気にしている余裕もない。

それでも何とか傍らにいる仙吉の方に目をやると、仙吉は何と商売道具の入っている箱を落とさないように必死に左手に抱えており、右手一本だけで黒犬の毛を摑んでぶら下がっていた。

「何やってんのさ、仙吉さん！　そんなの早く捨てちまえよ」

「だっ、駄目だ！　これは……」

仙吉は苦しそうに呻きながらも、箱を手放そうとはしない。

ふとお廉は、以前に仙吉が市村座の奈落で手下たちに向かって、商売道具は命の次に大事なものだと言っていたのを思い出した。

そして思わず、商売道具の箱の把手を握っている仙吉の手首を摑む。

「な、何をするんだ！」

仙吉が声を上げる。

このままだと仙吉は商売道具と心中してしまう。

自分が嫌われても構わない。でも、仙吉がいなくなってしまうのは御免だ。

一瞬でそう考え、お廉は迷わず仙吉の手首を強く握り、捻り上げた。

「あっ」

仙吉の手から商売道具が離れ、蓋や抽斗《ひきだし》が開き、中に入っていた道具が散らばって、奈落の底へと落ちていく。

案の定、仙吉は黒犬の毛を摑んでいた手を離し、後先も考えずに飛び降りようとした。

その時、お廉自身も信じられないような力が出た。腕が引っこ抜けそうな思いをしながらも、お廉は細腕一本で仙吉の体を丸ごと持ち上げる。

その拍子に、お廉たちのことなどお構いなしに支柱に齧り付いていた黒犬が体勢を変え、上手い具合に仙吉は元通り黒犬の背中にしがみついた。

「仙吉さん、諦めて！」

気が付くと、お廉は大粒の涙を流していた。

きっと鼻水と、仙吉を引っ張り上げる時に食いしばった歯の間から涎《よだれ》も垂れ流している。

「私にとっちゃ、仙吉さんの方がずっと大事なんだ」

やっとの思いでそう言った時、くの字に曲がっていた支柱が、とうとう重みに堪えかねたのか、大きな音を立てて二つに折れ、盆が丸ごと落ちてきた。

十二

――何を見せてくれるのかと思っていたが、とんだ茶番だな。

炎に包まれる舞台の一角、羅漢台の席で、篁はそんなことを思った。

彦丸が放った火は、たちまち幕や張り物、舞台上にあった屋台などに燃え移り、焦熱地獄の如き様相を呈している。

彦丸らがどうするのか、冷静に篁は眺めていたが、今は大道具の舟に乗り込み、大海原に見立てた花道を、舞台から離れるように進んでいる。

天井に吊るされていた、高さと幅ともに一間ほどある大提灯が次々に燃え上がっては土間席に落ち、火の粉を巻き上げる。

舞台の下からも突き上げるような衝撃があり、三宅島の陣屋を模した屋台ごと、炎を上げながら迫りが落ちた。

そろそろ暑くなってきたので、篁は右手を前に出し、さっと横に振った。

たちまち渦巻いていた炎が消え失せ、後には煙だけが残る。炭になりつつあった天井の梁《はり》や大道具なども、焦げくさい臭いを放って白い煙を上げているばかりとなった。

もう付き合ってやる気はなかった。

篁は立ち上がり、羅漢台から出る。舟に乗って櫂を動かし、こちらに背を向けて花道を進んでいた彦丸が、立ち上がって篁の方を振り向いた。

「かかったな」

笑い声を上げるその姿は、すでに彦丸ではなく、元の深井志道軒に戻っていた。

「炎を消して、羅漢台から舞台へ足を踏み出したからには、お主はもう、芝居に関わったということだ。もはやただの客ではない」

志道軒がそう叫ぶなり、篁の足下がぐらついた。

そして大木が折れるような大きな音がして、足下が沈んだ。


姉ヶ浜に姿を現したのは、結局は新五郎と彦丸の二人だけだった。

ここまで小舟を運んできた筈の仲間の姿はない。追っ手が掛けられたのを知り、待ちきれずに逃げ出したか。それとも捕まったたか。

焦れた思いで浜辺で待つうちに、彦丸が言っていた通り、伊ヶ谷村の方で炎が上がるのが見えた。暗闇が照らされ、三宅島の中央に聳える火山の稜線をくっきりと浮かび上がらせている。そのまま小半刻も待っていると、やっと彦丸が姿を現した。

そして声を出さぬようにしてお互いに頷き合い、浜から小舟を押し出す。膝ほどの深さのところにまで出ると、まず彦丸が乗り込み、手を伸ばして新五郎を引っ張り上げた。

早速、二人は櫂を使って小舟を漕ぎ始めた。長さ三間ほどの、本来なら三人か四人掛かりで漕ぐような舟だったが、差し迫った状況だからか、存外な力が出た。

岸に向かってやや向かい風が吹いており、最初こそなかなか前に進まなかったが、暫くすると、今度は岸から離れていく潮流に乗った。

岸に向かって打ち寄せられた波がぶつかり、反転するように沖に向かって流れを作っているもので、予め彦丸が島じゅうの浜を見て歩き、この姉ヶ浜が一番、これが起こりやすいだろうと踏んでいたものだ。地形だけでなく、その日の潮回りや干満の時刻、風向きなどでも変わってくる。漕ぎ出しに失敗すれば、いつまでも岸から離れることができず、もたもたしているうちに御用ということもあり得る。やはり彦丸のような者がいなければ、脱島は運任せとなってしまう。

夢中になって漕ぎ続け、半刻が経ったのか、それとも一刻か、村に放たれた燃え上がる炎も遠くなってきた。

ほっとしたからか、新五郎の体から一気に疲れが噴出した。櫂を手放し、大きく肩を上下して息をする。彦丸も、櫂を漕いでいる手を緩めた。

その時、遠くに見えていた炎が消えた。新五郎は何が起こったのかわからず、目を凝らす。あれは陣屋を、そして村を焼く炎だった。蠟燭の火を吹き消すように、不意に消えるようなものではない。

新五郎は不安に駆られた。その炎の明かりが小さくなっていくのが、島から離れている目印だったが、それが見えなくなると、周囲は月と星だけが照らし出す心細い明かりだけとなる。小舟は波で大きく上下に揺られており、海面は黒く、耳に届いてくるのは波の音ばかりだった。

「おいっ、どうしたんだ、彦丸」

彦丸が漕いでいた櫂を手放して立ち上がる。

「かかったな」

そして彦丸は闇に向かって笑い声を上げた。

「炎を消して、羅漢台から舞台へ足を踏み出したからには、お主はもう、芝居に関わったということだ。もはやただの客ではない」

何を言っているのだ、こいつは――。

新五郎がそう思った瞬間、何もない筈の海原の上に、人の姿が現れた。

烏帽子に狩衣姿の男が、鬼のような形相を浮かべ、海の上をこちらに向かって歩いてくる。

新五郎は思わず悲鳴を上げそうになる。これは船幽霊か、それとも海坊主か。

その時、狩衣姿の男の足下で、渦巻くように穴が開いた。

そして巨大な黒犬の如きものが飛び出してくる。

黒犬は顎を開き、入れ替わりに穴へと落ちて行く狩衣姿の男に食らいつこうとしたが、これは空を噛んだ。

次から次へと起こる常軌を逸した怪異に、暫し新五郎は呆然としていたが、やがて我に返り、辺りを見回した。暗い海原と思っていたものは、花道を挟んでいる芝居小屋の土間席で、己が乗っているのは大道具の小舟だということに気づいた。

舞台上を見ると、ぽっかりと大穴が開いている。

どうやら巨大な盆を支える軸の柱が折れ、盆が丸ごと奈落に落ちたらしい。

「弾正は」

そう声を上げ、大道具の小舟の縁を蹴って、彦丸……いや、すでに見知らぬ願人坊主のような老人に姿を変えたその男が、花道を舞台の方へと走って行く。

畜生め、團十郎。

三宅島で二十年もの長き間、遠流の日々を送っていたつもりになっていたが、これも芝居の筋書きか。どれだけ人を馬鹿にすれば気が済む。

つい先ほどまでは、島抜けして江戸に向かい、團十郎に会うつもりだった。

だが本当の自分は、三宅島で流人として惨めな生活を送り、最後は病気で生涯を閉じた。いまわの際《きわ》まで二代目團十郎への恨みを抱いて。

――いや、恨みを抱かれていたのは俺か。

新五郎も小舟から降りようとしたが、気がつけば周囲は元の黒い海原に囲まれていた。

辺りを見回しても、ただ闇だけが広がっている。舟の縁から手を伸ばせば、そこには確かに水があり、濡れた手を舐めてみればしょっぱかった。

呆然としてそのまま舟底に寝転び、新五郎は星を見上げた。

この小舟はおそらくどこにも辿り着けない。このまま夜もずっと明けないのかもしれぬ。

そしてまた、いずれ自分は、己が舞台の上で演じ続けているのを忘れてしまうのであろうか。

これが役者という業を背負った者の冥府での末路か。團十郎め、これがてめえのやり方か。

自分が役者であることを忘れちまったら、ちっとも面白くねえじゃねえか。

どんな不運も、惨《むご》い仕打ちも、血みどろの修羅場も、それを観ている客がいるから気分よく演じられるんだ。

そうじゃねえなら、ただの責め苦だ。

新五郎は目を瞑り、不貞腐《ふてくさ》れたように舌打ちした。

お廉たちを背に乗せたまま黒犬が舞台に躍り出ると、崩れ落ちる盆と一緒に奈落に落ちて行く人影が見えた。

容赦なく黒犬は、その人影に食らいつこうとしたが、顎は音を立てて空を噛む。

一瞬、お廉の目に、すれ違うようにして落ちて行く者の顔が見えた。公事場らしき石造りの建物の中で見かけた、宰相と呼ばれていた男だ。真っ逆さまに底へと落ちながら、青白い光の宿った手を奈落に向かって伸ばしている。

黒犬が舞台に上がると、志道軒が花道を走ってくるのが見えた。

そして軸となっていた柱ごと崩れ落ち、大きな穴が開いたかのようになっている盆の縁に辿り着くと、身を乗り出して奈落を見下ろす。

「空井戸が開いている。逃げやがったな」

歯軋りしながら志道軒が言う。

黒犬の背から飛び降り、お廉も奈落を覗き込む。そこには崩れ落ちた盆や支柱の残骸も、落下していった篁の姿もなく、底の見えぬ暗い穴が開いているばかりだった。

少し遅れて、仙吉が黒犬の毛を摑みながら慎重に降りてきたが、足を滑らせて舞台の板の上に尻餅をついた。

「大丈夫かい、仙吉さん」

お廉が声を掛けても、商売道具を失ってしまったからか、仙吉は呆けたような顔をしている。

「お廉、路考は一緒じゃないのか。それに武太夫と源内は」

戸惑っているお廉に、志道軒が鋭く声を掛けてきた。

「いっぺんに言われてもわからないよ。仙吉さんを連れ出すので精一杯だったんだ」

志道軒の剣幕に、お廉も言い訳めいた口調となる。

「武太夫のやつなら源内を捜しに行った」

傍らで唸っている黒犬が、そう呟く。

「何でまた……」

お廉は目を見開く。助けに行ってはいけないという理由はないが、源内のために武太夫がそこまで命を賭ける理由がわからない。

「お主が仙吉を助けようとする理由と同じだ、小娘」

黒犬が口を開く。

「えっ、それはどういう……」

「何だ、気づいていなかったのか。鈍いやつだ」

志道軒までがそんなことを言い出す。確かに、お廉ですら忘れがちな源内のことをいつも気に掛けていたのは武太夫だけだし、あの無口で仏頂面をしたお侍様が、市村座での一件以来、浪人者の源内の家を何度も訪ねていたというのも、考えてみると変だ。

「それ、源内さんの方は？」

「たぶん察していないのではないか」

志道軒が答える。

「そんなことよりも、空井戸に入るぞ。冥府と現世が、お互いに覗き覗かれている今を逃しては、もう戻る機会は得られぬかもしれぬ」

混乱しているお廉に向かってそう言うと、志道軒は躊躇なく舞台に開いた穴に飛び込んだ。すぐにその姿は見えなくなる。

戸惑いながらお廉が目を向けると、後は任せろといった様子で黒犬が頷いた。

「五郎左衛門さん、達者で」

黒犬は冥府に残ると言っていたから、ここが今生《こんじょう》の別れであろう。

お廉は、まだ呆けた顔をしている仙吉の手を握ると、少しばかりの気合いを込めて、一緒に空井戸へと飛び込んだ。

十三

江戸の三座は、毎年十一月の顔見世興行が千穐楽《せんしゅうらく》を迎えると、正月元旦までは休場となり、煤《すす》払《はら》いや餅つきの準備、初春興行の稽古などが行われる。

芝居小屋での一年のうち、最も人の気配の少ないこの時期でも、奈落番の五郎八は、暗い奈落での寝泊まりを常としていた。

今年は夏頃からいろいろあった。八重桐が大川で溺死した辺りから、怪談めいた噂話が市村座に広まり、五郎八自身も奇妙な体験をした。訴事解決を生業にしている生意気な小娘が留番となって小屋の中をうろうろしたり、どこかの藩の侍を呼んで、この奈落で化物退治をするとか抜かした挙げ句、何もかも放り出していなくなったりもした。

だが、このところの市村座は平穏そのものだ。

奈落の隅にある、三畳ばかりの広さの上がり込みで、ごろりと横になって寝酒を飲んでいた五郎八は、ふと何かの気配を感じて体を起こした。

奈落から花道の真下へと続いている、役者の登退口となるスッポンへの通路の向こう側から、誰かが歩いてくる。

五郎八の背筋に寒いものが走った。何かあったらすぐに逃げ出すつもりで、五郎八は上がり込みから土間となっている地面へと足を下ろす。

やがて通路の奥から、烏帽子を戴いて狩衣を身に纏い、平安貴族のような格好をした男が姿を現した。

身構えていた五郎八は、それを見てほっと胸を撫で下ろした。

「よう、こんな夜遅くまで稽古かい」

身に着けているのは、おそらく衣装だろう。

初春興行の台本は、毎度毎度のことで遅れていたから、どんな芝居が掛かるのか、奈落番の五郎八は詳しく把握していない。

「熱心なのはいいことだが、もう草木も眠る丑三《うしみ》つ時《どき》ってやつだ。あまり驚かすなよ」

軽口を叩く五郎八に、狩衣姿の男は不機嫌そうに眉根を寄せる。

「お前は奈落番か」

「おう」

男の問いに、五郎八は笑いながら答える。

見覚えのない男だから、おそらく今年から市村座と身上書を交わした者だろう。中村座や森田座から移ってきたか、それとも宮地芝居《みやちしばい》で名が売れたか、京大坂から下ってきた役者か。

「舞台に行きたい。迫りを上げてくれ」

だが、男は不遜な様子で五郎八にそう言いつけてきた。

その態度に、五郎八は少しだけ苛ついたが、男の言い口には抗えない雰囲気があった。

「今は俺一人しかいねえから、とてもじゃねえが上がらねえよ」

通常、人が乗った迫りを上げるには、数人がかりで滑車の通された綱を引かなければならない。

「いいからやれ」

有無を言わせぬ口調に、仕方なく五郎八は迫りを下ろす。

男が乗ったのを確認し、五郎八は力を込めて綱を引いたが、拍子抜けするほど軽く、するすると上がっていく。まるで誰も乗っていないかの如く手応えがない。

迫りが上がりきって男の姿が見えなくなると、五郎八は綱を殺して横木を入れ、固定した。何やら狐につままれたような心持ちのまま、再び五郎八は上がり込みに戻り、ごろりと横になった。

——なるほど、こういう趣向か。

迫り上がって篁が現れた先は、どうやら、かつて己が暮らしていた曹司の中のようだった。足下を見れば、最早、自分が上がってきた迫りは消え失せている。

見回せば、そこには学生の頃に使っていた文机などの調度品が置いてあった。篁の胸のうちに、懐かしさが込み上げてくる。

篁は表に出た。見上げれば空は群青色に染まっており、あと一刻もすれば夜明けが訪れそうな様相だった。出掛けるのはいつも、このような時刻であった。

その中を篁は、父である小野岑守の屋敷に向かって歩いて行く。察するに、これは幽閉された江島と、屋敷の一室に閉じ込められた白鷺の二人を重ね合わせた趣向なのであろう。

最初、篁は菊之丞の姿を見て、白鷺の生まれ変わりだと思った。

この芝居の筋書きでは、さしずめ江島が白鷺の生まれ変わりということになっているのかもしれぬ。そしてそれを菊之丞が演じている。

やがて、父である岑守の屋敷が見えてきた。

いつものように人目を盗んでその敷地に入り込み、白鷺が閉じ込められている部屋の前に来る。外壁の漆喰壁には、やはり四、五寸ばかりの穴が開いていた。

それは篁が、白鷺の姿をこの目で見るため、そして言葉を交わすために、爪の間に血が滲むのも構わずに押し広げたものだった。

その向こう側にいるのは、菊之丞演じる白鷺か、それとも時も場所も遠く飛び越えた高遠の囲み屋敷の部屋に住む江島か。

篁は壁の向こう側に声を掛ける。

君をのみ思ふ心は忘られず契りしこともまどふ心か

——あなたのことを思う心は忘れられない。約束したことすらも、どうであったか私の心は惑っているが。

それはかつて篁が、今とちょうど同じような師走の頃に、白鷺に向かって語りかけた歌だった。一緒に伏見の稲荷大社に参詣に行くよりも前のことだ。

これが芝居だとわかっていても、篁の心はざわついた。

菊之丞が白鷺の生まれ変わりだったとして、その魂のかけらでも残っているなら、きっと目覚めてくれるのではないか。そんな淡い期待がなかったわけではない。

だが、壁の向こう側にいたのは、白鷺でも江島でもなく、ましてや菊之丞でもなかった。

「ああ、ああ、弾正様、お会いしたかった。一日たりとも忘れたことはありません」

壁の向こう側にいる女が、穴に唇を押し当てて、飢えたようにそんな言葉を吐いた。

「お声を聞かせて。もう一度、弾正様のお声を聞かせてください」

おぞましさを感じ、篁は壁から離れる。これはいったい誰だ。

その気配が伝わったのか、向こう側にいる何者かも壁から離れたようだった。

篁は、漆喰に開いた小さな穴の向こうにいる相手の姿を見る。

菊之丞ではない。だが、浅黒い肌をしたその女には見覚えがあった。

島後に配流を受けていた時に囲っていた、阿古那という名の女。

「やっとお父上に会えたねえ。お前には、京の貴人の血が流れているんだよ……」

そして女が何かに話し掛ける声。続けて赤子のけらけらとした笑い声。

狼狽えて篁は漆喰壁からさらに後退り、叫び声を上げる。

「路考は……菊之丞はどこへ行った」

「もうここにはおりません。舞台を放っぽり出して、どこかに行ってしまいました」

壁の向こうの女が答える。すると、志道軒の仲間が連れ戻しに来たのか。

今、自分のいる場所が、山村座の舞台なのか市村座の舞台なのかもわからなかったが、おそらく空井戸が開いているうちは、その境目のような場所なのだろう。

たくさんの目と耳が、己に向けられているような気がした。見物席がどこにあるのかはわからなかったが、己の恋路が晒され、好き勝手にいじられて、笑い者にされているような気分だった。

「ああ、弾正様、弾正様」

女は壁穴に指を突っ込み、爪が剝がれそうになるのも構わずにそれを広げ始めた。

やがて壁が崩れ、大きく広がった穴から女が腕を伸ばし、中から這い出て来ようとする。

「おのれ」

白鷺が穢されたような気がして篁は逆上し、壁の穴に上半身が挟まってうまく身動きできずにいる女の首に手を掛ける。そして渾身の力を込めて絞め上げた。女が呻き声を上げ、篁の腕を引っ掻いて暴れる。

その勢いで、残っていた漆喰壁が崩れ落ちた。

それでもなお篁は力を緩めず、女を地面に押し付けて首を絞め続ける。やがて女は口から泡を吹いて力尽きた。傍らではおくるみに包まれた赤子が泣き続けている。

「筋書きでは、あなたはここで救われる筈だったんですよ、宰相」

ふと声がして、篁は顔を上げる。

岑守の屋敷の外と思われていたその場所には見覚えがあった。

市村座の舞台だ。東上桟敷五番から、幾度となく見下ろしていたその場所に、今は自分が立っている。

まるで役者に稽古でもつけているかの如く、舞台の隅に胡座をかいて座り、腕組みをしている二代目團十郎の姿があった。

「路考さん演じる『鷺娘』……白鷺の亡霊に誘われ、きれいさっぱり成仏させられる筈だった。だが、どうやら路考さんは出番に間に合わなかったようだ」

そして團十郎は溜息をつく。

「八重桐さんも可哀そうに。最後まで路考さんの代役すら務まらなかった」

我に返って篁は、地面に押し付けていた女の姿を見る。

よくよく見れば、阿古那とは似ても似つかぬ年増の女……いや、女形の姿がそこにあった。先ほどまで泣き声を上げていた赤子の方に目を向けると、小道具の稚児人形が、虚ろな目で宙を見上げている。

「誰の入れ知恵だ」

「無論、深井志道軒さんですよ」

涼しい顔で團十郎は答える。

「あの人とは、生前からの顔見知りでね。昔は江戸で人気を二分するなんて言われたものです」

「私が誰だか、わかっていてやってるんだろうな、貴様」

思わず感情的な言葉が漏れる。己らしくもない。だが、我慢ならなかった。

「もちろん知っていますとも。冥府判官、参議篁。人の身でありながら閻魔羅闍に仕える男」

「ならばその権限に於いて判ずる。地獄の底に堕ちて、未来永劫、罪を焼く業火に苦しむがいい」

「おお、怖い怖い。だが、羅漢台から一歩足を踏み出しちまったあんたは、小野篁ではなく、己の役を演じる素人役者さ」

　わざと見下したような言い方をし、團十郎は言葉を継ぐ。

「舞台の上では、役者は芝居で勝負するんだ。手段は何でもありだ。それを忘れてもらっちゃ困るぜ」

　その時、ふと篁の背後に目を移し、團十郎は口元に笑みを浮かべた。

「……どうやらぎりぎり間に合ったようだ。こりゃとちり蕎麦は食えそうにないな」

　篁は振り向く。

「場は何とか繋いでおいたぜ」

　團十郎がそう言うと、どこからか柝の音が鳴り響いた。

　篁の目の先には、鷺娘の姿をして立つ二代目瀬川菊之丞の姿があった。

結

「志道軒ハ初《はじめ》護持院ノ弟子ニテ、江戸近所ニ御朱印百五十石許《ばかり》ノ寺ニ主タリシガ、其門前ノ婦《ふ》ニ堕落シテ、ソレヨリ法外ノ人トハナリシナリ。彼レガ女《むすめ》辨ト云ヘルモノアリテ、浅草業梳櫛者《かみゆい》ノ妻トナリ、女キホヒナリシト云フ。」

（『楓軒紀談』）

※女きほひ＝女侠客のこと。また、志道軒の娘の名は、『浅草寺志』では「おれん」となっている。

「志道軒さんは？」

「相変わらずだよ。まったく音沙汰がないねえ」

花川戸の長屋で、仙吉に髪を結ってもらいながら、お廉は答える。

明和《めいわ》二年（一七六五）、五月――。

市村座で起こった怪異から、およそ二年が経とうとしていた。

お廉と仙吉が祝言を挙げるという話が耳に入れば、気まぐれにふらりと戻ってくるかもしれないと淡い期待を寄せていたが、どうやらそんなことは起こりそうにない。

浅草寺の三社権現の宮前にあった志道軒の講釈小屋は、主を失ってとうの昔に解体されている。今もお廉は毎日のようにその辺りを通るが、いつも人で賑わっていた講釈小屋が消え、まっさらになった大松の下の風景の寂しさには、まだ慣れない。

巷間では、志道軒は死んだと言われていた。確かに、いつ死んでもおかしくないような老齢だったから、そう思われるのも無理はない。

だがお廉は、志道軒は今も生きているだろうと考えていた。死んだように見せかけて何度も名を変え、その都度、過去を断ち切って生きてきた志道軒だ。第一、殺しても死にそうにない。きっとお廉や仙吉が年を取って死んでからも、それこそ二百年も三百年も後の世でも生きているに違いない。その頃は、いったい世の中はどうなっているのだろうとお廉は想像を巡らせてみたが、何も思い浮かばなかった。

平賀源内の名は、このところは江戸でもよく耳にするようになった。つい先頃も、『火《か》浣《かん》布《ぷ》略《りゃく》説《せつ》』という書物を著し、嘘か誠か火で洗うことのできる布などというものを世間に示し、評判を取っている。

そういえば、あの日の市村座では、空井戸が閉じる直前に武太夫に背負われ、命からがらの様子で戻ってきた源内だったが、翌正月には、奈落で水虎の動きを封じた魔除けの矢を、矢守と称して新田神社で売り出す商売を始め、すぐまたその金を手に鉱山探しの山師として秩父に発ってしまった。今ではお廉とも、すっかり疎遠になっている。

稲生武太夫も、本来はもっと早く行われる筈だった、主君である広島藩の前藩主、浅野但馬守の国元への帰還に伴い、源内が発った頃と時を同じくして江戸を後にした。

黒犬や志道軒が言ったことが引っ掛かっていたお廉は、このまま源内と別れ別れになってもいいのかと、それとなく武太夫に問うてみた。

源内殿の好みは、路考殿のような美しい女形のようだし、拙者は無粋でむさくるしくつまらぬ男だからと、武太夫は照れたように微かに笑っていた。お廉が武太夫の笑顔を見たのは、思えばその一度きりだ。

王子路考こと二代目瀬川菊之丞の人気は、今も衰えていない。それどころか、ますます盤石になったといえる。

丁寧に髪に櫛を通している仙吉の手の温もりを感じながら、お廉は目を閉じ、あの日の市村座で観た、菊之丞一世一代の『鷺娘』の舞いを思い出した。

年の瀬で休場となっていた市村座。その人気のない丑三つ時の舞台で、菊之丞は篁ただ一人のためだけに、それを演じた。長唄の囃子もなく、衣装の早変わりもなく、派手な紙吹雪もない。静寂の中、白無垢姿で、ただ体ひとつだけで舞う菊之丞からは、人を思い恋する一羽の鷺の……いや、兄を慕う妹の優しい心だけが伝わってきた。

まるでそれに包まれるように、篁は最初は苦悶し、次には激しく嗚咽していた。その篁の姿に、どこか芝居めいたものを感じたのは、お廉の思い込みであろうか。篁もまた、妹を思う兄の姿を演じようと必死になっているように見えた。役者がそうするように、人目を憚らず心を顕わにし、曝《さら》け出す。それは偽物の感情ということではなく、己の心を正面から見直すことでもあるのだろう。そのためか、菊之丞が舞いを終える頃には、篁はすっかり落ち着きを取り戻していた。

白鷺の魂は菊之丞の内にはなく、そしてまた、冥府にもどこにも残っていないと確信したのであろう。白鷺自身がそう言っていたように、その魂は消え果てて灰になった。残っているとするならば、それは篁の思い出の中だけだ。

市村座の土間席には、お廉と仙吉がいた。その時には、確かにまだ、薄汚い願人坊主のような姿をした志道軒の姿もあった。

菊之丞に背を向け、空井戸の向こうに戻って行った篁の背中は寂しそうに見えた。篁がまだ冥府判官を続けているのかどうかはわからない。いずれお廉の寿命が尽き、あの公事場の如き建物で、閻魔羅闍の双王と再会する時に、きっと知ることができるだろう。

篁が去ってからも、夜が明けるまでの間、空井戸は開きっ放しだった。

一番鶏が啼こうかという頃、どのような立ち回りがあったのか、蚯蚓まみれで満身創痍になった武太夫が、気を失っている源内を背負い、空井戸から飛び出してきた。

そのまま泡を吹いて倒れてしまった武太夫と、目を覚まさない源内を介抱している間に、いつの間にか空井戸は閉じ、舞台の上には一枚の紙切れが残っていた。

それは菊之丞が山村座と交わした身上書であったが、当の菊之丞は、それについて覚えていなかった。それだけではない。八重桐が溺死した、あの大川に屋形船を出しての夕涼みの日から、冥府より戻ってきて空井戸が閉じるまでの記憶が消え失せており、代わりにお廉が留番として市村座にいた時のことや、水虎が代役として市村座に立っていた間の出来事に、すっかり塗り替えられていた。

菊之丞に化けていた水虎もその記憶を置き土産に、姿を消していた。

やがて武太夫と源内が息を吹き返すと、お廉たちは無言のまま市村座を出た。

外では、雪が降っていた。

朝靄の中、降りしきる雪の向こうを、江戸の市中で見かけるのは珍しい一羽の白鷺が飛び去って行くのを、お廉は確かに見た。お互いに体を預け合いながら歩いていた武太夫と源内も、そして仙吉も、同じように空を見上げ、その光景を見つめていた。

志道軒が大きなくしゃみをしたのは、お廉がそっと、傍らにいる仙吉の手を握った時だった。

「寒くてかなわん。ちょいと小便をしてくる」

体をぶるっと震わせ、鼻水を啜りながら言う志道軒を、お廉は睨みつける。

「気分が台無しじゃねえか、このくそ爺い」

「そう怒るな。先に帰っていてくれ。じゃあな」

笑いながらそう言うと、漏れる漏れると声を上げて股間を押さえながら、小走りに志道軒は路地裏に消えて行った。

それが志道軒との別れ、その姿を目にした最後となった。

暫くの間は、仙吉と二人で必死になって行方を捜したが、とうとう志道軒を見つけることはできなかった。

「お廉さん、外に出て、浅草寺にお参りにでも行かないかい」

ふと仙吉の声が耳に入り、お廉は我に返る。

お廉の髪はすっかり結い上がっており、仙吉は道具を片付け始めていた。

「うん」

手鏡に映った己の姿を、惚れ惚れとした気分で眺めながらお廉は答える。

冥府で失った髪結いの道具は、お廉が訴事解決のしのぎで稼いだ金で、江戸で一番のものを一つ一つ買い揃えた。今では、以前に使っていたものよりも仙吉はそれを大事にしてくれている。

その道具で、これからはずっと、仙吉が自分の髪を結ってくれる。

私みたいなのが、こんなに幸せになっちまっていいのかねえ、おっ母。

そう思い、お廉は狭い長屋の神棚に飾られた夫木に向かって手を合わせた。母の形見というだけでなく、父である志道軒の形見にもなってしまった。

「じゃ、行こうか」

お廉と並んで夫木に向かって手を合わせていた仙吉が促してくる。

二人は手を繋ぎ、花川戸の長屋の外に出た。

さて、今日はこれっきり。

どこからか、志道軒の声が届いてきたような気がして、お廉は辺りを見回す。

柳は緑、花は紅、只そのままの色か、そのままの色か――。


〈完〉

○主な参考文献

『志道軒全書』太平主人編著（太平書屋）
『狂講　深井志道軒』斎田作楽著（平凡社）
『考証江戸歌舞伎』小池章太郎著（三樹書房）
『歌舞伎年表』〈第一巻、第三巻〉伊原敏郎著（岩波書店）
『絵本　夢の江戸歌舞伎』服部幸雄著（岩波書店）
『大いなる小屋　江戸歌舞伎の祝祭空間』服部幸雄著（講談社学術文庫）
『江戸演劇史（上）』渡辺保著（講談社）
『江戸時代の歌舞伎役者』田口章子著（中公文庫）
『市川団十郎』西山松之助著（吉川弘文館）
『二代目市川團十郎の日記にみる享保期江戸歌舞伎』ビュールク・トーヴェ著（文学通信）
『小野篁　その生涯と伝説』繁田信一著（教育評論社）
『篁物語』〈日本古典文学大系77〉（岩波書店）
『今昔物語集　四』〈日本古典文学大系25〉（岩波書店）
『地獄』草野巧著（新紀元文庫）
『ヴェーダ／アヴェスター』〈世界古典文学全集　第3巻〉辻直四郎編（筑摩書房）
『稲生物怪録』京極夏彦訳・東雅夫編（角川ソフィア文庫）
『吉祥院本『稲生物怪録』：怪異譚の深層への廻廊』杉本好伸著（三弥井書店）
『風来山人集』〈日本古典文学大系55〉平賀源内著（岩波書店）
『秘志生態風俗選（9）階級による性風俗』大村沙華著（日輪閣）
『平安京の下級官人』倉本一宏著（講談社現代新書）

初出
「小説新潮」二〇二一年七月号〜二〇二二年八月号
なお、単行本化にあたり加筆修正を施しています。

戲《け》場《じょう》國《こく》の怪《かい》人《じん》

発　行　二〇二三年七月二〇日

著　者　乾《いぬい》緑郎《ろくろう》
発行者　佐藤隆信
発行所　株式会社新潮社
〒一六二-八七一一　東京都新宿区矢来町七一
電話　編集部（〇三）三二六六-五四一一
読者係（〇三）三二六六-五一一一
https://www.shinchosha.co.jp

装　幀　新潮社装幀室
印刷所　株式会社光邦
製本所　株式会社大進堂

価格はカバーに表示してあります。
乱丁・落丁本は、ご面倒ですが小社読者係宛お送り下さい。
送料小社負担にてお取替えいたします。
 ISBN978-4-10-336193-0 C0093